引　言

宋以朗

一九五七年至一九六四年间，外界一般只知道张爱玲写了些电影剧本和一篇英文散文 A Return to the Frontier（中文版即《重访边城》）。就文学创作来说，这时期似乎不算硕果丰盛。

但根据张爱玲与宋淇夫妇的通信，在五七至六四年间，她原来正写《少帅》和一部两卷本的长篇英文小说，主要取材自她本人的半生经历。下面是相关的书信节录，全由张爱玲写给宋淇夫妇：

一九五七年九月五日

新的小说第一章终于改写过，好容易上了轨道，想趁此把第二章一鼓作气写掉它，告一段落，因为头两章是写港战爆发，第三章起转入童年的回忆，直到第八章再回到港战，接着自港回沪，约占全书三分之一。此后写胡兰成的事，到一九四七年为止,最后加上两三章作为结尾。这小说场面较大,人头杂,所以人名还是采用"金根""金花"式的意译,否则统统是 Chu Chi-Chung 式的名字,外国人看了头昏。

一九五九年五月三日
我的小说总算顺利地写完第一二章,约六十页,原来的六短章(三至九)只须稍加修改,接上去就有不少,希望过了夏天能写完全书一半。

一九六一年二月二十一日
小说取名"The Book of Change"(易经),照原来计划只写到一半,已经很长,而且可以单独成立,只需稍加添改,预算再有两个月连打字在内可以完工。

一九六一年九月十二日
我仍旧在打字打得昏天黑地,七百多页的小说,月底可打完。

一九六一年九月二十三日
我打字已打完,但仍有许多打错的地方待改。

一九六三年一月二十四日
我现在正在写那篇小说,也和朗朗一样的自得其乐。

一九六三年二月二十七日

我的小说还不到一半,虽然写得有滋有味,并没有到欲罢不能的阶段,随时可以搁下来。

一九六三年六月二十三日

《易经》决定译,至少译上半部《雷峰塔倒了》,已够长,或有十万字。看过我的散文《私语》的人,情节一望而知,没看过的人是否有耐性天天看这些童年琐事,实在是个疑问。下半部叫《易经》,港战部份也在另一篇散文里写过,也同样没有罗曼斯。我用英文改写不嫌腻烦,因为并不比他们的那些幼年心理小说更"长气",变成中文却从心底里代读者感到厌倦,你们可以想像这心理。

[……]

把它东投西投,一致回说没有销路。在香港连载零碎太费事,而且怕中断,要大部寄出才放心,所以还说不出什么时候能有。

一九六三年七月二十一日

Dick[①]正在帮我卖《易经》,找到一个不怕蚀本的富翁,

[①]理查德·麦卡锡(Richard McCarthy),二十世纪五十年代曾任美国驻港总领事馆新闻处处长。参见《张爱玲与香港美新处》,高全之《张爱玲学》,台北:麦田出版,二〇〇八年。

新加入一家出版公司。

[……]

《雷峰塔》还没动手译，但是迟早一定会给星晚译出来，临时如稿挤搀下来我决不介意。

一九六四年一月二十五日

Dick 去年十月里说，一得到关于卖《易经》的消息不论好坏就告诉我，这些时也没信，我也没问。

[……]

译《雷峰塔》也预备用来填空，今年一定译出来。

一九六四年五月六日

你们看见 Dick McCarthy 没有？《易经》他始终卖不掉，使我很灰心。

[……]

《雷峰塔》因为是原书的前半部，里面的母亲和姑母是儿童的观点看来，太理想化，欠真实，一时想不出省事的办法，所以还没译。

自是以后，此事便没再提起。后来我读到高全之《张爱玲的英文自白》[①]一文，发现她曾在别的地方间接谈及《雷峰塔》和《易

---

①参见高全之《张爱玲学》，台北：麦田出版，二〇〇八年。

经》，其一是一九六五年十二月三十一日致夏志清信：

> 有本参考书 20th Century Authors，同一家公司要再出本 Mid-Century Authors，写信来叫我写个自传，我藉此讲有两部小说卖不出，几乎通篇都讲语言障碍外的障碍。

其二是张爱玲写于一九六五年的英文自我简介，载于一九七五年出版的《世界作家简介·1950－1970》(World Authors 1950-1970)，以下所引是高全之的中译：

> 我这十年住在美国，忙着完成两部尚未出版的关于前共产中国的长篇小说［……］美国出版商似乎都同意那两部长篇的人物过分可厌，甚至穷人也不讨喜。Knopf 出版公司有位编辑来信说：如果旧中国如此糟糕，那么共产党岂不成了救主？

照写作时间判断，张爱玲指的该包括《雷峰塔》和《易经》——若把它们算作一部长篇的上下两卷，则《怨女》可视为另一部。一九九五年九月张爱玲逝世，遗嘱执行人林式同在其遗物中找到 The Fall of the Pagoda（《雷峰塔》）及 The Book of Change（《易经》）的手稿后，便按遗嘱把它们都寄来宋家。读这沓手稿时，我很自然想问：她在生时何以不出？也许是自己不满意，但书信中她只怨"卖不掉"，却从没说写得坏；也许她的写法原是为了迎合美国广大读者，却不幸失手收场；也许是美国出版商（如 Knopf 编辑）

不理解"中国",只愿出一些符合他们自己偏见的作品,结果拒绝了张爱玲。无论如何,事实已没法确定,我唯一要考虑的,就是如何处理这些未刊稿。

我大可把它们珍藏家中,然后提供几个理论去解释不出的原因,甚至不供给任何理由。但对于未有定论的事,我(或任何人)有资格作此最后裁决吗?幸好我们活在一个有权选择的时代——所以我选择出版这两部遗作,而读者也可按不同理由选择读或不读。这些理由是什么,我觉得已没必要列举,最重要的是我向读者提供了选择的机会。

无可否认,张爱玲最忠实的读者主要还是中国人,可惜有很多未必能流畅地阅读她的英文小说。没有官方译本,山寨版势必出笼。要让读者明白《雷峰塔》和《易经》是什么样的作品,就只有把它们翻成汉语。但法国名言谓:翻译像女人:美丽的不忠,忠实的不美。(Les traductions sont comme les femmes: quand elles sont belles, elles ne sont pas fidèles; et quand elles sont fidèles, elles ne sont pas belles.)所以我们的翻译可以有两种取向。一是唯美,即用"张腔"翻译,但要模仿得惟肖惟妙可谓痴人说梦,结果很大可能是东施效颦,不忠也不美。二是直译,对英语原文亦步亦趋,这可能令中译偶然有点别扭,但起码能忠实反映张爱玲本来是怎样写。不管是否讨好,我们现在选择的正是第二条路,希望读者能理解也谅解这个翻译原则。

编辑说明

一、《易经》为张爱玲于一九五七年至一九六四年间创作的英文自传体小说,原书名为:*The Book of Change*。

二、台湾皇冠文化延请译者赵丕慧翻译,于二〇一〇年九月出版《易经》中文版定本,本书则以此为底本进行修润。

三、译者采取的翻译原则为:对英语原文亦步亦趋,并参考张爱玲特有用字及语句习惯翻译,期能忠实反映英文版内容。

四、内容上除明显错字予以更正外,在编辑上尽可能保留作者特殊的用字习惯、方言用法,以及人、地、物之旧时译名。

一

琵琶没见过千叶菜。她母亲是在法国喜欢上的，回国之后偶尔在西摩路市场买过一次，上海就只这个市场有得卖。她会自己下厨，再把它放在面前。美丽的女人坐看着最喜欢的仙人掌属植物，一瓣一瓣摘下来，往嘴里送，略吮一下，再放到盘边上。

"千叶菜得这么吃。"她跟琵琶说，念成"啊提修"。她自管自吃着，正色若有所思，大眼睛低垂着，脸颊上的凹陷更显眼，抿着嘴，一口口啮着。有巴黎的味道，可是她回不去了。

琵琶别开了脸。太有兴趣怕人觉得她想尝尝。姑姑半笑不笑地说："那玩意有什么好？"她在欧洲也吃过千叶菜。

"嗐，就是好。"露只简单一句，意在言外。

三个人组成了异样的一家子。杨小姐、沈小姐、小沈小姐，来来去去的老妈子一来就告诉要这么称呼。她们都是伺候洋人的老妈子，聪明伶俐，在工厂做过工或是在舞厅陪过舞，见过世面，见怪不怪了。就算犯糊涂，也是搁在心里。杨小姐漂亮，沈小姐戴眼镜、身材好。不，她们俩不是亲戚，两人笑道，透着点神秘。小沈小姐比两人都高，拙手拙脚的，跟老妈子一样像是新来的。后来才从开电梯的那儿打听到是杨小姐的女儿。杨小姐离婚了。沈小姐在洋行做事，不常在家。三人里杨小姐最难伺候，所以老妈子都待不久。露和珊瑚宁可凡事自己来，而不依赖亲戚们荐的老妈子。东方人不尊重别人的私生活，两人的亲戚也都爱管闲事。露和琵琶的父亲离婚之后，照样与小姑同住，姑嫂二人总像在比谁反抗家里多些。

"她们俩是情人。"露的弟弟国柱笑道，"所以珊瑚小姐才老不嫁。"

远在巴黎的时候，露就坚持要琵琶的父亲履行写在离婚协议书上的承诺，送琵琶到英国念书，反倒引发了危机。琵琶不得不逃家去投奔母亲。

"看着吧，琵琶也不会嫁人。"国柱道，"也不知是怎么回事，谁只要跟咱们的杨小姐沾上了边，谁就不想嫁人。"

听人家讲她们俩租这一层楼面所付的房租足够租下一整栋屋子，可是家事却自己动手做。为什么？还不是怕佣人嘴敞。

琵琶倒不懂她们怎能在租界中心住得起更大更好的公寓，而且还距离日军占领区最远。她倒是知道母亲回国完全是因为负担不起国外的生活，而她就这么跑来依附母亲，更是让她捉襟见肘。补课的费用贵得吓人。而姑姑自从和大爷打官司输了，不得不找差事，也变得更拮据。但是看母亲装潢房子仍旧是那么地刺激。每次珊瑚在办公室里绊住了,不能赶早回来帮忙装潢,露就生气。

"我一个人做牛做马。"她向帮不上忙的琵琶埋怨,"是啊,都丢给我。她的差事就那么要紧。巴结得那样,也不过就赚个五十块一个月,还不到她欠的千分之一呢。"

她在房里来来回回踱方步,地上到处是布料、电线、雕花木板、玻璃片、她的埃及壁灯、油漆桶、还有那张小地毯,是她定做的,仿的毕卡索的抽象画。

"知道你姑姑为什么欠我钱么?她可没借,"她把声音低了低,"爱拿就拿了。我的钱交给她管,还不是为了币值波动。就那么一句话也不说,自个拿了。我全部的积蓄。哼,她这是要我的命!"

琵琶一脸惊骇,却马上整了整面容,心里先暂停判断。她喜欢姑姑。

"我有个朋友气坏了。他说:'根本就是偷,就为这,能让她坐牢。'"露眯着眼,用英语模仿友人激愤的说话,天鹅般的长颈向前弯,不知怎的竟像条蛇。

"她为什么会那样呢?"琵琶问道。

"还不是为了你明哥哥啊。打算替他爸爸筹钱,这个洞却越填越深。没错,爱上一个人就会千方百计想帮他,可也不能拿别人的钱去帮啊!"

姑姑与明哥哥的事虽然匪夷所思,琵琶还是马上就信了。她想起姑姑讲电话,声音压得既低又沙哑,几乎像耳语,但是偶尔仍掩不住恼怒,原来就是与明哥哥讲电话。原来这就是热情的苦果。她还当他们是男女间柏拉图式恋情最完美的典范呢。那晚陪他们坐在幽暗的洋台上她就是这么说的。一句话说完，鸦雀无声，当时她还纳罕，所以直到现在仍记得。那年她十三岁。始终想不到姑姑可能会爱上一个算得上是侄子辈的人。再者，他们也不是会恋爱的那种人。即便现在，她也没想到去臆测在洋台的那晚他们是不是已经是情人了。她喜欢的人四周都是空白的一片，就像国画里的留白，她总把这种人际关系上的空白当做再正常不过。

她母亲在说："我也不知道反复跟她说过多少次，只要不越界，尽管去恋爱，可是一旦发生了肉体关系，那就全完了。否则的话，就算最后伤心收场，将来有一天两人再见，即使事隔多年，也是回味无穷。可是要真有什么，那就不一样了。她偏不听，现在落得个人财两空，名声也没了，还亏得我帮她守口如瓶——何苦来，有时候想想真冤。我这是哑子吃黄连，有苦说不出。我连你舅舅都没说。他要知道了，他跟你舅母一定会对她不高兴，到时候就闹得满城都知道了。我也从没跟你表大妈说，可是她一定早知道了。她讨厌你姑姑，因为她把明哥哥当自己儿子一样。她把这事都怪罪到你姑姑头上——也难怪，谁叫你姑姑比你明哥哥大呢。要不是看在我的面子上，你表大妈根本就不愿意跟她有牵扯。她每次可都是为了来看我才上咱们这个门的。"

"那何必还住一块？"琵琶试探着嘟囔。

"当然是为了省钱。有个体面的住址好让她在洋行里抬得起头来，好让他们觉得请到了有身分地位的人。"

琵琶听得一头雾水。一个月就五十块钱，还想请个名媛速记员？

"还有一个原因，我们两个彼此支持了这么多年，要是闹翻了，还会让亲戚看笑话。"

"那姑姑会还钱么?"

"她说几栋房子卖了一定还,可现在房子全给冻结了。照上海现在的情势,谁知道哪天才卖得掉。刚回来的时候还以为不用多久就可以回去了,谁知道会困在这里。现在又添了你。你知道你父亲怎么说的吗?'她那是自扳砖头自压脚。'就会说风凉话。我一意坚持要你继续念书,因为你别的什么也不行。每个朋友都劝我不要。有个还跟我说,"说到这,她改用英语覆述,也是眯着眼,拱着颈项,"'留着你的钱!你不要傻!'"

琵琶本身也对于花她母亲的钱到英国念书一事心中不安,可是从别人口中听到是在浪费母亲的钱,那种感受又两样。

"别人不了解我为什么执意要送你到英国不可。我可以让你在这里找事做,可是你不是上班的那块料。有人说索性嫁掉她算了。我是可以——"

你可以?琵琶忿忿地想着。你不是一直教导我为自己着想,当个新女性吗?

"可是我不喜欢相亲。"露接着道,"相亲的人心态不正常,你懂我的意思么?那跟一般的情况下遇见别人不一样,一般的情况可以看出他们真正的样子来。"

这跟我有什么关系?琵琶心里想。那种吃晚餐、看电影半新不旧的相亲模式也许对别人管用,对我可不中用。

"还有人说:万一她还没毕业就恋爱了呢?不错,你很可能在英国遇见什么人。年青的女孩子遇见的第一个男人总是,哎,好得不得了。"她极嫌恶地道。

"我才不会。"琵琶笑道。

露别开了脸,"嘴巴上说是不管用的。"

"我不会,我就是知道。"琵琶笑道,"再说,我觉得很不安,花那么多的钱,我得全部赚回来。"

"钱倒没什么,我向来也没把钱看得多重,虽然说我现在给钱害苦了。不像你姑姑,就连年青的时候——你绝对想不到,她会那么浑浑噩噩、莽莽撞撞的,好像一点也不懂事。当初分家,她已经分到她那一份了,末后又多出了一包金叶子,说是留给女儿当嫁妆的。从前那时候女儿只有嫁妆,不能继承家产。当然是不能拿双份。有个长辈说既然这是做母亲的特为留下来给女儿的,就该给女儿。又有人说她都分到家产了,金叶子就该分她亲哥哥一半,她那个同父异母大哥就免了。你父亲脸皮薄,说:'都给了她吧。'我当然无话可说。而你姑姑居然连句话也没有,就拿了。她就是这样的人。还不止这件事呢。有时候她在小事上出风头,像是什么花样啦、设计啦,或是送什么礼最得体的,大家都夸珊瑚小姐真聪明,其实根本就是我出的主意,她竟然也当之无愧似的,一句话也没有。哎唷!你们沈家啊,真是大名鼎鼎啊——喝,沈家啊!每次我说不,你外婆就把'不'字丢我脸上。等嫁进沈家,沈家还有什么?你父亲的内衣领子都破了,床单脏兮兮的,枕头套都有唾沫臭。你大妈当家,连洗衣服的肥皂都缺,而且床单差不多没换过。那时你老阿妈照顾你,一句话也不敢说——吓都吓死了。我得自己拿出钱来买肥皂、买布做内衣。你姑姑那时候十五岁,很喜欢我,一天到晚跑来找我。你父亲恨死了。就连我,我倒不是跟他一鼻孔出气,可连我有时也觉得她烦。这对兄妹真是奇怪。都要怪你奶奶。自己足不出户,两个孩子也拘在家里,只知道让他们念书。念了一肚子书有什么用处?到今天你父亲只记得从前怎么怎么,跟个疯子一样,抽大烟,打吗啡,你姑姑倒做了贼。"

这些年来压抑住的嫌恶,以及为了做个贤妻与如母的长嫂所受的委屈,都在这时炸了,化为对琐屑小事的怨恨。美德竟是如此的代价,琵琶也有点寒凛凛的。露仍踱来踱去,痛哭失声,弄皱了脸皮,轻笑道:

"哎唷!做这种缺德事晚上怎么还睡得安稳!要依我啊,良心上压了这么块大石头,就连死都不闭眼。"

琵琶仍然一言不发,没办法同情母亲,因为她也同姑姑一样被控有罪。她母亲倒不见怪,认为是家族忠诚才让女儿不愿说长辈的不是。

"帮我拿着。"露把一片玻璃竖起来润饰。

牢骚发完了。

半个钟头之后,珊瑚回家来,两人一面闲聊一面做晚饭,空气就同平常一样。琵琶倒时时警惕,不肯对姑姑的态度上有什么改常,以免让姑姑察觉她知道了。做起来并不难,因为她对姑姑的感觉其实还是一样。至于明哥哥呢,琵琶没办法将他看成是姑姑的情人,便也没办法将他看成是薄幸郎。他还是那个文静矮小的大学生,每次与他同处一室,一站起来总会使他难堪,因为琵琶已经高他一个头了。

可是这一向她极少和姑姑讲话。姑侄两人在露面前本就话少,琵琶更不好意思在母亲不在附近的时候开口,仿佛是惧怕她。露回国之前姑侄两人倒是谈得挺多的。是姑姑带着她一步步走入往事,尽管两人都兴趣缺缺。她是个孩子,对大人的事当然不会有多大的兴趣。珊瑚也总是笑道:

"问我根本就问错人了。我哪能记得别人的事?我从来都是听过就忘了。"表示她不爱蜚短流长。少女时期她既不美又缺人爱慕,回顾过去因而少了恋恋不舍的感情。但就是那种平平淡淡的说法使故事更真实。就仿佛封锁的四合院就在隔壁,死亡的太阳照黄了无人使用的房间,鬼魂在房间里说话,白天四处游荡,日复一日就这么过下去。琵琶打小就喜欢过去的事,老派得可笑,也叫人伤感,因为往事已矣,罩上了灰濛濛的安逸,让人去钻研。将来有一天会有架飞机飞到她窗边接走她,她想像着自己跨过窗台,走入温润却凋萎的阳光下,变成了一个老妇人,孱弱得手也抬不起来。但过去是安全的,即使它对过去的人很残忍。

"哼!从前那个时候!"珊瑚经常这么忿忿不平地说。不消说,过去的一切都是禁忌。

琵琶对于亲戚关系也是懵懂得很。直到最近才知道她跟表大妈与明哥哥是怎么个亲戚。表大爷是奶奶的侄子。明哥哥不是表大妈的儿子,但是他却管她叫妈。

"明哥哥的妈妈是谁呢?"有一天在珊瑚家遇见他,琵琶这才想到要问一声。

"是个婢女,给燕姨太使唤的婢女。"珊瑚每句话说到末了就会不耐烦地偏过头去,好似说得已经够多了。一讲起明来,她的声音就变得低沉沙哑,真有些像哭过后的嗓音。"燕姨太发现了之后,痛打了她一顿。孩子一落地,她就把孩子夺走,把做妈的卖了。"

"表大爷难道什么也没说?"

"他怕死她了。她可是他的心肝宝贝呢。"

"那明哥哥知道他母亲现在在哪里么?"

"他怎么可能知道?他还以为燕姨太是他亲生母亲呢。后来你表大爷不要她了,明哥哥还哭着哀求他。表大爷这才跟他说:'别傻了,她不是你妈。'终于告诉了他真相。以后明哥哥就恨死她了。每次她来,表大妈还留她住,明哥哥气得要死。"

"从哪儿来啊?"

"北平。表大爷不肯让她在上海住,要她搬到北边去,否则就不给她月费。可是她老往上海跑,想来看他。他怎么都不见。"

琵琶很能体会表大爷不是轻易能见到的人。她自己就不曾见过他。

"可是你表大妈是只要她来从不给她吃闭门羹。表大妈说是过意不去。可也不犯着那么客气——留她住,房子那么小,还一块吃喝闲聊。现在燕姨太当然是百般巴结了,开口闭口都是'太太!太太!'从前啊,她哪里把这个太太看在眼里过。明哥哥可不理她。她倒缠着不放,少爷这个少爷那个的。表大妈还责备他:再怎么说,她小时候照顾过你。好像表大妈不知道那女人是怎么对付明哥哥的亲生母亲的。她就是这样。虽然她把明哥哥当自己的儿子一样,明哥哥实在没办法喜欢她。"

"燕姨太还是那么美么？"

"现在头都秃了，戴着假头发壳子，鬈的跟扇贝一样。她才刚开始掉头发，表大爷就躲着她了。"

"我怎么从来没在表大妈家见过她？"

"应该见过。穿着黑旗袍，还是漂漂亮亮的。表大爷出了事之后，她来过。"

出了事的意思是出了意外。琵琶没在家听说过，而珊瑚也只是说：

"他挪用公款坐牢了。"

琵琶听人说过表大爷是在船运局。有一两次她听见父亲与姑姑提起他，语气总是神神秘秘的，不敢张扬，半是畏惧半是不屑：

"最近见过雪渔吗？"

"没有，好久不见了。你呢？"

"也没见过。唉，人家现在可发了。"榆溪窃笑道。"发了"是左右逢源的委婉说法，言下之意是与某个军阀勾结。

"我听说他在募什么基金。手头上多半还是紧。"

"国民党政府的钱不够他挥霍。"榆溪哈哈大笑道。

"哼，那个人啊！"珊瑚扮了个怪相。兄妹两人露齿呼出颤巍巍的呼吸。

琵琶完全听不出这番话的弦外之音。她并不知道罗氏一门不准入仕民国政府。罗家与亲戚都静坐家中，爱惜自家的名声。大清朝瓦解了，大清朝就是国家。罗家男人过着退隐的生活，镇日醇酒美人，不离烟铺，只要不忘亡国之痛，这一切就入情入理。自诩为爱国志士,其实在每一方面都趋于下流,可是不要紧。哀莫大于心死。琵琶一直都不明白她父亲游手好闲倒还有这么一个冠冕堂皇的藉口。

她父亲的一些亲戚就耐不住寂寞。在北方沈六爷入了一名军阀的内阁。沈八爷也起而效之。不过同样的旗号只能打一次。北洋政府垮台之后,他们逃进了天津的外国租界,财是有了,政治名节却毁了。南方的罗侯爷加入了南京政府。革命后二十年,他的名号依然响亮。当然这一场革命委实是多礼得很,小心翼翼保住满洲人的皇宫。退位的皇上仍旧在他的小朝廷里当他的皇上,吃的是民国供给的年金。报纸上提到前朝用的说法是逊清。如此的宽厚与混乱在南京政府成立后画下了休止符。孙逸仙的革命有了真正的传人。这一次真的两样了。然而南京政府一经底定,仍是恋恋于过去,舍不得斩断与过去的联系。罗侯爷得了官位。报纸上刊登了他的照片。他的大名雪渔就如一幅画。一篇长文报导了垄断海岸船运的历史,原是第一任侯爷的得意之作,报上还盛赞创始人的孙子独具慧眼,克绍箕裘,接任海运局长。

而在亏空一案报上又提到了罗侯爷的祖父,这一次更是大篇幅报导,许多报纸还是头条,让罗氏一门极为不悦。

"老太爷又被拖下水了。"珊瑚道。

表大妈同丈夫分居,只靠微薄的月费维生,完全不沾他的光。这时她去找侯爷的有钱伯父,双膝跪地,叩头如捣蒜。

"磕头,明儿,"她向丈夫的儿子说,"求你伯祖救救你父亲。给伯祖母磕头。"

老夫妻拉她起来，温言安慰她，暗示他们始终就不赞成入公职。福泰的表大妈带着明哥哥挨家挨户磕遍了所有的亲戚。明哥哥爱他的父亲，可是他痛恨求情告帮，尤其是根本就不管用。所有人都袖手旁观。

　　琵琶对旁人一无所知，也不觉得奇怪姑姑会一肩担起搭救表大爷的责任来。日子一天天过去，这件事却越拖越久，她在报上看到亏空的款子是天文数字，后头的零多到数不清。珊瑚对于未出口的问题早想好了答案，显然也同许多的亲戚说过：

　　"再怎么说他也是奶奶最喜爱的侄子。"她指的是自己的母亲。"她说唯有他还明理。我当然也喜欢他，跟他很谈得来。"

　　"是么？"琵琶惊讶地道。表大爷根本是个隐形人。

　　"是啊。"珊瑚草草地说，撇过一边不提的声口。

　　琵琶很少听到奶奶的事。露前一向喜欢提"你外婆"。有个故事说的是寡妇被围困，说的就是外婆和几个姨太太。可是提起奶奶来，露总是一声不吭，只挂着淡淡的苦笑。琵琶现在知道母亲为什么不喜欢这位从未谋面的婆婆了。她在婚前就听过太多她的事，婚后才发现上了当。

　　琵琶知道的祖父母是两幅很不相衬的画像，每逢节日就会悬挂在父亲屋子的供桌上方。一幅是油画，画着一个端坐的男人，另一幅是女子的半身照片。她倒是挺喜欢这两幅图像的，很庆幸不是那种传统的祖先画像。祖父很福泰的一张脸，满面红光，眼睛下斜，端坐椅上，一脚向前，像就要站起来。祖母面容严峻，像菩萨，额上戴头带，头带正中央有颗珍珠。可是琵琶没有真正想过祖父母，直到有一天她从父亲的吸烟室里抽了本书，带到楼下读。那是一本新历史小说。

她弟弟进来了。

"祖父在里头。"他说，语气是一贯的满意自得。每次他有什么消息告诉她，总是这种声气。

"什么？在哪里？"

"他的名字改了，我记不得是改成什么，读音差不多。"

"祖父叫什么名字？"她微笑着问。

直呼父母或祖父母的名讳大不敬，可是为人子女仍是不能不知。有时候她好像是故意在吹嘘自己的无知。只因为她可以去看珊瑚姑姑，又可以写信给母亲，她就认为自己是两栖动物，属于新旧两个世界，而且属于新世界要多些。他喃喃说沈玉枋。她年纪比他大。姐弟俩一块在书里寻找。

"陵少爷！"他们后母的老妈子在楼下喊。他得到吸烟室去。

"啊？"他高声应了一声，因为不惯大声，听上去鼻音很重。恼怒的问号像是在说"又怎么了！"让姐姐知道尽管挨打挨骂，他并不是温顺的乖孩子。他轻快地起身，蓝褂子太大了，大步出了房间，自信只不过是去跑跑腿。

琵琶快速翻页，心头怦怦乱跳。谁是祖父？是引诱了船家女的大官还是与年青戏子同性恋爱的文士？

二

　　小说讲了一个又一个的男人。最后一个人物姓王,去参加丧礼。每位宾客都有一名门房迎接,三品以上的官员由两名迓迎,朝中大臣则是四名。王生看见云板一响,四名门房上前去迎接一位刚来的客人。他以为是什么大臣,却从蓝磁顶戴上看出是个四品官,大摇大摆走进来,圆脸,唇面上一道小髭,趾高气昂的。

　　"那位是谁?"王生问友人。

　　"你不认识他?"

　　他告诉王生他姓沈。几年前沈玉枋金榜题名,在京城谋得官职。一贫如洗,就要他哥哥假扮仆人,兄弟两人轮流挑着铺盖卷来到京城。他在冷冷清清的衙门里坐吃干俸。有一天,吃完芝麻糕当午饭,吃得口干,肚子还不饱,就想到那些大官贪污纳贿,吃得脑门冒油,而他却连一顿像样的午饭也吃不上。他是言官,有直谏之权,所以何乐而不为?便坐下来写奏摺,直言三名总督,又暗指两名大臣收贿。他的指控言之凿凿，奏摺写得引经据典，咄咄逼人。太后大为震怒。降级、停职、查办，接踵而来。沈玉枋食髓知味，从此每日早朝便递上一份奏摺，每晚再上一封密摺，而且总是参一个倒一个。甚至还杠上了全国知名的罗侯爷，当时的首辅，条列了贪污与无状的十大罪名。罗侯爷受到惩戒，失去了特权。"褫去黄马褂，拔去三眼花翎。"宣旨的太监念道。

沈玉枋在中法中南半岛争端开始是主战派。安南、东京、高棉等中国的藩属被法兰西入侵，上表请求援助。朝中大臣分为两派，一派主张中国无力一战，一派主张中国这一次决不能示弱，沈玉枋就属于主战派。太后下旨命法兰西自东京撤军。战争爆发。沈玉枋的许多敌人道：

"派沈玉枋去，谁让他一心求战噻。"

沈玉枋自己也请缨上阵杀敌。他侃侃论战，说得太后也相信了。

"没准我们就缺的是他这样的士气。"太后道。

他受封为钦差，督察水陆两军。水师全数是福建人，福建临海，百姓善于操舟。福建官员看不惯沈玉枋，却仍是虚与委蛇。中国水师在福建沿海，台湾基隆港外与法军交战。炮声隆隆，吓得沈玉枋头顶着铜脸盆，于滂沱大雨中逃回内陆。战败消息尾随而至。他立即上表请罪。福建地方官员将罪责尽归于他。太后大怒，要斩他的头，后又改判流放边塞，永不录用。

罗侯爷却不怀旧怨。

"可惜了。"侯爷说，"不知兵的书生，还是当他的言官好。"

罗侯爷资助沈家，馈赠书酒皮裘以抗边塞的严寒。几年后，败于法兰西之辱时过境迁，侯爷代沈玉枋求情，将他从边塞放了回来。但太后怒气未息，沈玉枋从此也与官场无缘。侯爷又召他为幕僚。

一天行至侯爷的官署，沈玉枋瞥见一女由室中奔出。

"那是小女。"侯爷道，"没规矩。不用理她。"

沈玉枋反为来得不是时候而致歉。落座后他在桌上看见一张纸，赫然写着"鸡笼"。既惊且辱，他拾了起来。是一首诗。

"鸡笼南望泪潸潸，闻道元戎匹马还……"

语气沉痛，不无怜悯之情。沈玉枋读完后，潸然泪下。

"小女游戏之作有污诗人慧眼。"侯爷含笑道。

"恕属下放肆，一时忘情。"

"小女刚学作诗。"

沈玉枋恭维了几句，话题就此打住。但侯爷对女儿的态度却让他百思不解，心情激荡。冒着得罪唯一的朋友暨恩人的风险，他请了一位友人做媒。沈玉枋是鳏夫，年纪又大了一倍。侯爷答应了这门亲事，夫人却极为不悦。

"你家女儿是没人要了不成，老糊涂？多少人上门求亲都不给，蹉跎到如今二十二了。人人都说看他是想捡个什么样的好女婿，末了竟然把她许给了一个四十岁的人犯，儿子的年纪跟你女儿一样大。"

老夫妻争吵不休，但一对新人婚后却颇和乐。他们迁居南京，避开京城的官场，建了一座庭园。侯爷送了女儿一笔丰厚的嫁妆。沈玉枋对岳父极为感激。

侯爷始终不忘为沈玉枋谋得一官半职。拳匪之乱引来了八国联军，占领北京城，拒不议和。满朝官员只信任罗侯爷一人。侯爷已高龄八十，非但疾病缠身，也已失势多时。朝廷逃往西北，接连下旨，末代皇帝好话说尽，准罗侯爷全权处理和议。侯爷上路时奏请派沈玉枋助同谈和，太后并未反对。

侯爷抵达京城，暂居于寺庙。千端万绪，欲待收拾，谈何容易。和约签订后不久，侯爷即死于庙中。数年后，沈玉枋饮酒过度而死，得年五十有奇。

琵琶喜出望外，问她父亲："书上说的爷爷的事是真的么？"

"胡说八道。"榆溪嗤之以鼻。

"爷爷跟奶奶不是因为那样结婚的？"

"奶奶根本就没写那首诗，也根本不是那么相遇的。以前哪可能有那种事。"

"那爷爷真的和法兰西打过仗吧？"

"去念念爷爷的文集就知道了。——成天就知道看书，可没看一本正经书。"他懊恼地笑着嘀咕。

末一句话她当做是夸奖。问铜脸盆的事也是白搭，只会惹他生气。她并不怕父亲，只是生理上会有戒心，如同提防火车头出轨。他总是绕着圈走，摇摇晃晃的，喷鼻、吹口哨、抽烟，从烟铺上起身就抽雪茄，换上汗衫与睡裤，眼镜后是茫然的目光。

她猜想战火中脸盆用来代替盔甲倒是不错，而祖父上岸后千里逃奔仍不丢弃脸盆是为了遮雨。兵荒马乱的时节应该没有那个心情去担心辫子会不会打湿，可是她就亲眼见过一帮北方的苦力在下雨时四处奔找躲雨处。从他们的呼叫声听出是北方人，瑟缩着躲在篱笆下，支着扁担，放心地笑着、惊呼着。他们在北地不习惯雨水。祖父也是北方的农家子弟。

榆溪与提起这本书的几个亲戚谈论，纠正书中的舛误，语气颇为愉快兴奋，没多久就谈起了一八八〇年代的政治纷扰，琵琶完全听不懂。平常他绝口不提祖父，觉得不值得。倒是他的异母兄长谨池将他们父亲的诗文函牍集结印刷，分赠亲友，并要自己的儿子捧读。琵琶细读这些书，囫囵吞下隐晦的引据，每提及清廷，文中的奴颜婢膝、歌功颂德总让她难为情。祖父的诗作属于格外艰深的江西学派，更是堆砌了大量的引据。所有的信札谈的都是政治，决不涉及私事，不可能穿透这层层的礼教看清他的真面目。琵琶很遗憾祖父的著作甚丰，却无法从著作中了解他深一点。他近在眼前，却高不可攀。她父亲只会说是她的古文底子不够。

"你没见过爷爷么？"她问她的老阿妈。

"没见过。我来的时候老爷早过世了。"

"那跟我说说奶奶吧。"

她思忖了一会儿。

"老太太总爱到园子里散散步。以前富家太太小脚，都是两个丫头搀着走，可是她一听说桃花还是梨花开了，也一定要出去赏花。"

"还有呢？"

苦思了半晌，她说："老太太什么都省，就连蜡烛和草纸都省。"

草纸是最便宜的卫生纸，纸质黄，纸面粗糙。琵琶觉得很难同她这位美丽的官家千金联想一起。她必定是守寡只有出没有进，吓慌了。琵琶有一会儿哑口无言，老阿妈制造的图像让她心绪萧索，

19

有如古墓旁夕阳西风里，石马独立在长草间。

"你记不得别的事吗？"

"记是记得，可是要从哪儿说起呢？"

"爸爸跟你谈起奶奶，你都说什么呢？他把你叫进去给他剪脚趾甲，边剪边谈讲的时候？"

"还不是想到什么就说什么。我现在记不得了。"

下次琵琶去找珊瑚，便问姑姑。

"喔，对了，我看过。"珊瑚说，"那首写基隆的诗是瞎掰的，奶奶压根没写过。其实就连传说中奶奶同爷爷的鱼雁往返，里头的诗也都是祖父代笔的。"

"那其余都是真的嚛？"

"跟法兰西开战是真的。小时候大人都教我们要恨法国人，还教我们恨福建人，说他们都是阴险狡诈的小人。"

"爷爷一直到娶了奶奶才有钱么？"

"是啊，他一直很穷。"

"奶奶对大爷好吗？"琵琶委实没办法当她是继室。

"奶奶管教得很严。嫁过来的时候大爷已经长大成人，娶了媳妇了，可是还是很怕奶奶。"

"奶奶过世之后，大爷就抢了她的孩子的遗产。"

"那是继承了奶奶那份家产以后的事。"珊瑚有一会儿不说话，"我是这么觉得。我们的钱都是罗家给的，我拿来帮表大爷也是天经地义。"她说，轻轻笑了一声，颇觉有愧似的。"我最不舍得就是南京的园子，里头有些东西真美。"

"园子还在吗？"

"现在成了立法院了。国民党买去了。"

"爷爷的事姑姑到底记不记得？"

"不记得了。奶奶过世的时候我都还是一团孩气。我只记得她皮肤非常白，有时候有小红点，不是痣，是小血管爆裂，可是衬着雪白的肤色，真好看。我常拿脸挨着她的身子，磨蹭她。"镜片后情意绵绵的眼神倒使琵琶震了震。"我一直就讨厌爷爷，因为我长得像他。"

"怎么会？你们一点也不像。而且画像里爷爷挺好看的。"

珊瑚微微摇头，抿着唇笑，"大家都说我像他。"

"姑姑的五官很漂亮。要是不戴眼镜看得见自己的脸就好了。"

"近视眼不戴眼镜不好看。眼里没光，没精神。"

"眼镜不适合姑姑。"

"我倒高兴有眼镜。七表哥有一次从乡下来，第一次配眼镜，一戴上就说：'咦，天上真有那么多星。我老以为他们唬我。'"

"我听说过。爸爸以前常提。"

"我们都笑死了。"

"我实在想像不出来姑姑跟爸爸在家讲笑话。"

"我们不是真的很亲。他比我大四岁，隔阂就大了。"

"爸爸为什么那么怕奶奶？"琵琶听老阿妈笑话他有多畏惧祖母。

"奶奶管儿子管得很严。女儿就不一样了。我猜她是把我惯坏了，把我打扮成男孩子。其实我宁可当女孩子，可是太害臊，说不出口。"

"奶奶觉得那样很可爱么？"

"奶奶反对缠足。说不定她是要我活泼独立。我觉得奶奶对自己的命很不满，她对爷爷不可能有多少情意。"

"小说上说他们婚后很幸福。"琵琶沮丧地道。

"古时候当然是唯父母之命是从，做出幸福的样子来。"

"奶奶一定很欣赏爷爷吧？"

"当然啦，她父亲怎么说她就怎么信啊。"

"爷爷过世后奶奶很伤心吧？"

"那还用说。奶奶自己四十六岁就过世了。她谁也不见，人家都说她傲慢古怪，像是把你爸爸打扮得像女孩子。"

"奶奶为什么那么做？是怕男孩子难养活吗？"

"嗳、嗳，后来他渐渐长大，我想她是特为要让他害羞，他的打扮让他太难为情，就避开别的男孩子。奶奶很怕他会学坏了。"

"奶奶就不管表大爷。"

"侄子不一样。可是她老说雪渔要是肯多读点书，就不会有今天。只有雪渔见得着她。他长得漂亮，胆子又大。我记得他到北平去就职之前来过。"

琵琶心里想，祖母要真喜欢表大爷这样子的男人，那她不可能真的爱祖父。真正的爱与了解反而是存在于翁婿之间。

"奶奶说爷爷在世时也喜欢和雪渔谈天，而且很高兴岳丈至少有这个好孙子继承衣钵，只可惜他不肯多念点书。"

祖母套用了丈夫的话，珊瑚也借用祖母的说法，"奶奶最喜欢他这个侄子。"同一个男人，痴迷了母女二代，三十年后又陷女儿于毁灭。琵琶理不清这一团乱麻，只觉得姑姑千方百计想要解救的这个侯爷一无是处，不由得生起了敌意。姑姑倒像是女骑士，却无心将琵琶与陵从后母手中解救出来。

"奶奶年青时候的相片只有这张。"珊瑚取出相簿，翻开第一面。

"喔。"琵琶低声说，"好漂亮。"

"旁边是太婆婆。"

太婆婆端坐在门廊上，背后是雕花门。奶奶立着，一手置于椅后。宽大的夏日旗袍直罩而下，小小的绣鞋掩在袴脚下，飘浮浮的，亭亭玉立。鸡蛋脸，年青丰润。头发中分，发线不齐整。唇边的笑淡淡的，杏眼却笑意盈然，几乎透着讥诮。讥诮什么呢？藏身在黑布下的摄影师？拍照那一刹那抑不住地傻笑？

"照片谁拍的？"

"以前都是把洋人摄影师叫到家里来。"

"奶奶那时多大了？"

"十八。"

定下终身之前四年。她的笑容看得琵琶心痛。她有权冀望更美好的人生，而不是委身于官场败将，屈就寥寥可数的相处时光，然后是遗世独立的庭园，愁闷怨苦，中年就香消玉殒。也难怪她会偏爱迷人的侄子，她这辈子见过几个男人？

"你怎么这么有兴趣？"珊瑚突然问道，带着好奇的笑容。

"我在一本书上看到的。"

"我总觉得到了你们这一代该往前看了，不该往后看。旧时代我们都受够了，下一代应该不一样。"

"我不过因为忽然在小说上看到他们的事。"

这些是她可以欣赏的人。她欣赏母亲和姑姑，但两人来来去去，倒像朋友。祖父母却不会丢下她，因为他们过世了。不反对，也不生气，就静静躺在她的血液中，在她死的时候再死一次。

发现祖辈的事迹也正巧来的是时候，她正亟需什么。她恨极了弟弟和老阿妈在家中受的委屈，却爱莫能助，除非她长大，就算长大了也不知道能怎么样。母亲一向教导她往西方看，可母亲多年不在身边，西方也随之落在地平线下。倒是东方的绚烂金彩突然在她眼前乍现开来，虽然在粉刷的墙上看不见出口。

母亲一回来，海线又开了，她自己要去英国了。但英国已不是小时候心目中的英国。露描绘得很黯淡，生怕她幻想成是去过好日子。

"留学生大多靠面包奶酪填饱肚子。奶酪吃多了对身体可不好。学生只有上衣裙子，天冷加件毛衣。什么都看不见，回国的学生大谈巴黎维也纳的，我们都笑死了。说得跟真的似的。"

乏人的来回旅程终点是中国的省立大学。

"许多人在里头，谋个教职并不难。"露说。

话虽如此，琵琶还是很得意能出洋。露开口总先告诉亲戚女儿要到英国，表明带着女儿只是暂时的安排，怕难为情。露直到如今才在看那本历史小说，出版时她不在国内。所有亲戚都念给她听过。

"不过是写书。"她说，加上一声叹息，"唉，由我来写，可写不完呢。"

露要知道琵琶的祖父母在她心中的份量，肯定会大吃一惊。琵琶住在父亲家够久，深知从往事中寻求慰藉的滋味，不是自己的往事也无妨。她因此而老气横秋，与世上最多记忆包袱的国家同声一气。她父亲成天在他房里踱来踱去转圈子，一面不断地背书，滔滔汩汩，背到末了曼声吟哦起来。原来这笼中走兽似的踱步也仿的是外曾祖父。奶奶说是好习惯，他也该学学。饭后在房里来回绕圈五十次。外曾祖父在剿平太平天国战事方殷之际仍不废此习性。琵琶憎恶父亲的懒散，却也逃不过这魔咒，家里的秋思怀旧气氛。弟弟因此而死，她也险些送命。积习还是难改。她得了肺炎那次也没有延医，只关在屋里。

第一位先生上的第一堂历史课是武王伐纣。商朝宗室伯夷叔齐这对兄弟不事新朝，隐居山中，不食周粟，以野草维生，饿死在首阳山。先生讲完课，琵琶号啕大哭。先生不知如何是好，浑然不觉自己的故事说得多精彩，不免疑心学生使诈，藉此罢课。他不作声，只等候着。弟弟坐在她身边，假装不在意，心里显然认定她又在卖弄了。她还是哇哇大哭，央求先生往下念。先生一边念一边拿毛笔沾朱砂圈点。她为伯夷叔齐两兄弟伤心，看见他们孤零零在苍黄的山上采野菜。逆天而行要有骨气。越是叫你别哭，越是要哭得嗓子沙哑、两眼红肿为止。如今回想起来，倒像是什么前兆，凡是不愿随波逐流的人都要耐得住那份寂寞。

吸烟室里拿的另一本书上有胡适博士的论文，文中阐述老子是商亡后遗民之后。商朝覆亡之后，宗室利用古老传统与祭祀的知识谋生，之后父传子子传孙，极力回避当朝的耳目。伯夷叔齐死后若干世纪，他们的后人老子教导世人这支宗族的求生之道，不断告诫世人心怀惊惧，贴墙疾行，留心麻烦。阴阳不歇的冲突中，老子显然相信阴是女性，多数时候弱能胜强。琵琶心里想老子确实是胜过了孔子，虽然官面上推崇的不是老子。民族心理上多的是老子而不是孔子。历史上天灾人祸频仍,老子始终是唯一的支柱。

三

　　母亲节到了，琵琶从报上知道。她在花店橱窗外观望。她母亲会了解送花的意义。她最爱芍药，花形与牡丹类似，但不如牡丹名贵，有牡丹婢之称。长圆形的花，鸡蛋黄似的花心，深粉红色复瓣，花瓣边缘像绉纸。瓶里插的六枝花里，有一枝最大最美。琵琶打量了许久，这才进店里指出来。

　　"那朵多少钱？"

　　"三毛。"店员笑道，已经倾身去取了。

　　贵多了。三毛买朵花，还是花里的婢女。可现在又似乎是最适合母亲的礼物，连长相都像。

　　"这是我送妈的。"她把卫生纸包着的花送给了露。

　　"好漂亮。"露诧笑道。

　　"嗳，是母亲节。"珊瑚忙笑道。

　　"拿杯子装水，插起来。茎断了。"露喃喃道。

花朵太沉重，蒂子断了，用根铁丝支撑着。琵琶如遭电击，热血直往脑门冲，耳朵里轰然一声巨响。压根没想到该看看茎。她怎么那么傻，上了人家的当？露还一再告诫花钱要仔细呢。

"断了！"她大哭了起来。

"不要紧，放水里就好了。"露温和地说。

"就谢了！"

"不会的。"

这次露倒没埋怨她粗心大意，丢三落四。芍药花在她床边小桌上盛开了好几天。

她有个英国朋友，叫汉宁斯，瘦瘦高高的，红通通的脸，是年青的生意人，正在学中文。常请露陪他去看新编正统戏，她会解说戏文。新戏都是爱国历史剧，演绎中国对抗蛮族入侵的故事，显然影射日本。戏院挤得水泄不通，演员是一夜的明星，汉奸出场观众喝倒彩，每一段振奋人心的言词就鼓掌。日本人的气息从四面八方吹向他们的颈项，还能享有这等的自由，观众无不心情激荡。汉宁斯是随着国际志愿军来的，下班之后就打电话来，要带露去看他打水球。露一边着装一边同珊瑚开心地聊着。

"老是水球。这一次是跟美国陆战队比。"

"汉宁斯讲话我老听不懂。"珊瑚说，"嘟嘟囔囔的，一句话吞进去的倒有一半。"

"不对，是话说到一半就笑，笑得后半截都不知道说了什么。不是好习惯。中国人说话老是讲一半不吉利。"

"英国人说话谁不是那样，总不可能个个都短命吧。"

"嗳，洋人可真能流汗。你看过他的衬衫吧？"

"从颈子下面的卡其布都是黑的。"

"跟他聊聊去。"

"他又不喜欢我。"

"他有时候会给别人那种印象，其实他是真正的朋友。"

"英国人只要成了朋友，就会是真正的朋友。"

"可怜的汉宁斯，他真的是个好人。"露说，若有所思。"留神。"她伸手到琵琶背后，从壁砖上剥下一方手帕，按在香水瓶上。

这一刻三人很亲密，就如同琵琶小时候，每个人都在该在的地方，琵琶看着母亲打扮准备出门，珊瑚在一旁闲聊。琵琶挤进洗手间，免得从客厅门那里看得到她。

"有谁来了，就说我是你阿姨。"露有一次这么盼咐她。

"可惜她长得太高了，不然就像了。"珊瑚笑着说。

"汉宁斯没关系，他知道。"

是不是他劝露别送女儿到英国去？说不定只要是真正的朋友都会这么劝她，琵琶心里想。母亲的男性朋友她都喜欢，也很为露高兴她的模样很年青。人生似乎变长了，也没有那么严酷，而不像露挂在嘴边说的那样，今天美丽，明天便枯萎死亡。不过年青人就该体贴，在这方面与别的地方为长辈挪出位置来。男性朋友与女性朋友当然没有什么不一样，只有那些老古董会对再平常不过的两性交往骤下结论。琵琶总觉得母亲在离婚前就恋爱过许多次，可她不肯外遇。"爱情是神圣的"，这句话是她那一辈的口号，他们才刚发现爱情与西方世界。这如今早已不同了。爱情在生活中退位了,在移植的过程中改变了。露负责帮侄女们挑男朋友,就这么抱怨过。

"你还真是投入。"珊瑚道。

"还不是她们的母亲,要我介绍归国的留学生,还非得要归国的留学生不可。现在又换国柱跟我埋怨:'我听见客厅里一个跑一个追,有点不放心。冯先生跟老大在里头。我走过门口,瞟了一眼,手都伸进了她旗袍里,旗袍大襟的钮子都开了。我一急,就嚷了起来。'我问他嚷什么。'没嚷什么。'他说,'我真是急坏了,大概是喊着要报纸什么的,后来就叫小的进去陪他们。'"

"嗳,时代真是不同了。"珊瑚道,"国柱自己以前就不是好东西,现在倒成了捍卫道德人士了。"

"都该怪那些女孩子,哪有才进大门就让人登堂入室的。规矩就是规矩,一步也错不得。"

"我听见她们说要嫁给高大的人,我自己倒是有点吃惊。"珊瑚呢喃道,又是好笑又挤眉弄眼的,"冯先生不够大。嗳,女孩子家说什么大不大的!"

琵琶听得摸不着头脑。要个高大的男人有什么秽亵的?

"我们中国人不懂恋爱。"露道。

"所以人家才说一旦爱上了洋人,就不会回中国了。"

"中国男人也不喜欢和洋人打交道的女人。"

"还叫她水兵妹。"

"幸好我不想再婚了。"

"横竖中国男人也不娶离婚的女人。"

"对，他们只知道少女。就说我的丫头葵花吧，连漂亮都称不上，国柱成天缠着跟我要。南京的表哥也问我要。这些人，心眼真坏。只要是少女就来者不拒。"

"听说有些老手宁可要有年纪的女人。"

"那说的是歌女，不一样。一般来说，少女一定有人要。法国人说少女淡而无味。女人要过了三十才真的显出个性来。"

过了三十，琵琶草草跟着念了一遍。人生都结束了，还要个性做什么？她想的不是母亲，她是例外。可是惊鸿一瞥法国这青春永驻的国度，看着母亲倒身向前，压在洗脸台上，向镜子里深深注视着，有那么一会儿琵琶觉得窒闷，中国的日常生活渐渐收拢了来，越是想挣脱越收得紧。第一次，她略微懂得为什么母亲总是说困在自己的国家里。

然而她仍没有把这事同露经常向珊瑚提起的菲利普这名字联想在一起。日子一天天过去，露也越来越常把他的名字挂在嘴边。

"嗳，你真该看看我的菲利普。"她笑道，"多英俊啊！"

"他是念法律的？"珊瑚懒洋洋地问道，像是谈过不少次的声口。

"是啊，现在当兵去了。他们得服兵役。"

"服多久？"

"两年。他真怕会打仗，说他自己一定会打死。我走的时候，他说再也见不到我了。"

又一次她酸酸地说："这样的事，当然是人一走就完了。"

琵琶花了很久的时间才看出母亲是同她爱的男人分离，泥足在这里，债主被迫与两个负债的人同住。不是发琵琶的脾气，便是向琵琶数落珊瑚的不是。

"看我在这儿，动弹不得，为的是什么？名义上是为了你，可是真正的原因呢？嗳哟。"她压抑下叹息，别开了脸，喃喃自语，"算了。"

她的侧面和颧骨石头一样，架在金字塔似的颈子与纤细的肩膀上。可谁也说不准她还能美多久。说不定她再也不能以同样一张脸面对菲利普了。知道是为了自己的原故，琵琶痛心得很。

每次法国来了信，露就取出她的法语字典。可是回信她总问珊瑚英语。

"我得用英文写，我的法文还不行。"

有时候她要琵琶帮她想个字。她会拿本书遮住半张信纸，再拿张纸遮另一半，只露出中间一行。写了一阵子之后，她将信锁进了抽屉。她这样是防谁看？显然是防女儿，她与珊瑚是无话不说的。琵琶从来没想到这一层，只是不喜欢，每次露锁抽屉，就别开脸看别处，心里畏缩着等着听钥匙叮叮响。

她把抽屉锁上，到弟弟家打麻将去了，钥匙忘了带去。琵琶进房间来，看见钥匙插在抽屉上，钥匙圈晃来晃去的。不知怎地，痛苦漫了上来，招架不住。要是我真干了什么，我也要知道是什么罪过，她向自己说。转动了钥匙，开了抽屉。两封蓝色航空信摆在最上层，一封是菲利普的法文信，她看不懂，另一封是露的英文信。琵琶匆匆看了一遍。信上写着：

"菲利普达令，

收信两个礼拜了,本想立刻回信,只是太忙,事情太多,公寓要装潢,连学法文的时间也没有。你一定会骂我懒。我真想你,达令。你好吗?……"

结语是"堆上我的爱与百万个吻,你的露"。

底下一排的"×",琵琶以为是为了隔开下文,可底下没有地方可写了。信中不像母亲的声口,文字却意味深长,要飞越重洋的原故,几乎像是电报。她赶紧放回去,锁上抽屉,皇皇然四下张望。

"我们中国人不觉得拆别人的信有什么。"珊瑚有次这么说。而露对琵琶说:"你父亲以前老爱拆我们的信。"笑得很温暖,发自胸膛深处。提起榆溪来她总是这么笑。

到头来琵琶也同她父亲一样坏。说也奇怪,这件事上的良心不安抵消了另一件事上的良心不安,她对菲利普的恶感也消失了。

她考试通过了,还是去不成英国。

"都说随时会打仗。"露说。

琵琶对纳粹、奥地利、捷克只有恍恍惚惚的印象。该订船票的时候露会知道。

"最好把护照预备好。"露说。

上海孤岛里的人很难从重庆方面取得护照,露托了表妹夫 M. H. 张,他从前在政府做事,没跟着到战时陪都去,可是并没断了联络。那天薄薄的小黑本子送到家,露高兴极了。

"这么快,"她说,"我真该请张家夫妇过来吃饭。M. H. 这事办得可真是快。"

"他跟你倒是不拿官架子。"珊瑚说。

"我真不懂你们这些人，还说什么做官。"露笑道，"就算是说笑吧。现在不都民国了。"

给琵琶补课的先生觉得她仍赶得上春季班。开春了，她同其他人还等着打仗。

"现在走不得。"露说，微摇了摇头。

"是吗？"琵琶笑道，掩饰心里的急。

露只又不耐烦地微动了动头，掉过头去，板着一张脸。

"我越是看琵琶就越不放心。"她向珊瑚说，"她一个人怎么过。"

"这谁也说不准。逼不得已了，她也非过不可。"

"你姑姑说得倒轻松。"过后露跟琵琶说，"又不是她的心事。"

她的脾气越来越坏。

"别把壶嘴对着我。"她喊道，抬头看着琵琶将杯碟摆上桌，"我最讨厌壶嘴对着我的脸了。"

琵琶把壶嘴掉过来，朝着自己。没念过弗洛伊德，不知此举有什么含意。发挥想像力的话，倒可以联想成竖起的蛇，或是恐龙的颈子直伸到脸上没有唇的笑口。露看见她研究壶嘴。

"掉向没人坐的地方。"

琵琶再把茶壶掉个方向。又多了桩要记住的事。越荒诞反而越容易记住。

"我请张家夫妇和吴家夫妇星期五过来吃饭。"露跟珊瑚说。

她和吴先生他们是在法国认识的。里奥纳·吴在法国念医科，爱上了学艺术的缇娜·夏。他在家乡已有妻室。两人一齐回国。吴目前在大医院里担任外科医生，到今天还没能离婚。

"张先生他们知道他们没结婚吗？"珊瑚问道。

"不知道，他们都是从我这儿知道有这么个人的。我请他们四个一块来是因为我欠他们一顿饭。"

"我也只凑巧想到，你知道张太太可是个标准的官太太。"

"她对我从没那样，她一直对我很好。"

"她先生欣赏你，她还很有肚量。"

露哈哈笑，"她说得煞有介事：就连 M. H. 也直夸你好。倒像是铁证如山似的。"

"旧派的太太们只要有把握丈夫不会偷腥，就不会放在心上。"

"我早该请他们了，最近筹备婚礼把我忙坏了。"她的大侄女嫁给了冯先生。"唉哟！满城跑遍了，买衣料，大小姐还不满意。我这是何苦来，可是他们又什么都不懂。"

"下一个几时结婚？"

"你一定是烦透了。杨家人进进出出的，一会这个一会那个。"

"不是，我只烦那些喜期紧张。下了班回家来，大小姐居然在床上哭，扰得人不得安宁。"

"你就是嫌人。你要是一个人住，连只鬼都不会上你的门。星期五在不在？"

"你要我在？"

"不在多别扭，我们到底是住在一块。"

"好吧，要我在我就在吧。"

"我知道你不喜欢张家夫妇。"

"也不算特别讨厌。"

"你不喜欢缇娜。"

"唉哎嗳,那个缇娜啊!"珊瑚作个怪相。

"她很漂亮。"琵琶道。

"唉哎嗳,什么眼光。"

"缇娜有时候确实是不够大方。"露说,"在巴黎有一阵子眼看着无可救药了,亏得里奥纳器量大。我老要她别那么常吵架,虽然吵完了和好很甜蜜。"

"人家情人吵架,你老爱搅和在里头。"珊瑚说。

"也不知是怎么回事,麻烦老是自己找上门来。"

"你还能四处嚷嚷,还不算是真正的麻烦。"

"每个人有每个人的做法。"

"我最受不了的是你不介意——好像你自己那种罪还没受够。"珊瑚笑着喃喃道,微有些窘。

"星期五早点回来帮我预备。"

"好。"

珊瑚对露的朋友都很小心,不知道拿了钱的事是不是他们都晓得。她自己猜想现在该知道的也都知道了,却不能肯定谁会有什么样的反应。

"我不能推给你一个人。"露回国之前明这么说。

"这是我跟她的事,"珊瑚这么回答,"跟你不相干。"

"我不喜欢这种态度。"

"你又能怎么样。你爹刚放出来,一切都还千头万绪呢。"

"他觉得对不起你。他还不知道露的事呢。"

"最好先告诉他,免得他听到什么闲言闲语。嘴长在别人脸上,我不能拦着露要她别声张。"

"你要告诉她我们的事?"

"不说也不行了,很难说清楚就是了。"

"她一气,准定会说出去。"

"以前你可不觉得是罪过。"

"还不是碍着爹。他很看重你。"

两人吵归吵,却避开了真正的问题。他爹放出来了,两人心里都明白,他是不会跟他爹说要娶表姑的。他好容易才塑造出精明干练的孝子形象,这一下可不坏了事?表大爷不再一见他就骂,也真的开始信赖他了。

明和珊瑚没谈过婚事。他曾问过:

"你怎么没结婚?"

公寓里只有他们两人,还是低声说话,隔墙有耳似的。误听成他说:"你怎么不跟我结婚?"珊瑚淘气地答道:

"你没跟我说。"

略顿了顿,他笑着再问一次:"不是,我是说你怎么没结婚。"

两人都有风度,这件事也就撇下不提了。过没多久,两人有了肉体关系,表示她并不想套住他。也为了她的身体比脸蛋可爱,似乎是打破姑侄迷咒的唯一实体,族谱上辈分不对的姑侄。营救表大爷的事仍继续进行,两人携手同心,不抱太大希望,而是像神话中的愚公,一铲一铲移走门前大山。有天清早一开门,山不见了,被他的傻劲吓着了,飞到另一个省份去了。只不过她是被山压住了。一边等露回国,她常想到自杀。她最介意的是两人的事到末了,明摆明了是个无赖,而她是个傻子。

星期五请客,她确定露什么都跟缇娜说了。张夫人说不定也知道。但愿不是,张夫人即便对人没有成见都架子十足。张先生至少饱经世故,知道了也不会放在脸上。不料想张先生着意冷落她,珊瑚话才说一半,他就别开了脸。珊瑚想一笑置之,告诉自己单相思的人最是容易为他暗恋的人打抱不平的,看不惯别人对她不好。张先生长圆形的头秃了,像是鸡蛋叠着鸡蛋。他搭讪着与吴先生吴太太找话聊,可是他在美国念的书,各拥护各的国家。张先生从美国回来也已经许久了。新旧大陆都找不到两家都认识的人。圆胖的张夫人也尽可能随和,还是找不出什么话跟缇娜说。

"喔,露!"缇娜时时这么娇嗔,偶尔还"喔,珊瑚!"

她日晒过的脸金鱼一样闪着光,睫毛膏擦得太浓,荷叶边连身裙显得很热,头发也显得热。香水郁闷闷的。露今天把头发盘得像滚了一圈黑狐毛的无边帽,脸颊与眼睛有深沉的阴影。她同缇娜都很触目,都是西式打扮,却对比分明,比肩一站,华丽夺目,房间都显得拥挤。琵琶在宾客间徘徊,想缩起来不见人,细细长长的青少年,清汤挂面的头发。她帮着将桌子拼成梅花图案。露煨了一陶罐火腿鸡汤,其他的菜是馆子叫的。

"还缺一只椅子。"露说。

琵琶赶紧到别的房间去找,一张椅子也不剩。她又找了过道和厨房,但是椅子已经全搬去客室了。她得回头去问母亲,她又正忙着张罗客人。琵琶决定要搬动一张小沙发椅,说不定挤得进客室的门。椅子很重，但是她惯常遇到劳作就自己动手。踌躇不前像是还瞧不起劳动，像在父亲家里一样。她半拖半推，小沙发椅推上了厚地毯，一次只推进个一尺半尺。好容易推出了门，正要推进客室，忽然听见倒抽冷气的声音。

"你这是干什么？"露说着朝她过来。

"没别的椅子了。"

"你是怎么想的？"露悻悻然，低了低声道。

"不行么？"

"你是怎么想的？"露不满地说。

琵琶笑一笑，费力将小沙发又推出门。过道没铺地毯，推起来容易多了，就是吱呀声太刺耳，把母亲的地板刮坏了。露也跟着进了房间。

"别拉地毯，别的东西都会扯下来。谁会想到来拖这张椅子？"

她瞪大眼，仍是惊异不敢置信的表情。琵琶一点一点地推沙发，有时还得把沙发椅抬起一半。

"猪！"露说，转身回客室了。

琵琶听见心里什么摔了个粉碎。她母亲只有另一次骂人猪，很久以前，她第一次出国之前。她坐在梳妆台前，琵琶站在一旁，还没有桌子高，露为了什么生葵花的气。

"猪！"她大骂，扇了她一耳光，"跪下，给我跪下。"

葵花一手撑着梳妆台，跪下来，上半身挺直。琵琶还觉得好玩，葵花短了膝盖下面一截还那么高，样子可笑极了。她头一仰，哈哈大笑。

"什么好笑?"她母亲轻笑着问,"又跟你什么相干了?"

她答不上来,只是张大嘴,笑个不住。

"好了,好了,别笑了。起来吧。"露跟葵花说,自己站起来走开了。

那次是她赢了,却是很久很久以前的事了。

四

有天晚上她跟着母亲与姑姑去看表大妈。表大妈在丈夫被捕之后就搬进了小偏堂屋子,养了好几只猫,隐隐有股猫臊味。昏暗灯光下的白色的小房间使琵琶心情沮丧,为了弥补,她看见书桌上第一样东西就惊叹起来,是管象牙顶班竹毛笔。

"拿着。"表大妈笑着捽进她手里。

"不用,真的不用,"琵琶懊悔地说,"表大妈自己留着。"

"拿着,拿着。"

"我用不着,我用钢笔。"

"拿着,拿着!"

"给你就拿着。"露说。

"忙啊,珊瑚小姐?"表大妈这才同珊瑚说话,尖酸的声气藏不住。

"忙死了,不过忙惯了就好了。"

"她每天都很晚下班。"露说。

"你呢?还打麻将?"表大妈说。

"最近不打了。"

"可惜三缺一,琵琶不会打。"

"今天我也不行。"珊瑚说。

"改天吧。"露说,"明呢?"

"出去了。"表大妈促促地说了一句,又接着说,"他现在在中国银行做事。"

"那真不错。"露说,"你瘦了。"

"瘦了好。"她嗤笑一声,没有笑意,"身上的油都能论斤卖了。"

说不上来是什么原故,她的样子变了,无框眼镜后的脸黄黄的,坑坑洞洞像剥皮烤栗子。

"身子骨还硬朗吧?"露说。

"前一阵子病了。"

"还看那个大夫吗?"珊瑚说。

"是啊,关大夫。"

"前一阵子心里不好受的原故。"露说。

"我看得很开。"表大妈又嗤笑道,"操心也是白操心。"

"嗳,我也都这么跟自己说。操心有什么用,嗳唷!"露叹息一声。

"打麻将吧?"表大妈低声说,诱惑似的,"我来凑牌搭子。"

"不了,今天不行。"

"我挂电话找人来。"

"不了,真的,马上走了。"

"吃过饭再走。"

餐桌摆在楼梯口。表大妈不用厨子,是老林妈下厨。饭吃到一半,老林妈上楼来,倚着扶栏站着,并不老,是寡妇,绷着脸,相貌清秀,圆圆的脸上微微有麻点。在这里许多年了,表大妈很怕她。

"豆子还可以?"她问。

"炒得真好,"表大妈说,"老林啊,"她轻声说,讨好似的,"下回还可以多搁点酱油。"

"嗯。"林妈说,"是淡了。"

"不是,不是,豆子有甜味,得多搁点酱油提味。真嫩啊,是不是?"

"是啊,炒得真好。"露说。

"我不敢多搁酱油。"林妈说,"咸又太咸了。不能尝尝味道,轻重就拿不准。"

"林妈吃素,这里头搁了肉。"表大妈解释道。

"手艺还是这么好。"露说。

"总比什么吃食都让厨子把胡子浸到里头的强。"表大妈说。

饭后回到小房里,林妈进来说:"太太,老爷来了。"

表大爷一个月来一回,送几百块家用来。往常是男佣人送,表大爷出狱后就自己送。只在客室坐个几分钟,问问妻子近况,虽然多少只是行礼如仪,也求个心安,显然是历经患难良心发现了。

表大妈立起身。

"到楼下吧。"

露跟珊瑚互瞅了一眼,"晚点吧,你们先说说话。"

"一起下去,一起下去。"

大家都下楼了,琵琶落在后面,终于能一睹表大爷的庐山真面目,兴奋极了。很难理解就是这个人一手毁了姑姑与母亲。

见她们进门,表大爷站了起来,微微鞠躬,软裥袍跟着往里凹,虚笼笼的,像套在骨架子上,瘦得吓人,倒像是瘦长的老妇人,眼睑下垂,苍白内凹的脸上胡子刮得倒干净,脸却没洗干净,透着蜡黄,头发中分,油垢得像两块黑膏药贴住光秃的额头,还是年青时候的式样。琵琶反正没有插口的余地,好整以暇上下打量表大爷。他的脚下尤其守旧,还是白袜子,圆头黑斜纹布鞋,厚厚的白布鞋底。市面上还有卖的?还是家里做的?她只在一家专卖前清寿衣的商店橱窗里见过。听他说话更是惊诧。一口老妈子的乡下土腔。罗家人没有一个人这么说话了,他却不觉得该改一改。他正在感谢露与珊瑚的鼎力相助。

"不用谢我。"露说,"我那时还没回来呢。"

"二位都是女中豪杰,古道热肠,叫我们这些人都惭愧死了。这些亲戚里面,我总说二位是最叫人钦佩的。"

"那是亲戚太少,老鸹子也成凤凰了。"珊瑚说。

"哈哈!太客气了,太客气了,所以说二位最是叫人钦佩。琵琶要到哪儿念书?"

"英国。"露说。

"好极了,好极了,有其母必有其女,前途不可限量。珊瑚小姐,

44

你跟令兄天壤之别，叫我不胜惊讶。世道往往是这样，阴盛而阳衰。难怪我们的国家积弱不振。"

"反正只要国家动荡怪女人就对了。"珊瑚说。

"哈！'红颜祸水，倾国倾城。'不错，不错，总是怪女人。"

客室里烤得慌，他似乎不觉得，带来的摺扇仍没打开。

"明不在家？"他这才跟表大妈说话。

表大妈清清喉咙，紧握着两手放在膝盖上，"吭。到王家去了。吭。"

"听说你这一向很活动？"珊瑚问道。

"没有，我只去扶乩。"

"我倒没看过。"珊瑚说。

"没什么道理，不过是消遣。"

"扶乩是什么？"琵琶低声问珊瑚。她早就不理会什么灵魂转世，永生之流的说法了，倒是还抱着一丝希望，有什么通灵的方法能证实超自然界存在。

"跟碟仙差不多。"珊瑚说。

"就是顶上有把手，底下有根棍，在沙盘上写字。"表大爷说。

"灵验不灵验？"珊瑚问道。

"那得看乩仙了。扶把手的有两个人，可是得听乩仙怎么解释。"

"就是神仙显灵预言吧？"珊瑚问道。

"也不总是预言，可以只念首诗给一个人，他也以诗唱和。"

"听说要是仙姑的话，还能调笑几句。"珊瑚说。

表大爷笑笑，"有时候神仙还会为了有人不敬罚他磕头。"

"你被罚过吗?"

"没有,幸亏还没有。"他笑着喃喃说,眼睛看着地下。还是旧脑筋,懂得包涵女子有些不敬的言语,而且总是格外体贴妇女似的殷勤的画清该守的界线。

"乩仙说中过吗?"露问。

"这就难说了。有个神仙老是不请自来,不预卜将来,只是写些歪诗。问得紧了,就只说:启驾天目山——与老子相约赏树。"客人听得笑了。"过两天不来看看?我们只当聚会,消遣而已。"

"你太客气了。不是说你要出山了吗?"珊瑚说。

"没有,没有的事。打哪儿听来的?"

"是谁说的呢?横竖有些耳风刮过。"

"没有这回事。就算重庆政府要我,我这副身子骨也去不了。"

"不是要你在这里出来?"

"你说的是日本人?没有,没有。国家到这步田地,我的身体又这样,我只要闭门谢客,安享晚年,于愿足矣。"

"要是别人不放过你呢?"

"不会,不会,真的,没人找过我。日本人还不到饥不择食的时候,哈哈。"

"你可是有声望的!"

"什么声望!说不定还有几个朋友会说某某人并没有那么不堪。可我要是跟日本人搅和在一块,连他们都没办法帮我说话了。不会,我不行。不会。"

表大妈自始至终一声不吭,只隔些时便微嗽一声打扫喉咙。

表大爷走后，她像是很高兴，表大爷很给面子，待那么久，又同她的客人聊了那么多。上楼后露说：

"他气色很好。"

"是啊，气色不错。"表大妈道。

略顿了顿，珊瑚问道："现在是谁，还是老九？"

老九并不是第九个姨太太，而是堂子里的排行。

"是啊，她跟得最久。"表大妈道，又嗤笑了一声。

"她年纪也不小了。"露道。

珊瑚道："当初跟他就不年青了，已经是第二次从良了。"

"明恨死她了。"表大妈道，"每次去找他爹就得见她的面。我啊，我跟她是井水不犯河水，谁也不碍着谁。不像从前的燕姨太，住在同一个屋子里。住在一块我也跟燕姨太没什么，毕竟她先来。"

表大爷娶表大妈之前是鳏夫，有三个姨太太。为了表示他是真心诚意要重新开始，别的姨太太都打发了，只留下最宠爱的燕姨太。

"她待得最久。"珊瑚说。

"我记得嫁过来的时候，她还跟我磕头，我要还礼。"表大妈含笑半呢喃道，仿佛回到当年那个胆战心惊的新娘子，说着悄悄话。"他们哪肯啊。老妈子一边一个早扳住了，僵得我像块木头。娘家早就嘱咐了跟来的人，不让我一开始就错了规矩。压伏姨太太，后来人人都说新娘子好神气，一寸也不肯让。雪渔先生气坏了，面子上不肯露出来，我才刚进门的原故。过后几天燕姨太过来套交情。新房里有一溜雕花窗。我说：'好热，把窗打开。'偏巧老妈子都不在跟前,燕姨太就拿了靠墙的黄檀木棍,支起了一扇窗。回房后哭得不可开交,说是把她当成佣人。嗳,又哭又闹的。雪渔先生气坏了,可是也没说我什么。"

这晚他来搅动了她的心湖,觉得需要解释为什么是今天这个景况。她吃吃窃笑,眼睛欲眨不眨的,仿佛有什么私房话,不时点头,道:

"他们都说现在要是不立规矩,将来就迟了。嫁过来还不到一个月,他就不大跟我说话了,我也不晓得该怎么办。他们都那么劝。除了陪房的老妈子之外,我在这家里一个可以依靠的人也没有。所以我就跟他大吵,闹着要自杀,拿头去撞墙。谁想到屋子那么老,把墙都推倒了。"

珊瑚道:"是啊,我记得听他们说新娘子的力气大,发起脾气来,只一推,墙就倒了。"

"你不是跟燕姨太处得很好吗?"露道。

"那是后来,日子久了她才知道我没有恶意。雪渔先生带我们两个到北京去上任,我真高兴能躲开,自己过,不和夫家住一起。一离了屋子,燕姨太也懒得立什么规矩了,我也不介意,正合我的心意。"

露笑道:"你真是模范太太。"

"不是,是我早下定决心要跟他。女以夫为天。后来有天我哥哥打电话来,那时已经有电话了,装在燕姨太的院子里,接电话的佣人莽莽撞撞的。我哥说:'叫你们太太讲话。'佣人就问:'东屋太太还是西屋太太?'我哥一听脾气就上来了:'放屁!什么东屋西屋，就是你们太太，叫她讲电话。''你自己来吧，我闹不清你找的是哪一个。''好，我跟你主子算账去。'他气得马上跑过来，打了雪渔先生一巴掌。燕姨太正好在旁，也挨了两耳光。我也待不下去了，只好回来跟婆婆住。"

"爱管闲事的人就是太多了。"珊瑚道。

表大妈笑道："有时候我就想要是没人插手，说不定不会到今天这步田地。"

"大家少管点闲事就好了。"露喃喃说道。

表大妈瞧了瞧对面，琵琶正和猫玩。

"那次他病了。"她低声道，"只有那一次，搬回来养病，我照顾他，住了好两个月。我老觉得能有个孩子就好了。可是明就住在隔壁房里，十三四岁了，雪渔先生当然觉得不好意思。"

"怪到明身上不太可笑了。"回家后露向珊瑚道，"想跟老婆好，男人哪会顾忌那种小事。"

"他常讲'胖子要得很哩'。"珊瑚道。

"男人。这样说自己老婆！"

两人在浴室里，还以为琵琶睡了。

"老叫她'胖子'，她只是丰满了点。"

"她的脸蛋长得甜，两人根本不相配。"

"她讲话那样子，老是怪别人不好。"

"要怪都要怪周家，硬扭给他，又一开始就站错了脚。"

"我还是头次听见她说自己娘家的不是，以前可容不下一句难听的话。"

"最好笑的是她对燕姨太倒是一点旧怨也没有。"露笑道。

"燕姨太每次来,还好得很,说:'人家现在倒霉了。'"

"听起来,在北京住的日子倒还是最幸福的。"

"她只求能跟着雪渔先生,别的都不计较。"

"跟他们打麻将的那个男人不晓得是怎么回事。"

"什么男人?"

"听说是燕姨太拉拢的。"

"对了,我仿佛也记得有这么回事。"

"正格的,有人动雪渔太太的脑筋,怕她不做傻事。"露说。

"也难说,说不定她只是装得世故。从前那时候没有什么,人家也能听见风就是雨的。"

"不知道究竟是怎么回事。最有可能是燕姨太想耍她,看她出洋相。"

"难说。"珊瑚哼了哼。

"我没敢问。可别低估了雪渔太太,有些事她绝对守口如瓶。"

"我倒很诧异,今晚跟我说了这么多话。我知道她讨厌我。"

"开始有点僵,慢慢的就热络了。"

"雪渔先生来了的原故。"

"她处处都怪别人,雪渔先生还只顾着跟我们说话,没理她,我紧张得不得了。"

"在雪渔先生跟前,她从来不开口。"

"她那个僵,看了都难过。"

"还一直清喉咙,真受不了她吭吭吭的。"

"我就怕跟她打麻将,一着急就左摇右摇。一输就摇,越摇越输。"

"以前她输也不怕,那阵子也是缺钱。"

"以前她真好玩。"

"自从雪渔先生出了事,她就变了。"

"可是还是那么急惊风似的,像那回到北高峰看日出,半夜三更就起来了。"

"还把大家都叫醒。"

琵琶记得跟他们到西湖北高峰去玩。傍晚表大妈带她到饭店外散步,买柿子。表大妈有点难捉摸,同她出去比跟别的大人出去更刺激。琵琶那年十岁,已需要放慢步子配合表大妈的小脚。以前缠足,后来放了,趿着绣花鞋,嘴上不停安慰,半是对自己说的:

"这里的柿子好。在哪儿卖呢?喜不喜欢吃柿子?正对时。贩子都在哪儿呢?这条街应该很多的。难不成是走过头了?"

街灯刚亮,照不清杭州城的宽敞马路。潮湿的秋天空气、陌生的漆黑城市,琵琶兴奋极了,却察觉出表大妈的不满。这才明白表大妈宁愿别人陪,不要孩子在身边。除了丈夫之外,她爱过别人吗?琵琶希望她爱过。她的七情六欲都给了这个命中注定的男人,毕生都坚定地、合法地、荒谬地爱着他。中国对性的务实态度是男人专用的。女人是代罪羔羊,以妇德救赎世人。琵琶读过鲁迅写那些不抵抗盗匪和蛮夷的男人,要是他们家的女人被强暴时没来得及投井投河,像旅鼠般竞相赴水,他们就要大喊家门不幸。荒淫逸乐的空气里,女子的命运却与富饶土地上的穷人一样,比在礼教极端严格的国家尚且不如。不过这些都算过去了，琵琶心里想着。表大妈已是古人。琵琶没想到她母亲也只比表大妈小十岁，但差十岁就完全两样。她的小床一头抵着墙，一头抵着冰箱，嘎嚓嘎嚓地叫，引擎嗡嗡转，碗盘叮当响。仿佛她已经搭上了往英国的船，把中国的哀愁抛到脑后了。

冰箱不响了，只听见露轻笑道：

"怎么能开口问那种事——问人家是不是汉奸。"

"秋鹤说的。"

"秋鹤可能是想托他找事。"

"有可能。帮过满洲国，他横是也染黑了，再跳进染缸也无所谓。"

"你怎么不帮他说话？他欠你的。"

"他矢口否认，我怎么帮？"

"他就只差指天誓日了。你看是真话吗？"

珊瑚只是哼了哼。

"他现在手头一定很紧。难道在跟日本人送秋波？"

"谁猜得透他！"

"明说不定知道，可惜他不来了。"

静默中水流声嘶嘶响。两人不再说话，琵琶也睡着了。

一个星期之后，表大爷又上了报纸头条，比上次坐牢的新闻还大。琵琶在上报之前就知道消息了。珊瑚刚下班，电话就响了。

"喂？……是。"她低声促促地说，省略了招呼称谓。一定是明。她缄默地听着，"嗯……嗯……对……现在怎么样？……

嗯……问问医生她受不受得了?……她当然会怪你瞒着她。她娘家人怎么说?……我刚进门……打电话给周家,看他们怎么说,你起码能回个话……你现在当然心乱如麻……当然……好。"

她挂上了电话。

"雪渔中了枪。"她跟露说,"在宝隆医院。"

"天啊,是谁干的?"头一句话引的法语。

"不晓得,两个枪手,都逃走了。"

"伤势严重吗?"

"昏迷不醒了。"

两人压低声音说话。

"他跟日本人的事是真的了。"

"看样子是真的了。"

大家都知道汉奸就怕人暗杀。

"告诉雪渔太太了吗?"

"问题就出在这儿。她又病了,心脏病,明不敢跟她说。"

"等她知道了一定很生气。那时候你们忙着把雪渔先生救出来,什么都瞒着她,已经伤了她的心了。"

"这一次跟我不相干。"

"万一他有个好歹,她却没能见他一面呢?"

"明就是为了这事左右为难。"

"这话我不该说。他这阵子人影不见,一出事就又来找你。"

"我也是这么想。可是好人都做了,就做到底吧。"

"你自己的事自己最清楚,我不过是白说说。"

屋里大祸临头的空气使琵琶不敢多问。得等明天的报纸。她不担忧，只觉得刺激。头条排得很匀称，一边写他身中三枪，一边写两名枪手仍在逃。报导用的是文言文，起得倒审慎：

"昨日午后四时半，前航运商业局局长罗雪渔方步出麦德赫司脱路某屋，竟遭两名枪手伏击。罗氏涉嫌亏空公帑，前厄未艾，又逢新殃。该屋一楼为功德林素菜馆，二楼设一扶乩法坛。罗氏虔诚，每日必来。昨聚会之后，罗氏正欲登车。一人身着西式白衫黄卡其长裤由后纵身上前，连开数枪。另一人身着白衫海军蓝长裤由邻屋窜出，亦向罗氏射击。罗氏应声倒地，卧于血泊。枪手趁乱双双逃逸，隐入大马路方向。巡捕抵达现场后，驱离围观人等，招来救护车，将罗氏送入宝隆医院急诊室。罗氏之汽车夫幸未受波及，与数名目击证人均带往巡捕房诘问……"

下文描述表大爷伤势严重，又简述了他的轶闻旧事，他的祖父，他自己的官场经历：前清的官职与国民政府内疑云重重的局长任职。

"出狱之后，罗氏隐居西摩路自宅，不问世事。然暗杀一事只恐与政治有关，或有蛛丝马迹可寻。"

刊登了张模糊的照片。看似焦油四溅，竟像鲜血，又太黑，不像照片本有的。傍着汽车躺在地上的是个穿中国长袍的人，只一只着旧式鞋袜的脚格外分明，九十度角伸出来。

珊瑚下班回来，带回消息，表大爷下午过世了。明打电话到洋行给她。

"是谁干的，还不晓得吗？"露问道。

"蓝衣社。"珊瑚短促地低声说。

"蓝衣社？"琵琶问道。

"蒋介石的秘密组织。"

三人都默不作声，羞于汉奸之名。琵琶更是惊惧兼而有之，满足了她想要发生惊天动地的大事的渴望。

"他们是怎么知道的？"露低声道。

"只是猜测，没有实据，看起来像是蓝衣社的手法。准是跟踪他好几天了，摸清了他的习惯。"

"日本人呢？"露说，"会不会拿了他们的钱，又害怕了？"

"日本人不会这么快就放弃。前后不会太久，他才出来没多大工夫。"

"谁想得到他会有今天，求神问卜了半天也没能算出来。"

"他的眼漏光。"珊瑚轻声说，很窘似的，她还会相信这种事，觉得惭恧。

"怎么样叫漏光？"琵琶问道。

"眼珠边的眼白多。"

"不好么？"

"说是主横死。"

隔天傍晚明来了，带来最迫切的问题。遗体现在在太平间。后事怎么办？太草草只会坐实汉奸的污名，唯有把后事拖下去，必要时拖上个几年，也不算稀罕的做法，等有了钱找到合适的墓地墓碑再说。等丑闻淡了，筹款也容易些。可是该暂时停灵在哪一家？老九的房子大。然而周家维护表大妈的大太太地位，坚持要把棺木运到她家里。她委屈了这么些年，人死了至少该归她了。老九得讲道理，否则就跟对付燕姨太一样，也赏她几个耳刮子。明说周家的意思是暂且瞒着表大妈暗杀的事。万一她下楼来看见了棺木呢？经不起这样的噩耗。

周家觉得老九是条子，守不住，暂时停灵在客室里，谁晓得会有什么场面。死者为大，不应再受辱。另一个办法是暂借个寺庙，每年送点香火钱。可是万一表大爷的敌人想用他来杀鸡儆猴，很难说会做出什么事来。不犯着周家援引历史典故，说什么"鞭尸三百"。寺庙是公众场所，只有一个人张罗，棺木等于没有保护。

棺木终于送到了表大妈家里，紧接着又是丧礼的问题。太盛大怕引人侧目，甚至招惹麻烦，从简又显得鬼祟。明又来找珊瑚讨主意，决定在城里的寺庙举行，只请最少的僧人来念佛，不请道士。顾忌的是表大妈，正病着，不能让她发觉，丧事办得太大，怕风声吹进她耳朵里。明还得在报纸上刊登讣闻，得回避表大妈订的那份报纸。白帖子也分送各亲朋好友，传统的"寿终正寝"四字也得换掉。

"我该问问榆溪叔，我听说榆溪叔现在喜欢替人料理丧事。"他说。哭泣又缺乏睡眠，眼睛红通通的，可是现在与珊瑚又是朋友了，又恢复了讥诮的老样子。

琵琶刚巧在旁边。"真的？"她惊诧地说。

"是啊，引经据典的，讲究照规矩应当怎样。"

琵琶震了一震，既同情又骇然。闲散了一生，父亲居然找到这种事做！不费他什么，自抬身价，又护守着唯一不受质疑的传统，感激涕零地遵守着，还是来自权威人士的指点。可他的热心背地里还是招来嗤笑。

"你就去问他啊？"珊瑚道。

明答道："他只当我藉故来借钱呢。"

丧事的花费老九不肯出，气棺木不摆在她家里。表大爷生前若是拿了日本人的钱，明被蒙在鼓里，老九也推得干干净净。明在家里见过一两次日本人，没当一回事。他和老九日日讨价还价，周家人背地里说他看老九有钱拼命巴结。这话可能有弦外之音，谁让他有通奸的记录。表大妈也气他，她病得这样，都不来看她一次。明里外不是人，只能找珊瑚商量。

谈着谈着总会静默一阵，明怕珊瑚会谈起自己，向他诉苦。可是珊瑚让他放了心。她要这件事优雅地结束，以后回想不觉得心中有愧。明还偷偷跟她说表大妈想看他结婚。怕自己病重，她跟明说趁她还有口气在，能看他结婚最好。明从不跟女孩子约会，可是亲戚会介绍。他推说没有钱。表大妈当然不知道表大爷过世了，服丧中不能结婚，还以为他是推搪她，为了珊瑚的原故。

"我只要求你不要在上海结婚。"珊瑚笑道。否则她得参加婚礼。

他答应了。

"我得辞去银行的差事，那是国立银行，得先等一阵子，以免太明显。我想到北方去，可是妈病了，走不成。"

"你要在北方找事？"

"事有了，看祠堂。"

"怎么看？是修补还是照顾族里人？"

"我自己就是个需要人帮的族里人，利用这机会可以四处看看。"

"那里亲戚多，也可以帮你做媒。"

"现在还谈不上，连饭都还吃不上呢。"他笑着喃喃道。

"你想娶什么样的女孩？"珊瑚不晓得为什么要自己找罪受。为了像西方人一样坦然？不，也为了两人一生像寄人篱下的孤儿，找到了彼此，以肉体滋养对方，互相鼓励对方自由、自然、自私。即便是现在她也感到得意，明能够坦坦荡荡谈起别的女人。

"不用漂亮的，像琵琶吧，很年青，不谙世故。"

"那是自然，你崇拜了你父亲一辈子，该别人来崇拜你了。"她笑道。

"我不是要人崇拜，只是想可以让我有责任感，给我动力重新做人，自力更生。"

"我不晓得你喜欢琵琶。"

"我一直都喜欢她。"

明来露很客气，却总躲着，琵琶也是。怪的是，琵琶不记得姑姑与明哥哥的事。很难想起他们曾是恋人。他们家里都是这种态度，父母孩子、兄弟姐妹，老觉得别人很天真，不懂情爱，总是情愿相信没有这类的事。

五

公寓顶楼是共享的洋台,却没有人想用。方方的烟囱与用途不明的大混凝土块衬着蓝艳艳的天,赤裸裸的形状。露有客人来喝茶,琵琶总带本书上来。最近来的是法国军官,布第涅上尉。有次是琵琶开的门。他立在门口,不作声,下巴紧贴着白色制服,像极了父亲书桌上的拿破仑半身像,只是更漂亮。她硬叫自己别再想了,吃下午茶的客人走后,她从屋顶下去,房里有走了味的气息与香烟味。她母亲恋爱了真好。爱情像香烟,二十岁便可以抽,三十以后世故相称,二十岁之前可抽不得,除非是像表姐妹她们,什么也不能做,只能一心一意找丈夫。

顶楼上很舒服,就是荒芜的水泥与天空总害她口渴。她坐在一块水泥桩上看书,什么也不想,事情却自然而然跑出来,站在空空的地板上,环绕住她,蹲着的几何的形体,静悄悄的,在她心里一言不发,却是存在的。有次她纳罕住得这么痛苦,姑姑为什么还要和她母亲同住。她为什么也一样？带累母亲牺牲自己，还不时提醒她。这么一再地等待欧洲局势明朗。延宕的殉难还不如一枪一了百了。她应该出去找事做，自己养活自己。她快十八了。大学录取证明和高中文凭一样管用。不，她不能放掉到英国的机会。那就别脸皮子薄，她告诉自己，别光是痛苦却什么也不做，太可鄙了。越是痛苦，越是可耻。我们是在互相毁灭，从前我们不是这样的。别将她整个毁了。从屋顶跳下去，让大地狠狠拍你一个耳光，夺走你的生命。她没低头看七层楼下的人行道，但人行道就在下面，几分钟的距离，也不过是另一个混凝土块，摊平了的，周围这些弯腰驼背蹲着的沉默形体，影子投在夕阳下，一样的真实。你啊，贪恋着无穷无尽的转世投胎，给你一条命都嫌多。她要是知道该说什么的话，就会这么向自己说。

　　她计算不出母亲为她花了多少钱。数目在心里一直增加，像星云，太空数字，几乎要像表大爷亏空的公款一样多。她不知道现在怎么能一走了之，还是藉口继续这么过下去？可是跟露讲她不想到英国了，露会怎么说？一开始就反对让女孩子出洋的亲戚又会怎么说？她父亲与后母呢？跳下去，让地面重重摔她一个嘴巴子，摔聋了，听不见别人的闲话。

　　事实俱在，她母亲帮助她，她还不知感激，也不再爱她了。她不像明哥哥，崇拜他父亲，为了自己怎么也比不上他。亲子关系，半认同半敌对，如同装得不好的假牙又痒又摇，她和母亲都不习惯。拜倒在别人脚下是对人类尊严犯罪。往往也是爱，可是一牵扯上爱，许多事是罪恶。她之所以反感可能是因为她对母亲的爱不够，现在又像是人家让你进了后台，就幻灭了。不公道，她晓得。

比发脾气更让她骇然的是只要一点小事就能让她母亲满足。降价的连衫裙，汉宁斯或布第涅上尉的电话，她的声音会变得又轻又甜，就连向琵琶说话也是，有时还发出喘不过气来的少女傻笑。女人就这么贱？像老妈子念宝卷上的话：

"生来莫为女儿身，喜乐哭笑都由人。"

琵琶尽量不这样想。有句俗话说："恩怨分明"，有恩报恩，有仇报仇。她会报复她父亲与后母，欠母亲的将来也都会还。许久之前她就立誓要报仇，而且说到做到，即使是为了证明她会还清欠母亲的债。她会将在父亲家的事画出来，漫画也好，殴打禁闭，巡捕房却不愿插手，只因苏州河对岸烽火连天。她会寄给报社。说不定巡捕会闯进屋子去搜鸦片。

她会投稿到英语报纸，租界的巡捕房才会注意。她以看过的佛经画为摹本，一卷卷轴，以连续图说故事，同样的魔魇似的人物一再出现，屋外苏州河北岸闸北大火。这幅画就名为"苏州河南大战"。她找出最长的纸，仍是不够长，得再接一截，附上短笺，向编辑解释。她投稿到露与珊瑚订的美国报纸，刊登出来就能看见。

每天揪着心翻报纸，三个星期过了，她也放弃了。幸喜没有告诉她母亲姑姑，现在只惧怕画稿退回来，她们会知道。她虽未要求退稿，对方可能会好意地退回来。每次有人揿门铃，她第一个冲去应门，唯恐是邮差。

有个星期六信来了，露与珊瑚在家。主编署名霍华·科曼，说是漫画下周日上报，只盼她不介意截短成四格。随信附上了四元，还请她有空到报社一晤。

"太好了。"珊瑚道，"什么时候画的？"

"只是钢笔画。"

露神情愉快，没作声。

"听来倒像他能给你个事做。"

"跟他说你要到英国念书。"露道。

"反正还在等着走，我可以先找事做。"琵琶道。

露略摇了摇头，不赞同她的话，眨眨眼，毫无笑容。

"我一个美国人也不认识。"珊瑚道，若有所思，"总以为不会喜欢帮美国人做事，薪水是高点，可也随时可能丢饭碗。"

"就算要找事做，也不能做这一行。"露喃喃道，不以为然的话音。

"有人认识这些美国记者就好了，偏偏周围的人没有一个认得。"珊瑚半是自言自语。

"我不喜欢美国人。"露道，"自来熟，没认识多久就直呼你的名字，拿手搂着你，乱开玩笑。"

"而且还是弄不清楚你跟他们到底算什么。"珊瑚道，"美国人的事难讲，他们是莫测高深的西方人。"

"这么些美国记者来，是要报导战事的？"

"他们净写酒排间醉酒的事。"

"'血衖堂'是他们造出来的吧？一点也不像中文。"

"不是他们就是水兵。"

"'恶土',也是他们胡诌的。"

琵琶等着听有什么转圜的余地,让她能到报社工作。当编辑部的漫画家突然间成了她的梦想。可是也可能让她母亲说对了,她不懂怎么跟这些人相处。她卖出一幅画,刚在母亲心目中加了几分,别现在就扣分了。

"要我打电话说不去么?"

"还是写信吧。说你得出洋念书,不能找事做。"

"他没提给我工作啊。"

"姑姑会教你写。"察觉到她的失望,露又说,"能靠卖画谋生当然很好,可是中国不是画家能生存的地方。问缇娜就知道。到巴黎学画的留学生回来,没有一个靠卖画生活的。"

"除非能在外国成名。"珊瑚说。

"那是虚无缥缈的事。"

"国画的市场还是有的。"珊瑚说。

"这都很难说。好当然是好,只是——"露做了个非难的手势,"有了英国学位,不怕没依靠。"

"麦卡勒先生说香港的维多利亚大学不坏。"珊瑚喃喃说出万不得已的建议,不看母女二人,"不用考试就能入学。"

"就是可惜了,都等了这么久。"露说。

"他说大学非常的英国作风。"

"嗳,再说吧。等也等了这么久了。"

琵琶头痛发烧,病倒了,该怎么回谢报社编辑这种小事,也看似迎刃而解。

"让姑姑帮你打电话,说你病了,不能去。"露说。

珊瑚打了电话。漫画刊登在星期日报纸二版头页,占了半面。几天后,布第涅要来吃饭,琵琶仍病着。珊瑚说好了到表姐家吃饭,带着琵琶。露得取消与布第涅上尉的饭局,拨电话去又找不着他。他的安南佣人不晓得他几时回来,又不太会说法语,露的法语也不行。

"光会喊不在家!"她学佣人讲法语的声气。

不确定佣人听对了没有,也不知电话号码抄对了没,她隔一个小时就拨一通,接电话的老是那个安南佣人。第四次之后,她进了客室,琵琶躺在沙发床上,准备再给她测体温,却失声喊了起来:

"你真是麻烦死了。你活着就会害人。我现在怕了你了,我是真怕了你了。怕你生病,你偏生病。怎么帮你都没用,像你这样的人,就该让你自生自灭。"

琵琶正为了病榻搬进了喜欢的房间,沾脏了这个地方,听了这话,头脑关闭了,硬起心肠不觉得愧疚。珊瑚五点之后回到家。

"我拨了一天电话,找不到布第涅。"露跟她说安南佣人的事。

"那他还是会过来吃饭。"珊瑚说。

"谁知道。他要听到留话,会打电话过来。"

"琵琶烧还没退?"

"是啊。也真怪了,就是退不了。"

"不少天了。"

"得请伊梅霍森医生过来看看了。"

伊梅霍森医生下班回家顺道过来,仍是笑口常开的老样子。离开前露跟他在过道上谈了几句。

"说是伤寒。我问是怎么感染的,他说是吃的东西。我说我们吃得很干净,准是在外头吃坏了东西。"

"我几天没出门了。"

"那你前一向吃了什么?"

"没什么,就是平常吃的。"

"那可不怪了?"她向珊瑚搬救兵,"那么处处留神的,她还得了伤寒。国柱又好笑话了。他老说一条街都吃遍了也不见怎样,越是小心反倒又生病。"

"是抵抗力的关系。"珊瑚说。

"一定是外头的东西不干净。"

"明天上班前我去拿药。"

"医生说最要紧的是别吃固体食物。"露转头跟琵琶说,"什么也不能吃,一小口也不行。听见了吧?肠子会穿孔。"她嗫嚅着说,窘得很,仿佛说到内脏很猥亵。过了一会儿,又道:"小心一点,不算大毛病。"

"有名目的病就不是小毛病。"珊瑚轻快地说。

"说不定住院会舒服点。再看看吧。"

"医生要她住院?"

"哪个医生不喜欢人家住院。"

门铃响了。

"喔,布第涅来了。"露呻吟。

"这么早？还不到七点。"她不动，等着露去应门。

露拎着花篮回来了，花篮和她快一般高。

"楼下的人，说是送错了，才想到是我们的，花都蔫了。"

"开电梯的上个星期一就拿来了。"珊瑚说，"问有没有一位陆小姐，我跟他说没这个人。他说要问问楼下的勒维家。"

"嗳，还有卡片呢。怎么会送错呢？"

"该怪我，我没想到会有人送花给琵琶。"珊瑚不屑地把鼻子略嗅了嗅。

露将信封给琵琶，"报社送来的。"

"真客气。"珊瑚说。

琵琶将信笺抽出来。

"亲爱的琵琶，祝你早日康复。霍华·科曼上。"

她还给母亲，让她看。露随手接了，垂着精明的眼睛，眼皮上多了一条摺子，显得苍老。

珊瑚把花篮往床头拉，"这可值不少钱呢。"

她嗄住了没往下说。琵琶知道姑姑是要说与其花钱送花，不如多付点稿费。也嗫嚅着接口道：

"可惜蔫了。"

"我不怎么喜欢送花。"琵琶说，"外国的玩意。"

露把短笺还给她，"那，最好马上答谢人家，都快一个礼拜了。"

"对，人家会怎么想啊？倒像得罪了你似的。"珊瑚说。

"还是打通电话吧，珊瑚。说清楚是送错了，再告诉他发高烧，是伤寒。"珊瑚出去了。

琵琶松松捏着短笺，一只手搁在枕头边上。不犯着再看也能一字不漏背下来，像是对毕生杰作的最高礼赞。给他的印象一定很深，送的这个花篮即便是花朵鲜丽的时候都有点荒唐，当她是"苏州河南大战"的战斗英雄，英勇负伤，奄奄一息。她看着枯死的大丽花，像黑色卷起的爪子，菊花如干掉的拖把，剑兰缩扭得像卫生纸，唯有边缘沾着点橘色。喜悦轰隆一声冒上心头。发烧烧得脸红肿，现在像镀金的神像般亮澄澄的。

露在拾掇屋子，慢条斯理的，像是疑心一出房间琵琶就会再把信看一遍，甚至还吻几下。她转过来，看着她。

"行了，花又不是送给你的。"

琵琶瞪着她。两人都听出这话没道理。露决定不解释，略顿了顿，再开口语气较为温柔轻快。

"我出去吃饭，姑姑在家陪你。"

"好。"琵琶道。

露走到过道上。珊瑚刚挂上电话。

"他怎么说？"露问道。

"没说什么，只说很遗憾是伤寒。"

"我再也想不透她是怎么病的。"

"要不要再打电话给布第涅？"

"你先打电话给表姐，今晚不过去了。琵琶病着，不能两个人都不在家。"

"你要出去？"

"还不知道。"

"喔——布第涅要是来了,你们就出去吃饭。"

"是啊,伊梅霍森也问了我。"

"他刚来的时候?"

"嗳,他说今晚跟他吃饭,琵琶住院的费用他会付。"

"真高贵。"

"到他家里。"

"啊,你去吗?"

"我早就知道他不安好心。"

"现在又乘人之危。"

两人都有点窘。露到浴室化妆,珊瑚倚着浴室门。

"他家在贝当路上。"珊瑚说,翻阅着心里的备忘录,"一直单身。"

"谁知道,说不定在德国有太太。"

"他来中国三十多年了!"

"就连那时候别人也对他一无所知。"

"嗳,他一定都七十了。"珊瑚吃吃笑,惧怕什么似的。

"外国人不显老。"

"许四小姐以前都是找他。"

"是肺结核吗?"

"是啊。许四小姐说除非快死了,否则他不会把你当一回事。"

"他是铁石心肠的那种人。"

"你不回来,要不要报巡捕房?"

"我还没决定去不去。"

"你跟他怎么说的?"

"说我会考虑。我要他答应别打电话来。"

"吊吊他的胃口？"

"打电话给你表姐就是了，得有个人在家里陪琵琶。"

"早点知会她就好了。"珊瑚去打电话。

"这个琵琶，真是会找麻烦。"露说着轻声一笑。

珊瑚倒震了震，露一向反对将金钱与爱情混为一谈。可是说她露又会说：我困在这里怪谁？再者，她是为琵琶牺牲，局面又不同。

布第涅赶在露出门前打电话来，取消了饭局。隔天下午她带琵琶到医院，住进了私人病房。伊梅霍森医生晚一点来巡房，露还没走，正和护士攀谈。他的态度变了，很豪爽，像主人在自己家里待客。

"啊哈！"他跟琵琶说，"舒服吗？多有耐心，两手老是叠着压在心脏上——"他模仿琵琶的姿态，两眼往上吊，像圣人。"这么文静，动也不动，真是听话的病人。"

琵琶微笑，手指放平了，被单不再往上拱。病中无聊，但除了静候痊愈，也无可奈何。她不担心，知道这场病也会像以前几次有惊无险。晚上一人躺在白惨惨的病房里，没东西可看，连道闪光都不曾掠过。隔壁有个女人微弱的声音呻吟了一夜。所有动静都仔细地关门挡住了，只有呻吟声钻进来。黎明将近，再也承受不住了。她要死了吗？琵琶心里想。不会，似乎有经验老到的声音回答，要死没那么容易。她弟弟死了，可是是两回事。在她父亲的房子里什么事都有可能发生，吸烟室像烟雾弥漫的洞窟，他和鬼魅似的姨太太躺在榻上，在灯上烧大烟，最后沉闷的空气里冒出了他的蜘蛛精似的继室。外头的生活是正常的。病人噢咻呻吟，如此而已。果然，天一亮也安静下来了。一日之计开始，盥洗吃药。

"隔壁病人是谁？"

"年青女孩，跟你一样年纪，"年青的护士诧异地说，"也是伤寒症。"

"她呻吟了一个晚上，吵得我睡不着。"

"她今天早上死了。"她喃喃说，不很情愿的声口，只不想再听琵琶抱怨。

"什么？"

"肠子穿孔。"她的脸色一暗，像负伤受惊。"哎，惨啊。不过跟你不一样。"赶紧又接上一句，"她呢——不像你，你运气好。"

这巧合得有点吓人。她不想给分错了类，放进这死亡的孵化箱，里头有一排排小小的隔间。只是这颗蛋不会孵化，这是颗石头。她自己修炼成了百毒不侵，跟在父亲家里一样。整整两个月，她忍受医生最喜欢开的玩笑，模仿她的手交叠在胸口。最后他终于有了新的花样。

"啊，星期五是好日子，可以吃东西了。我记得日子，天天钉着日历。"

星期五珊瑚带了鸡汤来，隔天露带来鸡粥，两人轮流来。她听说表大妈病重。她出院之后，她们带她去看表大妈。那是夏天某个晚上。死亡在这栋小屋子里格外真实，比医院还真实。上楼就与死亡擦身而过。客室的灯亮着，她们都往里看。一年前和表大爷说话的闷热小室变得与小教堂一般，靠墙的涡卷桌上搁着蜡烛香炉牌位。抬高的棺木与桌子呈直角，像写了个"丁"字。黑漆棺木上了层廉价的厚漆，棺盖往后退，像船头，给人一种在移动、奋力向前的错觉。棺木上罩了张红色旧毯子，马背上披着毯子似的。地上一只软垫，随时都可以为逝者祝祷。另外三面墙边仍摆着黄檀木椅，小茶几，茶几上有烟灰缸，大小沙发罩着布。房间给人的感觉既阴森又朴实。她觉得很难往脑子里吸收，房里的摆设已经维持了将近一年了，像颗未爆弹，楼上的女主人毫不知情。

"琵琶应该给表大爷磕头。"露低声说。

"等一会儿吧。"珊瑚说，"这儿又没人。"

林妈在楼梯半途上招呼她们，眼睛哭得又红又肿。

"太太怎么样？"露轻声问道。

"好一点似的。"可是泪珠却滴了下来。

"她始终都没下楼来？"珊瑚问道。

"哎呀，好几次想下楼，有什么道理拦着她？春天好像好多了。我费了多少工夫才拦住她呢。"

"苦了你了，林妈。"露道。

"可不是呢，杨小姐，我每天提心吊胆的。"

房子仍散发猫臊味。这是表大妈的房子，她就要离开了，而她心爱的男人躺在楼下的棺材里。琵琶觉得死亡似乎应该不止这样。

罗家年青一代的一个媳妇听见了声音，站到楼梯口来。

"我以为是明来了。"她低声道。

"还有谁在这儿？"珊瑚问道，寒暄过了。

"都来了。"

"周家人也在?"

"全部都在。"

"她怎么样?"露问道。

年青的媳妇把露往旁边一拉,没什么道理,只是强调是机密。"说是要冲喜。"

这是死马当活马医了,让家中的独子结婚,好让喜气把死亡冲出去。

"明怎么说?"露问道。

"麻烦就在这儿,他不肯。大伯母都想死了。"

珊瑚不作声,另外两人也尽量不看她。

"赶着结婚只怕也难找到对象。"露道。

"对象倒是很多,就是他不肯。"

"明呢?不在家?"珊瑚大声道,打断了两人说话。

"出去选棺木。周家觉得先预备下,冲一冲也好。"

这又是另一种的做法,孤注一掷,特为的触霉头,以毒攻毒。

"她的脑筋还清楚吗?"

"很清楚,像是在等人。"

"等雪渔先生?"露低声问道。

年青媳妇点头,"病了一年了,从没来看望过一次。"

"她没疑心什么?"

"没有,提也不提。恨死了。"

出于对尊长的敬意,她不说"恨死他了"。静默的片刻里,只觉恨意笼罩了每一个人。

"都已经这样了,索性跟她直说算了。"露说。

"我也是这么说,他们现在就在里头商量。"她朝后面的房间勾了勾下巴,"跟她说了,让她也心安。可是怕这么一惊吓,吃不住。谁敢说。"

"明的意思呢?"露问道。

"他倒是不置可否,我看他根本挑不起什么担子。大伯母把他当亲生儿子,拉拔到大,现在也该拿出个儿子样来。"

露劝解道:"明也有他的难处。他是做儿子的,母亲又生命垂危。"

"话是没错,可是现在是他拿主意的时候了,他是儿子啊。"

"进去吧。"珊瑚道。

林妈先进病人房间去探过,这时立在门口等她们。三人进去了,罗家的年青媳妇也进了后面的房间。

房里唯一的光源是一盏台灯,拿报纸摺成灯罩。台灯四周药瓶子闪烁着微光。房间另一头燃着一炷香,散发出古寺的寂然。

"今天好些了,雪渔太太?"露问道。

"嗳。"表大妈轻声说,在枕头上微微点头。

"快别说话,看累着了,我们只是过来看看你怎么样。"珊瑚道。

"快秋天了,你的病马上也会好起来。今年夏天太烦腻了。"露道。

"眼镜。"

林妈帮她戴上眼镜。薄窄的金属框戴在她脸上,显得太宽了。

鼻子边变深的纹路使她淡淡的笑变得尖酸。

"我自己也病了。"露说,"琵琶也刚出院,珊瑚洋行里忙,不然我们老早就来了。"

"洋行里洋人去度假了,缺少人手。"

说这些做什么,琵琶心里想,她只想知道一件事,这件事会让天堂与地狱截然不同。

"房里太热了。"雪渔太太虚弱地说。

"不会,不会,这房间凉快,朝南,是不是,珊瑚?"

"朝东南吧?"

雪渔太太懒洋洋的,表现得冷淡,眼皮在眼镜后向下搭拉着。

"我们走了,过两天再来看你。"露说。

年青的罗家媳妇在外面等她们,搀住露和珊瑚的胳膊。

"表大爷和表大妈请两位进去,想问问你们的意见。"

"哪有我们说话的份?我们是哪牌名上的人?"她们两人都说。

可是还是让自己给请进了会议室。琵琶也跟了进去。她没见过表大妈的哥哥嫂子,倒是见过了她的侄子外甥跟甥侄媳妇。表大妈的哥哥满头白发,一脸络腮胡,同露和珊瑚说:

"两位是她的好朋友,是不是觉得该跟她说实话?"

"这事没有我们插嘴的余地,我们是外人。"珊瑚道。

"尤其是我,连亲戚也谈不上。"露嗫嚅道,说的是她已经离婚了。

"我们都是外人。"她哥哥道,"我们姓周,她姓罗。"

"舅舅是大妈自己人。"一个罗家人道,"舅舅决定的事,没有人会反对。"

"这是你们罗家的事。"

"大妈最相信舅舅啊。"

"她是你们家的人,我不能担这个责任。"

"我们更担不起,我们是小辈。"

"明还没回来?他是儿子,该由儿子做主。"

让他们吵,干脆我溜出去告诉表大妈,琵琶心里想。我不在乎,我不是这个小圈子里的人,我什么也不是。可是我欠她的情,她对我很好,到现在她还惦着我,还费劲地越过我妈的头顶跟我说话。我会到病人房里,除了林妈以外没有别人,表大妈怕她,我可不怕她。

可是她还是怕林妈,林妈名正言顺,保护垂死的病人不受打扰。她也怕搅扰了奄奄一息的病人,已经入土一半了。

露和珊瑚在告辞。还有时间冲进去,趁着有人拦下她之前,告诉表大妈。可是露会怎么说?事情已经够多了,不犯着再让她去搅浑水,让她母亲公然在亲戚面前丢脸。大家会说她没规矩,难怪她父亲会那样待她。她跟着母亲姑姑出去,到了楼梯口,很感到挫折,像一根没有重量的指头用力地戳,穿不透一张薄纸。下个两级楼梯,从阑干上一俯身就能看见棺木,但是表大妈却永远不会知道,仿佛另一人的死亡是在她自己死亡的一年后,还是一百年后,两者并没有差别。永恒封闭了这短短的数阶。

琵琶再见到表大妈已是去庙里参加她的丧礼。到末了,没有人跟她说。露没去,因为沈家人会在。

"你爸爸最近也不知忙什么,"珊瑚向琵琶说,"先前在亲戚家见过他,谁也不理谁,可是他要见着你,不知道会怎么样。"

丧礼一切从简,大殿一隅只摆了张供桌,一整天吊唁的客人进进出出,向亡者磕头。明在孝帏后磕头回礼。等着磕头时,珊瑚同站在附近的客人闲谈。琵琶看见了枫哥哥,天津两个叔叔家的大孩子,两个叔叔长得很像,她不太分得清谁是枫哥哥的父亲。小时候到天津,他已经十来岁了,跟现在的样子就差不多了,高个子,很有威风,玳瑁框眼镜,长脸有红似白,难得开口说话。有一次他奶奶要他带琵琶与她弟弟到书店,随他们买想买的东西。琵琶的阿妈跟着去,怕他们乱要东西。枫哥哥看过了一些纸镇、罗盘、自动铅笔,在玻璃柜下闪闪发光,琵琶看着觉得像是科幻小说里的玩意,水晶似的光游移闪烁。枫哥哥什么也没买,她很失望。店伙极为巴结,显然认得他是总长的儿子,枫哥哥草草嘀咕几句。琵琶不晓得他生什么气。他现在结婚了,是政治联姻,岳丈是他父亲政坛上的盟友。他的妻子耳朵有点聋,他也没抱怨,却执意要与家庭脱离关系,在上海一家银行找到差事,带着妻子独立生活。珊瑚认为他很了不起。

"他像是兼具了新旧两种道德观。"她说,"现在这些年青人正相反,家里的钱是要的,家里给娶的老婆可以不要。"

枫哥哥枫嫂嫂与秋鹤站在一块,见了琵琶招呼了声,照样说着他们的话。

"这里的事情一了结,明就要到北方了。"秋鹤在说。

"是么?"

"北边情况怎么样?"

"大不如前了,到处都是日本人。"

"六爷还是隐居不出?"

"爸爸谁也不见,就是这样还躲不过麻烦呢。"

"日本人找麻烦?"

"多半是旧日的部属来借钱。"

"幸亏内阁的人不像从前的官,他们不带枪。"

"也有人带了,好看家护院,有的跟日本浪人混在一块。"

"我爸爸来没来?"琵琶低声问枫嫂嫂,她矮而不娇小。

她笑笑没应声,稳稳地站着,握着双手,长得漂亮,门牙有点龅。琵琶倒弄糊涂了。不该问起她父亲吗?即便他们不赞成,她离开父亲家也不是新闻了。

"她耳朵不好。"枫哥哥转过来说,难为情的样子。

琵琶老是记不住枫嫂嫂是半个聋子。她对这类的事情没记性。枫哥哥以前跟她说过同枫嫂嫂说话要大声点。她又忘了。看见他困窘的表情,琵琶很过意不去。他显然很在意妻子的听力缺陷。

"我是说,"她大声问,突然察觉寺庙里人人轻声细语,嗫嚅着说完,"爸爸不知道来了没来。"

"我没看见榆叔。你呢,秋鹤叔?"

"没看见。"

珊瑚朝他们过来,点头招呼。枫哥哥似乎没看见她,转身就走了。琵琶觉得奇怪,没多留意。枫嫂嫂喃喃叫了声珊瑚姑姑,珊瑚和秋鹤谈了几句话。

"来吧,轮到我们了。"她向琵琶说。

两人上前去，一前一后磕头。后来搭某个罗家人的便车回去了。

星期六露要到张家打麻将。早晨琵琶走过房间，吵醒了她。她再回头睡，却睡不着，中午起床气呼呼的。

"睡得不够我的眼皮就不对。"她说，"偏拣着今天我要出门。"

珊瑚回来了。露出门了，下午的公寓竟多了份奇怪的祥和。这是可爱的夏日，空气中有秋天的气息。诡异的宁静感分外明晰，连珊瑚都坐立不宁。

"想吃包子。"她突然说道。

琵琶正要说她去买，又想起珊瑚虽然加薪了，手头并不宽裕。

"自己来包。"珊瑚说，"想不想吃包子？"

"想死了。很难做吗？"

"不难，不难。"

"没有馅子。"

"就拿芝麻酱和糖吧。"

"好像不错。"她急着帮忙把东西拿出来，"没发粉。"

"没有了？"

"没了，该拿的都拿出来了。"

琵琶把糖掺进芝麻酱里搅拌，"我没吃过芝麻酱包子。"

"我也没有，没做过包子。"珊瑚半是向自己说，轻轻一笑，不好意思似的，"不晓得做成什么样。"

"没关系，我喜欢吃包子。"

屋里浓浓的稠稠的寂静继续溺爱着她的耳朵，就连碗盏都不响。

"我老记不住枫嫂嫂耳背。"她说，"前天我又忘了跟她说话要大点声。"

珊瑚现出了伤惨的神色。

"他假装没看见我,不知道为什么。"

"啊?我以为是他近视眼,没看见你。庙里很暗。"

"不是,是故意冷落我。他们初来的时候,我非常帮他们的忙,帮他们找地方住。我以为他是年青一辈里最好的一个。"

"他为什么要那么对你呢?"

"谁知道。自从和你大爷打官司之后,我就远着亲戚了。他们护着你大爷,我也不会因为这样就对他们另眼相待。连你表大妈都舍不得跟大爷断了这门亲。'可惜了的,一门好亲戚。'她是这么说的。"

"她真那么说?"

"是啊。这种事情真叫我寒心。"

"我都不知道。"

"你跟你爸爸闹翻了,她都吓死了。一句话也不敢说。你出来后,她没问过你,是不是?"

"是啊。"

"她才过世,我实在不该这个时候说。"

听姑姑说话,琵琶才渐渐明白枫哥哥为什么会是那种态度。准是听说了明的事。珊瑚也知道原因,只是找话掩饰。她可曾疑心琵琶知道?说不定她以为露就只没跟她说。琵琶若是知道,同住这么久,不可能没有什么表示。

蒸笼水开了,冒出白色蒸气。珊瑚水龙头开得太大,哗地冲进调面盆里,溅了她的眼镜。她摘下眼镜擦,琵琶看见她左眼皮上有条白色小疤。

"这是伤口吗?"

"是你爸爸拿烟枪打的。"

琵琶愕然,"什么时候?"

"我上次去的时候。"

"鹤伯伯陪姑姑去的那次?"琵琶被禁闭的第一天,姑姑就赶去救她。她听见楼梯上有人扬声吵架。

"就是那次。他从烟铺上跳下来,拿大烟枪打我,打碎了眼镜。我还到医院去,缝了几针。"

"我都不知道。"琵琶低声道。

"幸好碎片没扎进眼睛,否则就瞎了。"

"姑姑连提都没提。"

"没提么?你一逃出来我就告诉你了吧。"

"没有。"

"大概是太激动,忘了。"

琵琶想换作是她母亲决不会忘了说。

"我都没注意到。"她微弱地说。

"好像也没有人注意到。"

珊瑚不太高兴的声口。

包子出屉,小小灰灰的。少了发粉,面没发起来。

"馅子真好吃。"琵琶道。

"嗳,还不坏。"珊瑚道。

琵琶喜欢这些包子。皮子硬得像皮革，她偏喜欢吃，吃在口里像吃的是贫穷。我们真穷，她心里想。眼泪涌了上来。珊瑚心不在焉地咀嚼着，没注意。

六

这年夏天过后,英法对德宣战,就在开学之前,琵琶还有时间可以到香港维多利亚大学注册,最后一分钟入学。露安排让她与比比·夏斯翠同船。比比是印度人,给她补课的先生与琵琶是同一个,也念同一所大学。两人通过电话,一直到坐船才见面。露和珊瑚到码头来送行。三等统舱的旅客不能请客人上船。她们在炎热晴朗的码头上张望,看见了这家印度人。

"你是比比?"珊瑚上前去,"我是琵琶的姑姑。"

比比的父亲戴着土耳其帽,母亲头发挽成髻,穿欧洲式连衫裙。几个兄弟都很国际化,与上海城里的欧亚混血儿或葡萄牙人没有两样。比比胸部鼓绷绷的,捧着兄弟送的红色康乃馨。她个子娇小,婴儿脸,肤色金黄,大大的眼睛。她帮大家介绍,一阵握手寒暄。

"琵琶什么都不懂,要靠比比多照应了。"露说。又花了一刻钟的工夫和夏斯翠家攀交情,就跟琵琶住院她极力敷衍医院护士,为的是让她得到特殊待遇。琵琶记下了比比父亲的丝绸店住址。最后夏斯翠家的人挨个亲吻了比比。

"倒像个能干的女孩子。"露侧到一边向琵琶低声说,"身边有个人很有好处。"又大声说:"好了,该走了。现在开始要小心了。"

"我走了,妈。我走了,姑姑。"

"多保重。"珊瑚说,伸出了手。

琵琶愣了愣,才和姑姑握手。这样英国化似乎太可笑,险些忍不住笑出声来,一转身,赶紧跟着比比上了舷梯。

找到舱房后,比比说:

"到外头挥手去。"

"你去,我要待一会儿。"琵琶说。

"你不想再看看她们?"

"她们走了。"

"你怎么知道?我们去看看。"

"不用了,她们回去了。码头上太热了。"

"好吧,她们还在我就叫你。"比比出去了。

琵琶从行李箱里取出一些东西,将行李箱收起来。汽笛突然如雷贯耳,拉起回声来,一声"嗡——"充满了空间,世界就要结束了。她从舷窗望出去,黄澄澄的黄浦江,小舢舨四下散开。大船在移动。上海沉甸甸地拖住,她并不知道和上海竟然有这样的牵绊,这时都在拉扯着她的心。她后悔没早知道,虽没见识上海的真貌,但是她爱上海,像从前的人思念着自己的未婚夫,像大多数人热爱着祖国。她哭了,听见比比进来,没回头。比比没说什么。琵琶听见她在整理行李。

"真的上路了。"过了一会儿她说,"觉着了吗?"

"嗯。"

"现在还在江上,要不要出去看看?"

"好,走吧。"

"戴朵康乃馨,塞进扣眼里。"

"谢谢。"

"我来帮你戴。"

"你一直住在上海么?"

"不是,我在星加坡出生。"

"真的?那你会说广东话了?"

"会。"

"太好了。我不会说,到了香港真不知道怎么办。"

晚餐时比比要船上的茶房帮她把猪肉汤换了。

茶房将她的盘子撤走。

"我是回教徒。"她向琵琶说。

饭后,她自告奋勇教琵琶下西洋棋。

"千万不要,我绝对学不会。"

"只是打发时间。那走走吧?"

船很小,灯光下中国海也不大。倚着阑干,琵琶搭讪着找话说。

"你信教会不会是因为出生在伊斯兰教家庭里?"

"喔,我们都是这样的。我们不改变信仰。"

"了不起。我怕死了传教士。"

"是啊，没办法跟他们谈基督教，他们一门子心思就是想劝你信教。"

"基督教的天堂真无聊。我一直希望能相信转世投胎，好理想化，永生不死，而且能有各式各样的人生。"

"只可惜是一厢情愿的想法。不能为了不想死了就完了，就去信什么宗教。"

"还有现在基督教的想法，说人生只是道德预备科，我们来人世走一遭只是为了死后的人生训练。恐怖极了。"

"他们很害怕活着。"比比道，"都是些毕了业就教书，没看过这个世界的。我喜欢上学，可是我可不想一辈子在学校里。"

"可你是学医，得念很久。你不是说七年吗？"

"我爸要我们有一个当医生，除非我学医，他不让我上大学。我爸就是那样。"

"你想当医生么？"

"我也不是不想。我有兴趣，而且我会是个好医生。"

"是、是啊，我看你会是个很好的医生。"

"我哥哥都不想学医，急着要从商。"

"我要是有做生意的本事，我也要从商。我觉得念了大学也没什么用。"

"那你干吗去念？"

"我什么都不行。"

"你只是害怕。"

"我是怕。"琵琶忖了忖方道。

"害怕也没用，人生总是要去过的。"比比说，声音却变得又小又凄楚，一点也不能安慰人。

隔天船行到大海上。挪威籍小船颠簸得凶。那晚她们吃的是中式晚餐，一桌四人，五道菜。同桌一个妇人只会讲广东话，一直找比比说话，很高兴找到一个说她家乡话的人。

"是摇晃得厉害么？"琵琶注意到比比坐着也摇过来摇过去的。

"你没感觉到？"比比说，摇得像钟摆。

"没有，我不会晕船。"

"你真是当水兵的料。"

广东女人忽地站了起来，匆匆出去，拿手帕捂着嘴。比比也不摇了，一个人把炒面吃了个精光。

"亏你怎么想的。"琵琶后来笑道。

"我也只是闹着玩，谁知道她那么娇弱。"

"要是把神当成父亲一样，就会像哄自己父亲一样哄神了。"

"你去哄我爸爸看看。"

"我老觉得只要对自己坦白，就不算做坏事。"

"这么想更坏，明知是坏事还做。"

"难道虚伪比较好？"

"当然喽，虚伪起码还有点原则标准。"

"我不信。"琵琶立刻想到后母。

"我爸每次都说聪明人才需要宗教，缺了宗教，他们就会做出太多坏事。笨人就无所谓了，笨人只要对得起良心，也不会造什么孽。"

琵琶苦笑，不愿意被归类为空洞的人，可也只能说："中国有句老话，有爪子的就不给翅膀。"

"对，大自然很懂得平衡。"

也许是真的，世上只有两类人：无能无感的与聪明邪恶的。比比仿佛看穿了她的心思似的，说道：

"我爸做生意很精明，可是他是好人。他是富翁，比百万多三倍。"

"他做丝绸生意的？"

"还有各种副业，房地产，投资。虽然起起落落，他始终都很虔诚，老是气我们不多懂一点阿拉伯文。《古兰经》是阿拉伯文写的。他的脾气坏，妈的脾气就好，随他骂人。可是有时候也会发脾气，我们都一样，只是我们会轮流发脾气。我们在家里很快乐。"

"真的？"

"是啊，真的很快乐。我知道中国人的家庭有时候是什么样子，我们学校里有中国女孩。可是我们家真的很快乐。"

"我相信。"

心坎里却不信。在大学宿舍住了一年之后，她听了更多夏斯翠家的事，主要是夏斯翠先生的事，听到末了也觉得可信了。

"我爸年青时候就去了星加坡，学做生意。他说刚来的时候看见中国女人到店里来，长得好漂亮，却随地乱吐痰！他就跟自己说，我可不要娶个乱吐痰的女人。

"我爸喜欢说一个故事，有个人自以为是茶壶，一手扠着腰，身体往另一边弯。'倒茶。'他说，你就知道他的肚子有多大，跟茶壶一样，胳膊短短的——"比比自己也把短胳膊架在腰上，沙漏似的身子缓缓倾斜。

琵琶笑了又笑,其实在《读者文摘》上看过这故事。她没法想像夏斯翠先生看《读者文摘》,更觉得好笑。

"我刚见到你那天,你真好玩。"比比有时候会说,带着酸溜溜的笑,仿佛嘴里含着东西。

琵琶想知道怎么个好玩法,却只是笑笑。猜也猜得出言下的恐怖与嫌弃,和她对弟弟的感觉极类似。比比似乎认为她现在两样了,而且是她的功劳。琵琶不觉得自己变了。成绩好,又有比比这朋友,她多了自信,却还是同一个人,一样的高瘦,一样的蒙古型的鹅蛋脸,眼睛朦朦胧胧的,呆滞冷淡,像是没有颜色,只有眼白衬着苍白的肤色透着蓝光。比比夏天要回家去。她也很想回家,却是奢望。比比收拾行李那天,她哭了一天。

"好了,我不走了。"比比说。看琵琶木木的,她又说:"我留下来陪你。"

"不用,不用,你走吧。"

"我回不回去都没关系,在这里我也一样快乐。"

琵琶不知如何解释,她当然会想念比比,却不是舍不得她。她舍不得的是上海,与她母亲姑姑也没有关系,她们只是碰巧住在上海。她不愿再去投奔她们,即使只是两个月的时间。可是再看看上海,那个没有特色的大城市,连黄包车都是脏脏的褐色的,不像这里,英国政府特为把黄包车漆上大红色配上大绿的车篷,色彩缤纷。上海不止让她想到一群群的人,共住一城却无缘相识。他们就是世界,就是人生,而香港像个人口稀疏的热带小岛,整整齐齐地摆出来，等着什么计划。到市中心短短的路上放眼尽是简陋老旧的房舍，傍着窄路，小小的咖啡馆脏污的窗上张贴着咖喱饭的广告。上海有更不堪的贫民窟，大江边的垃圾堆。离开的前夕，她从公寓屋顶往下眺望，迷濛的灯光延伸出去，扁平得像板子，微微向上翘，抵着淡紫色的天。无以名状的懊悔清空了，也吹熄了她的心。那时她还不知道她是属于上海的。

她母亲写信来，解释为什么她最好别回去，其实没必要。露也要离开上海。琵琶想应该是珊瑚把钱还了她，她又可以去旅行了，战事的关系，不到欧洲。

她打电话来说路过香港，要来看琵琶。宿舍女孩子都回家了，比比也在琵琶坚持下回去了。管理宿舍的天主教修女让琵琶夏天免费住下，知道她很穷。她帮修道院学校改文章。很得意有这机会让大家知道她有个美丽的母亲，也很遗憾女孩子都不在，见不到她。多明尼克嬷嬷带她们参观。她是葡萄牙人，戴着浆洗过的荷兰帽。她们从地下室出来。

"真漂亮。"露说，"我得走了。"

三人一起往下走，停下来看着四周一片无际的海。阑干上隔一段距离就搁一个浮雕蓝花盆，一直摆到马路边。出去到开阔的空间，琵琶觉得露这身青绿色衬衫长裤让她略显得憔悴。一定是新的高塔式发型太严肃了。母亲的形象仿佛剪了下来，贴在淡蓝的海上，就如盆子里的鸡冠花总让她觉得是剪纸，深红绉边，清清楚楚，衬着远处的海，近得很不真实。

多明尼克嬷嬷跟露在讲话，态度随便、无动于衷。凡是女孩子的父母来访，看样子也不像是将来的赞助人，她就摆出这副嘴脸来。

"妈住在哪里？"

"浅水湾饭店。"

琵琶听说浅水湾饭店是全香港最贵的饭店，不敢去看多明尼克嬷嬷，她厚墩墩的脸上没有表情。

"明天来看我。"露别过脸来对琵琶说，"先打电话来，找三一九房。"

"很远吗？"

"有公共汽车。"

"对了，坐浅水湾巴士就会到。"多明尼克嬷嬷说，琵琶觉得这话插得唐突。

"我得走了。"露说，又嗫嚅道，"底下有车子等我。"是阻住人不往下送的声口，否则就得送到马路边上，跟她们介绍坐在汽车里的人了。

多明尼克嬷嬷道了再见，摇摇摆摆上了阶梯。琵琶又站了一会儿，不跟着上去，实在觉得窘。

七

浅水湾巴士在一条干净的碎石路前把她放下,马路两侧绿意盎然,密丛丛的蕨类植物。空气停滞不动,蝉噪声盈耳。马路尽头是一幢长长的淡黄屋子,进了门去,里头又暗又宽,没有电梯。

"真漂亮。"她说,四下打量了饭店房间,亮蓝色的海景占了四分之三的窗子。

"我喜欢。"露说,"本来是要住告士打饭店的,可是这里好多了,还有漂亮的沙滩。"

她跟谁一块来的?琵琶没问。也没问候姑姑。她母亲可能不高兴,虽然按理说两人各自有各自的朋友。

露又回浴室照镜子,琵琶占了她刚才倚着的门框边位置。明亮的午后阳光照在白磁砖上,她母亲的肩胛骨在橙色的透明睡袍下突了出来,看得她一惊。她不能穿这种衣服,穿在她身上一点也不性感,反倒俗气。太不像她了,她从来没有穿着打扮不得体,总像时装模特儿无可挑剔。

"嗳,我看见那个印度小女孩了,她叫什么来着?"

"比比。"

"她打电话来,我就约她过来吃茶。很聪明的女孩子。"

"是啊,我很喜欢她。"

"就是不要让她控制你,那不好。"

"不会的。"琵琶笑道。

注视着两潭镜子似的眼睛,往脸上擦乳液,露讲了几句注意身体的话,撇下学校功课不提,琵琶的成绩很好。生平第一次她乐于给母亲写信,报告她的大小考试成绩。

"有别的朋友吗?除了比比?"

"没有。"

"同学呢?"

"都回家过暑假了。"

"你不给他们写信?"微微的犹豫,她指的是男孩子。

"不写。"

"我跟你张叔叔张婶婶来的,缇娜阿姨跟吴医生也在这里。"

"喔!都来了?"

"他们要到重庆去。"喃喃一句就煞住不提了。

琵琶没问她母亲又要到哪里去。当然不是重庆。

"我听说你爸爸日子过得很艰难,房子不要了,搬进了两房的屋子,后来又换了一间房的屋子。他们说何必付房租?你后母就去了大爷家,要他们把阁楼让出来给他们住。"

"什么？"琵琶惊呼，半是笑着。

"就搬进去了。"

"骏哥哥没说话？现在是他当家了吧？大妈也过世了么？"

"是啊，是你骏哥哥和骏嫂嫂当家。"

"他就让他们住？"琵琶注意到骏哥哥才十几岁，做人就又圆融又油滑，等她大了，才知道骏哥哥特别提防穷亲戚。

"不答应也不行吧。要不是你爸爸倒了自己亲妹妹的戈，你大爷的官司也赢不了，你骏哥哥也得不到那么多家产。嗳呀，你们沈家啊！"

琵琶想像得到后母跑那一趟，黑色旧旗袍显得单薄利落，头发溜光的全往后梳，在扁平的后脑勺上挽个低而扁的髻。长方脸，很苍白，长方眼，大大的，带着笑意。要求的是份内该她的，搬出一套大道理，像什么国难当头一家人理当守在一起，生死与共。提也不提官司的事。

"你爸爸跟你姑姑翻脸，庭外和解也没捞着什么好处。都怪他那个能干的老婆，都是她教唆的。现在起码帮他弄到了阁楼养老。嗳呀，真是的，现世报啊！"

琵琶倒觉得骏哥哥是宁可给房子也不敢借钱，那可是无底洞。

"我真不明白，现在就沦落到这个地步。汽车没了，房子也没了，又没孩子，就只他们两口子。两个连大烟也戒了。鸦片越来越贵了。他的土地偏偏位置又不好，先是日本人占了，现在又换上共产党。可是其他东西呢？我早就说过：遗产不可靠，教育才可靠。我没有钱留给你，只能给你受教育，让你能自立。"她絮絮叨叨地说着。

琵琶心里震了震，最后的庇护所也没有了。虽然也不可能再回去投奔她父亲，但父亲家总给她一份归属感，不像她母亲摆明了说不欠她和她弟弟的，姐弟俩打小时候就知道了。

"你后母可真精明。"露在说，"机关算尽，末了又怎么样？嗳呀，看她是怎么对你弟弟的。故意把肺结核过给他，又不给他请好医生。那时他从家里逃出来，我逼他回去，想想真后悔。我也是不得已。"她的声音沙哑了，"已经有你了，我实在养不起了。"

琵琶总是为弟弟的事怪自己。打从后母一进门，就当他是眼中钉。琵琶也不知道能怎么帮他，如果真有心，就会知道要怎么帮。她只是想要是有钱就好了，有钱就能把他拉出来，好好栽培。全都怪在缺钱上，她那年纪的人也是正常的心态。

她其实可以对他多点女性的柔情，而不是像男人对男人一样同他说话。他对女孩子感情脆弱。他还能是正常的男孩，想想也真伤惨。年纪还小他仿佛就掂量过自己和这个世界，决定了呆坐着等钱比较上算。结果他错估了人世的变动。他没能活着看见这一切，但是十五岁那年他看见父亲把一封通知书原封不动收了起来，末了，抵押过期，产业也没了。被恐惧瘫痪了。小时候她就知道父亲的恐怖。他看着变动来临，加快速度。他有先见之明，而他的恐怖让他的先见之明跑得更快更远。

"我叫他去照个X光，都安排好了。"她母亲在说，"他去了吗？反倒从此远着我，小鬼怕见阎王爷似的。我老跟你们讲健康，讲得我嘴皮子都干了，讲得你们的耳朵都长老茧了，可是有人留意了吗？这下子知道厉害了吧。"

有人敲外头的门,仆欧进来了。

"茶点来了。"露道,躲了进去,还撮着嘴唇让嘴看着小一点,琵琶觉得诧异。"他走了吗?"露低声问道,探头来确认过后才穿着橙色尼龙睡袍出来。

她倒茶,要琵琶从加盖的银盘上拿黄油吐司吃。张夫人来了。

"有客啊?"

"没有,琵琶来了。"

"咦,琵琶,你好么?"

她拿了块刚买的衣料给露看。"午饭后看见缇娜了没有?"她问道。

"没有。"

"我才跟张先生说:别又打麻将了。吵成那样,多难为情。这个怪那一个打错牌,那个又怪这一个打错了牌。"

"是啊,这习惯真不好。什么都能吵。"

"旁边的人看着可不好意思。"

"这没什么,缇娜还每次都哭着来找我呢。"

"吴医生看起来像好好先生,脾气还真大。"

"还是为他离婚的事情在烦心。他父母说:我们只认这一个媳妇。你出洋去,都亏她服侍我们两个老的,为你尽孝道。谁敢赶她走?"

"老是这样子。"

"现在这年头也见怪不怪了。"

"不过她都安排好了。一到重庆,她就是抗战夫人了。现在抗战夫人大家都承认了。"

"我也是这么劝她的。我说他要是想丢下你,又何必带着你呢?"

"她说吴先生想丢下她?"

"她自己疑心病,还连我也妒忌起来了。"

两人低声咭咭呱呱说笑。

"他要看见你跟她站到一块,选了你,我也不怪他。看她那个贱样。我就看不惯她拿他盘子里的东西吃。"

"你也注意到了?大庭广众之下还帮他扶领带呢。"

"偏拣他跟你说话的当口。"

"也怪里奥纳,他是故意的。"

"何必呢?找架吵啊?"

"是啊,故意找架吵。所以我才劝她太常吵架不好,会吵成习惯。"

"今晚不会又要打麻将了吧?"

"谁晓得。听见说要上船餐厅去。"

"等会儿酒排见就是了。"

张夫人走后,露问道:"宿舍里晚上几点吃饭?"

"会帮我留到八点。"

"有热水洗澡么?"

"没有,暑假只有冷水。"

"那就在这儿洗了吧。毛巾天天换,一定有一条是我没用过的。"

琵琶洗完澡后,露道:"还有时间到外头走走。这儿花园非常好。等我换个衣服,我带你去看。"

她们走过了深色镶板的过道,步下铺了酒椰纤维地毯的楼梯,每一楼都有洋台，搭着紫藤花架。她们顺着条石子路往前走，两边灌木丛夹径，夕阳下山了，树丛吐出凉风。花园倒是没看见多少，琵琶只觉得非常异样，跟她母亲并排走着，一派的闲适。

"别把缇娜的事说出去，背后道人长短不好。张婶婶是例外，一道旅行，也瞒不了她。"

"我不会说的。"

"我老是说：跟男人好归好，不能发生关系。看看缇娜，精明得很，别低估了她，还是落到这个下场。我跟你讲，好让你学个教训。"

"张婶婶不喜欢她吗？"

"嗳唷，别提了。两个人都来找我抱怨，早知道不跟他们一道走了。还不是为了方便。张先生有办法。吴医生他们又想跟人家一样跑单帮。他是医生，容易买到盘尼西林什么的，内地很缺货。他们河内昆明两头飞。我要先到加尔各答，可是有他们在也可以有个照应。我也没做过生意。为了你的原故，我也得想着赚点钱了。"

琵琶听过跑单帮，生意人穿越封锁线进入中国内地，是新兴行业，男女贫富都可以做的一行。最下级的一等是些贩子，硬挤进三等火车厢，一路靠贿赂闯过大小车站与日本人的检查哨，挨耳光，踢屁股，女人也少不了挨打，有时还需要陪宪兵或检查员睡觉。有些老妈子也进了这一行。高级的跑单帮搭的是飞机，进出未沦陷的中国省份。走私禁运品的女士都是老手，夹带通过海关，不申报。琵琶对做生意一窍不通，一听见就害怕，知道外行人要插手是有风险的。

99

"我一直非常难受,花了妈这么多钱。"她带笑说,"我不该带累了妈。不用在意我,葬送了这么多年,不值得。"

露似乎吃了一惊,但是脚下不停,也没别过脸来看她。片刻后方才开口,眼睛钉着风景,像对镜说话。

"我不喜欢你这样说,好像我是另一等人,更有权利活着。我这辈子是完了。总是一个人来来去去的,现在才明白女人靠自己太难了。年纪越来越大,没有人对你真心实意。"

琵琶听得一惊。再独立再不显老的女人最后都不例外,被人性击败了。

"我有个朋友总是说:'你应当有人照应你,你太不为自己着想了。'我就是不听他的。这如今我终于决定要让别人照应了。也是为了你的原故。"

琵琶缓缓吸收这消息,融解不愉快的包装。原来她是要到加尔各答去找爱了她许久的男人。她虽然没爱过他,还是温柔多情的。琵琶不介意这事也同走私跑单帮怪到她头上,却一时对答不上来,就许接上了话也都听着不体贴。他是谁?准定是个好人,愿意等这么久,也不变心。要是说她很高兴,又像是证实了人家的假设,巴望有个继父来供养她。他是个外国人吧?在这一刹那间,她就看见一个高高的男人,没见过的长相,大衣上露出一截红颈子,立在穿衣镜前,不知在哪处的幽暗的穿堂里。再多臆测就成了刺探。突然间,她母亲像是已走了。虽然仍并排着走,却变得很珍贵,颜色越来越淡,像一抹渐渐散去的香水,越是这样琵琶越是不敢转头看她。

"我以前看不起钱,不管为了钱怎样受弊。不是没有人要给我钱。就拿你舅舅来说吧,只要我愿意拿,可以拿走他所有的钱。你可不准跟别人说去。你舅舅其实是抱来的。"

亲戚间的事琵琶已经见怪不怪了,这倒是从没听说过。舅舅是抱来的!

"可别说出去。"

"我不会说出去。"

"他的爸妈是逃荒的,一路行乞,孩子才生下几天,胡嫂就去买了来。"

舅舅家里那一帮半退休的老妈子里,琵琶隐约记得有个老妈子十分齐整,白净的圆脸,大家都尊她一声胡嫂。琵琶刚到上海的时候她还在,后来就告老回乡了。

"她把你舅舅带进来,吓都吓死了。族里人日日夜夜监视着屋子,监视了好两个月。他们一开始就说肚子是假的,进出的人都要搜检。胡嫂把孩子放在篮子里,上头摆了几层糕,盖了块布。一个把布翻过来看了看。我完了,她心里直犯嘀咕。人人都抓着棍子石头,预备把门打破,杀了寡妇和姨太太们,恨她们夺了家产。男女老少都赶出去,分了家产。"

"如果真生了儿子呢?会怎么对付他?"琵琶问道,这会儿才想到真相。刚出生的女儿留下了,再添上一个儿子,算是双胞胎。故世的人必得留下个遗腹子来。

"会留下来,可能找个老妈子收养,不会把他淹死在水桶里。可是要知道他是抱来的,决不容他活下去。幸好他一点声音也没出。

胡嫂进了前院就疑心孩子死了。可是不敢看,墙上树上到处是族人。她以为孩子准定是闷死了,后来一看,他睡得很香。所以她老说他有福气,注定要当小少爷的。"

"舅舅自己知道么?"

"不知道,始终瞒着他。胡嫂的后半辈子当然是不愁了。你外婆一定是厚厚赏了她,临终前还交代要对胡嫂另眼看待。"

"真像京戏狸猫换太子呢。"

"你可不要去跟你舅舅打官司,争家产。"露说,后悔说出了秘密。

"我怎么会?"琵琶震惊地说。又与她有什么相干了?母亲的东西又不是她的。连她母亲这话也说得荒唐。过都过了半辈子了,舅舅挥霍无度,又养那么一大家子,只凭老妈子一句话就打官司,而且老妈子只怕已经不在人世了。"我不会的。"

"我知道你很看重钱。"

"是要赚钱,不是跟自己人拿。"

"你知道他不是自己人了。"

"他还是我舅舅。"

"我也只是提醒你一声,你们沈家!连自己兄弟姐妹还打官司呢。你父亲和姑姑就是个现成的例子。"

"那是两样,他们是要报复大爷。"

"我不过这么说说,谁知道呢,说不定将来哪一天真给钱逼急了。"

"我再穷也不想拿舅舅的东西。"琵琶仍是努力笑着。

"我也只是说说。"

两人默默走着。琵琶清楚记得第一回听这个族人包围的故事,那年她九岁,她母亲刚从英国回来。午餐后的闲谈是一天中最愉快的半小时。餐桌都收拾干净了。暗红磁碗里搁着水果,一束阳光斜射在上头。茶还太烫。盘子里的果皮渐渐发出了腐坏的气味,还是没有人想动。围困寡妇的故事就像是家里的壁毯,很美,却难以置信,她母亲与舅舅居然是传奇故事里走出来的,掀起萧墙之祸的一对双胞胎。说来也心酸,十年后别的都隳败了,故事却又润色了。而在新的转折中又添上了附录,她也在里头,竟和族人一样坏!

"回去吧,赶不上晚饭了。"露说,两人在饭店入口分手。

八

琵琶从浅水湾回来天都黑下来了，抄捷径穿过大学校园，上坡朝宿舍走。从石阶上来，踏上马路，她看见天空有探照灯，只这灯有烽火的气息。她喜欢这些灯，满足了没实现过的一股冲动，在一片辽阔空荡的地方乱写乱画。空中广告是听说过，却只见过这一个例子，知道人类可以拿粉笔绕着月球怎么画线。今晚有三道光。有可能都是九龙方面射来的，也可能是海湾的战舰。光束绕过一圈，与别的光束交叉，分散开来，又并行。像不耐烦的老师的手挥过黑板，板擦一抹，擦得干干净净，太快了，学生还没来得及看懂图表。天空像极了黑板蒙上一层粉笔灰，灰扑扑的，起起伏伏的表面也一模一样。香港还感觉不到战争。课室里当然决不提起，只有教师缺课，受军训去了，才有人议论。

"孩子们，我又得去当兵了。"布雷斯代先生拖着长音，香烟在唇间换到左又换到右。"讨厌极了，文艺复兴要讲不完了。当然几家欢乐几家愁，比方说你们就不觉得难过，我看得出你们都很高兴。"

两盏探照灯又亮起来。一束光照着朵云。她看见天上有云，之前隐在墨黑的夜里，堆得像花朵的复瓣。光束在灰云上照出一块淡淡的班点，动也不动。看着它竟使人满心气沮，心里痒痒的，像指尖触到了。

她爬完最后一圈水泥石阶，上了宿舍石砌的地基。走上门廊的台阶，在宿舍门口揿铃，眺望着海面。黑沉沉的海湾下市区的灯火低矮矮的。对岸的九龙马路上的绿灯像一串珠链，点出了海平面。三分之二的天空是粉笔灰的条纹。正看着，一道强光忽然照过来，对准了门外的乳黄色小亭子，两对瓶式细柱子，她从头至脚浴在蓝色的光雾中，愣了愣才明白是对海照过来的探照灯。强光打在她脸上，她动也不动，站在那神龛里。他们以为看见了什么？她心里纳罕着。灯关掉了，还是拨开了，效果是一样的。漆黑之中她无声地轻笑着，身体仍是被光浸透了。她从此两样了，她心里想着。背后的门开了。

"谢谢你，嬷嬷。"

"晚饭留在那里，吃完了跟瑟雷斯丁嬷嬷说一声。"

她朝地下室走，但得步步小心。方才远处射过来的强光那么没有边际，过道像缩小了，她得重新适应。

"回来。"多明尼克嬷嬷的大脑袋歪了歪，头一低，压出了双下巴，从浆洗过的上衣里取出信来，递给她。

"喔，是挂号信。"

"我帮你签收了。"

"谢谢你,嬷嬷。"

瞥眼只见写的是英文,笔迹陌生。谁会写英文信给她,这么厚厚的一叠,信封都鼓出来了?不对,里面是本书。小小的书,又长又薄的。而且形状奇怪。可能是字典。除非是字典,谁会寄东西给她?下楼路上她没拆开来看,也没细看是本地寄的还是上海寄来的。

她打开灯。晚餐搁在长条桌上,倒扣着一只汤盘。坐下来之前她拆开了信,瞪着一叠旧十元钞票。信上说:

"密斯沈:

听说你入学之前申请奖学金,没申请到,所以我写这封信来。学业成绩最优秀的二年级生会有一笔奖学金,我确信明年你会拿到,足可支付到毕业前的学杂费住宿费。请容许我先给你一个小奖学金,省俭一些可以撑到明年夏季。不用谢我,也请不用客气。这话也许说得太早,但是只要你保持这个成绩,我有信心你可以拿到牛津的研究生补助费。

真诚的,

杰若德·H.布雷斯代"

字句像遥远的浪涛,拍打她的耳朵。她本该认出这紊乱潦草的字迹的,也许他写黑板比较工整。她冰冷的手指数着钞票,数了两次,确定是八百块。地下室里也有探照灯,照住了她。倚着长条桌立着,再把信读了一次,信唱了起来。牛津!绕了一大段路,该她的终究是她的,这一次她真的想要,因为是她自己赚来的。她母亲总说受教育才有保障，她的学业尚未结束，就有了进项。激励读书人的那首古诗说得好：

"书中自有黄金屋，

书中自有颜如玉。"

她把信和钞票都放回信封。觉得诧异，这么厚一叠破旧又有味道的钞票竟拿橡皮筋一捆，随随便便地捱进信封里，封口一半没粘紧，显然是极信任香港邮政，也极相信人性本善，她却是极陌生的。也没费事把小钞换成大钞。她拉出椅子，坐下来吃饭，却动也不动，只捧着倒扣着餐盘的微温的汤碗，庆幸这微微的温暖使事情更加真实。不。她不要现在就打电话告诉母亲。露可能不在。就算在，琵琶也不想在电话上谈。多明尼克嬷嬷是澳门来的葡萄牙人，讲广东话，不会讲国语，人很精明，看她那么激动就会联想到是那封信的原故。布雷斯代先生虽然并没有要求她保密，但是他若是愿意声张，何不给她支票，反而送现金？一定是怕传出去总有人会说闲话。他这是善行义举，可是帮助的到底是个年青女孩子。她记得有些女孩子说他是怪人，与院长处得也不大好。他老早就该升教授了，不知为什么就是升不上。

她照露的吩咐隔天下午才打电话过去，心里琢磨要是妈要我今天别过去了，我就得在电话上告诉她，我再也憋不了一天了。幸好露要她过去。

"我们历史课的先生给了我这封信。"她说，装得没事人一样。

露读着信，琵琶拆开了报纸包着的钞票，拿了出来。

"他送我八百块的奖学金。"

"怪了。"露说,"有这种奖学金吗?他为什么自己掏钱出来?"

"没有,信上说明年我会拿到奖学金,可是这是他自己的钱。"

"不能拿人家的钱。"露说,轻轻笑了声,很不好意思。

"这是两样,他只是想帮助穷学生。"

"就这样拿人家的钱怎么成?"

"这是人家的一片心意。"琵琶急于分辩,怕母亲会逼她还回去,"他连谢都不要。"

露不言语了。琵琶拿包钱的报纸再把钱包起来。厚厚一叠十元钞票太触目,像一条又厚又长的洗衣服黄肥皂。她母亲必然是因而想到了街头卖唱的,路人给十个一毛硬币而不是一元纸钞,显得阔气些。

"要搁到哪里?"

"就搁在这儿吧。"露漫不经心地说。

琵琶把钱留在桌上,正眼都不看一眼,本能却催着她即刻送进银行金库,这是世上最珍贵的一笔钱。她把信与信封收进了皮包。露也许还想把钱还回去。幸喜她没想到要地址。真要起来,她又得想办法劝她打消念头。

露在收拾行李箱,不是她自己的衣服,是她走到哪儿带到哪儿的精巧玩意。

"来,你也帮着点。那边那个拿过来,是另一个,就在你眼前。"她快步走过去,自己去取。

两人的积怨又浮了出来。琵琶发现唯一能做的就是站在旁边,做出听候差遣的模样,不插手,让她自己来。露虽气恼,仍是按捺着性子示范如何包装艺术品：

"最要紧是把缝隙填得磁实。看见了没？才不会颠一颠松了，压坏了。"

"那是皮子吗？"

"海狸皮。"她举了起来，"喜欢可以看看，就是别碰，香港天气太潮了，东西容易坏。"

"好漂亮的颜色。"

"便宜才买的。"她一件一件东西拿起来，"物资缺乏，什么都买。那件银手饰现在可值钱了。"

她藉口做生意去大采购了一趟，将来要卖不掉，总可以留着自己用，还可以变卖了过日子。琵琶才这么想，立时自愧了起来。她会这么想，全为了母亲对她的大消息太冷淡的原故。是她自己想太多了。她母亲对儿女的态度仍是旧式的，很节制，从不夸奖，怕会惯得她太过自负。但是琵琶对母亲的东西不再那么着迷了，反觉得琐碎。是母亲的品味变了，还是为了在重庆市场卖个好价钱？帮别人买东西很容易。就像买礼物，店铺里的东西都像是为别人预备的。

电话铃响了。露接了起来。

"喂？……喔，缇娜啊。只是在理东西……嗳，来是来了，东西也很喜欢，可是一听见是要卖的，就这个那个起来，末了还是不要了……不要紧，到内地会赚……好啊，过来吧，我没事。"

缇娜来了，直发披在背上，晃来晃去，大红花裙。

"琵琶呀！"她娇嗔似的道，"喔，露！她跟你真像。"

露微笑,像是在思索该怎么接口。琵琶心中一股怒气勃发,笑着大声说话,吓了自己一跳:"快别这么说。我当然觉得高兴,可是委屈了妈了。"

露正想开口,又忍住了没接这个碴。

"怎么?"缇娜拖着声音,迟迟疑疑的,"你跟她长得像,她哪里会委屈。"

"坐吧,我马上就好。"

"我等不及要跟你讲昨晚的事,我都笑死了。"

"我就知道你藏不住话。"露笑她捺低了的兴奋笑声。

"张夫人说:'那个军官是谁啊?'他们在酒排那儿看见你们了。"

"洋人又是当兵的。"露说,假装恐怖。

"张先生倒是没吭声。那是谁啊,张夫人又问,是不是海滩上那个。英国人吗?张先生说:'我哪知道。'张夫人说:'从他的制服也看不出来?'张先生没搭理她。"

"像他那种老一辈的留学生比别人都要守旧。"

"又跟他有什么相干了?太可笑了,这么挑拨他。"

"嗳呀,缇娜,现在交朋友难了。当着面说一套,背地里又说一套。"

也不知缇娜是不是以为露在指桑骂槐,没坐一会儿就走了。

"等我换衣裳到海边去。"露向琵琶说,"一起来,也到海边去看看。"

"我不会游泳。"

"不用游泳。找个地方坐下,四处看看。都说是世界上少有的几个顶漂亮的海滩。"

两人一起出门,露披着黄绿披肩,像蝙蝠的翅膀。琵琶不安地纳罕,她母亲是又像昨天一样想拉近一点关系,最后弄得不欢而散,还是她觉得琵琶也该见见世面了?

她们从马路上走了一段下坡,就看见了沙滩,足迹零乱。琵琶东张西望,心里糊涂。常青灌木丛与有刺铁丝网前面有一溜架高的褐色旧凉棚。叫做凤凰木的大树开着鲜红色花朵,远远的躲在后头,仿佛怕沾湿了脚。海滩上的人这里一堆那里一堆,毛巾铺在踩乱了的沙上,坐在毛巾上。沙子像淡黄的锯木屑。有人背对着她坐在太阳伞底下,像即将收市的小贩,却没有东西可兜售。她猜大多数都是外国人,倒是有几个广东人,男的女的小的,满脸严肃,在水边漫步。这里的海没那么蓝,却是可望而不可及。就连从渡船上看,海都还蓝得多。

"这里蚊子真多。"她说,不时停下来,弯腰抓痒。一弯身,眼梢就带到母亲细瘦的腿,膝盖以下直柳柳的,到脚背才有了起伏。她母亲始终那么美丽,她以前根本没注意过。一双白色海滩鞋掩住了弓起的脚,还是大得像雨鞋,很异样。她尽量不去看。这双脚也能够步步生莲。古老的赞语说的可能是指红色鞋尖露在裙子下,每一步都像地上多了一瓣莲花。但在这儿,光天化日的海边,两条腿又是那样地细瘦,倒像一对蹄子。

"不是蚊子,是沙蝇。"露说。

"喔。倒还真像沙滩上的苍蝇。"

"小得很,比蚊子还讨厌。来,坐在这边石头上,这边看出去的风景不错。"

琵琶坐下,还是得抓痒,一边道歉,"我给咬坏了。"

"别抓,越抓越痒。"

"早知道穿长袜来。"

"坐一会,等一下要走也很方便。公共汽车站就在对过。我要过去那边。"

露隐隐朝海面勾了勾下巴,转过身走了,脱下了外衣。琵琶瞧见是件剪裁大胆的白色游泳衣,胸部半露,垫得太高,衬着淡黄的沙子太惹眼。琵琶看着露走进水里,太难为情,起初也没看懂是怎么回事。她母亲涉水,娇小的倩影像是随便一个人。有个男人不知是从水里崛起半截身子,或是上前来迎接她,琵琶不记得是哪一样,自觉看见了什么禁忌的画面,自动移开了视线。只看出是个外国人,褐色头发湿淋淋地贴在额头上,年青的脸,长长的下巴往外凸,肌肉发达,肤色苍白。等她回过头来,两人已没入了人丛。

沙蝇还在咬她,坐在这里从旗袍衩口抓痒太引人注目了,她站起来,缓步走开,免得她母亲回头望着这里,看她行色匆匆,倒又嫌她假正经。

第二天她发现露躺在床上,跟张夫人说话:

"我连眼都没闭过。缇娜那么晚了还来敲门,说里奥纳会杀了她。"

张夫人笑了,"人家是外科医生,杀个人可不是什么难事。"

"她是真吓坏了。"

"她是在这儿睡的？"

"嗳，睡什么！等她絮叨完，都早上十点钟了。"

"你们昨儿个散得也晚，我就没听见张先生进来。是谁赢了？"

"缇娜跟张先生。他没告诉你？"

"他还没下床呢。你输了多少？"

"就我一个人输，里奥纳不输不赢。张先生最近的手气真好。"

"所以他才不让我替他打。你输了多少？"

"八百块。"

"可输了不少呢。"

"都怪他们放了新型的麻将进来。"

琵琶一听八百块整个木然，听在耳朵里也没有反应。八百块不是她昨天带来的钱吗？为什么不输个七百块或是八百五？如果有上帝的话，她要抗议：拜托，别开玩笑了。她哪里还有脸再看着布雷斯代先生？他领的不是教授的薪水，还特为送她一笔奖学金。她母亲并不想说出输了多少钱，踌躇了片刻，还是说了，漫不经心地抛出了数目，正眼也没看她一眼，仿佛在说：看吧，造化弄人。

"我真是受够了。"露在说。

"这两个人整天吵，吵得大家都不快活。"张夫人道。

"连觉都不让人睡。"

"我要问问张先生什么时候走。"

"越早越好。就是我的蜥蜴皮还没弄好。"

"什么蜥蜴皮？"

"我买的货。"

"喔，鳄鱼皮啊。"

"不是鳄鱼，是蜥蜴。便宜点，颜色也漂亮，做皮包皮鞋都好看。"

"内地应该卖得好。"

"我也是这么想，正好在香港做好。"

两人又上街去了，到城里把琵琶放下，让她改搭公共汽车回去。

再一天露很忙。昨天琵琶打电话来，说要留在宿舍里批改修道院学校的考卷。将近一个星期之后她才又到饭店去，态度也变了。不再在意她母亲说什么做什么。倒不是她做了决定，只是明白到了尽头了，一扇门关上了，一面墙横亘在她面前，她闻到隐隐的尘土味，封闭的，略有些窒息，却散发着稳固与休歇，知道这是终点了。她母亲说输了八百块那天，她就第一次感觉到了。

九

香港的夏漫长绚丽。琵琶在浅水湾没听见谁说要走,她也尽可能远着。可是她母亲察觉到了,起初很生气,后来又犯了疑。

"有没有去看过先生?他叫什么来着,布雷克?"她说,闲话家常的声口。

"布雷斯代。我写了封信给他。"

"怎么能拿了人家的钱,不亲自上门道谢?"露轻笑着喃喃说,难为情的样子。

"我不能冒冒失失地闯到人家家里。"

"嗳,当然要先打个电话。"

"他没有电话。"

"没有电话?他说的?"

"不是,可是我听见说他不想在家里装电话。"

"怎么会?倒像个老哲学家。他多大年纪了?"

"四十吧。"

"结婚了？"

"不知道，我听说他一个人住。"

顿了顿，露方道："他赚多少薪水，能这么大方？"

"比当地人是赚得多。"

"他住在哪里？"

"石牌湾道，信封上写的。"

"在哪儿呢？"

"不知道，一定很远。"

"下次我们去兜风，带你去，你去当面谢谢他。"

琵琶的嗓门也拉高了，"他不要人家去啊，会惹他不高兴的。"

"他只是客气。"

"不是，他真的是那个意思。"

"你怎么知道？"

"他就是那种人。"

露不言语了。

有天琵琶也在，她一面梳头发一面跟张夫人说："我昨晚做了个梦，梦见在浴室里，到处张望，心里纳罕怎么会有这么多血？"她担忧地斜着眼，瞥了眼马赛克地砖，表演出来。"我拿了抹布来揩地板，嗳呀，我心里想，怎么会满地都是血，墙上也有，水管也有，到处都有。是怎么啦？"

张夫人笑着坐在浴缸沿上，"还不都是那位大小姐半夜三更跑来跟你哭诉什么杀人啦。"

"一定就是这个原故。还能为什么？真是怪梦。我揩了又揩，突然在门后面找到了一包褐纸包，可是不敢打开。"

"八成是给医生分割了的尸体。"张夫人咭咭笑道。

"我抬头一看，琵琶站在门口。我就说：'这是什么玩意？谁来过了？'琵琶也不作声，把脸往旁边一撇，硬绷绷的，还是一点表情也没有。"

露说着话，始终没看琵琶一眼，但琵琶察觉出她的迷惑与伤心。坐在外面，脸朝浴室里望着母亲，一径是木木的一张脸。这场噩梦里怎么会有她？

"然后呢？又怎么样了？"张夫人问道。

"我就跟琵琶说：'这是什么东西？不能丢在这不管，一会儿就来收拾房间了。'我才说着话，门上就响了，有人在转门把。"

她拿着梳子挥动。饭店好静，听得见毛刷半吸吮蓬松的如丝的头发，远处还有刈草机嗡嗡地响。露的梦还没说完，琵琶业已忘了听了。没再提到她。可是她感觉到有那么一瞬间她母亲怕会被她杀害。她心里立刻翻腾着抗议：我从来没想她死，我只想离得远远的，一个人清醒正常地活着。横是她也总是四处奔波。她为什么不喜欢跟我在一起，却只是要我从有她做伴的每分钟获利，弥补逝去的岁月，安慰她的良心？她不喜欢我，我也不喜欢不喜欢我的人。

张夫人说不知张先生醒了没有，回他们房间去了。她走后有一阵静默。琵琶立在最近的窗前，眺望外面，预备露一开口就站到浴室门口去。露经常斥责她，当着张夫人的面也不避忌，可是现在没有什么可以让她责骂的地方。

她总留下来吃茶洗澡。今天真不知道要如何熬过对坐吃茶的时光。

"多明尼克嬷嬷要我今天早点回去,她们晚一点要到修道院去。"她说。

露微微侧头,眼睛仍回避她。

琵琶离开前洗了澡,正要拿毛巾,浴室门砰的一声打开来。露像是闯入了加锁的房间,悻悻然进来,从玻璃架上取了什么,口红或是镊子,却细细打量她。她当下有股冲动,想拿毛巾遮掩身体,这么做倒显得她做贼心虚。可是即便是陌生人这么闯进来,她也不会更气愤了。僵然立在水中,暴露感使她打冷颤,她在心里瞥见了自己的全貌,宽扁的肩膀,男孩似的胸部,丰满的长腿,腰还没有大腿粗。露甩上门又出去了。

原来她母亲认为她为了八百块把自己给了历史老师,而她能从外表上看出来。老一辈的人说分辨女孩子还是不是处女有很多种方法。有的说看女孩子的眉毛,根根紧密的就是处女,若蔓生分散,就不是贞洁的女人。她母亲反正自己的事永远是美丽高尚的,别人无论什么事马上想到最坏的方面去。琵琶就不服气。她清洗了浴缸,控制住情绪,可是离了浴室还是很气愤,心里有硬硬的一团怒火。她感觉到腮边的沉厚墙面,碰是没碰着,却像笨重的铠甲阻碍了她的手肘和膝盖。她确信母亲看得出来,可是露却连正眼也没看她一眼。

你以为完了,可是情况还是照旧。几天后她再去,也和之前一样，不好不坏。

"告诉你呀，有桩怪事。"有天下午吃茶，露低声说道，"有人搜过我的东西。"

"什么？"琵琶喊了起来，庆幸有这么个机会能惊诧同情，"丢了什么吗？"

"没有，东西都在。"

"那就怪了。"

"不是闹贼，是警察。"露厌倦地说。

"警察！"

"你没打电话过来，我还以为你也出事了，给人跟踪了，还是警告了什么的。"

"警察么？"

"现在是战时，他们会怀疑。"

"怀疑什么？——间谍吗？"

"除了这个还有什么？他们看我一个单身的女人，走过那么多地方，又跟外国人交朋友，多少有点神秘。"

听母亲自己的描述，琵琶猛地发觉她确实是像中国的玛塔·哈莉[①]。

"搜了哪一件行李？"

"这一件。"

琵琶敬畏地看着。

"我出去了，晚上回来就注意到房里的东西变了样。怪了，我

[①] 荷兰籍女艺人，喜装扮成异国舞女，后因在一战中为德国从事谍报活动而遭枪毙。

心里就纳罕,早晨房间就收拾过了。我把箱子打开找东西。箱子翻过又还什么都归还原处,我的东西动过我看不出来?"

"里面只有衣服么?"

"还有信、照片、零零碎碎的东西。"

照片——琵琶不安地想着,那些数不尽的小包裹和信封,装着成叠的照片,露娇小孤单的倩影,背后衬着的海岸有爪哇、印度、地中海、上海、杭州、澳门、青岛、北戴河。

"饭店不肯帮忙?"她迟迟疑疑地说。

"我没张扬,惊动了饭店也不中用。我只跟一个英国军官提过,看看他怎么说。"

就是海边的那个男人。

"他怎么说?"

露微微耸肩,"他觉得是我太敏感了,是我想像出来的。"

"他会不会是警察那边的人?"

"不会,他是正规军。倒是警察可能以为我跟他做朋友是为了要打探情报。他说不定也是这么疑心的。我问他也是为了试试他。"

"他像是知道什么吗?"

"很难说。知人知面不知心。"

露很喜欢引用这些古诗熟语,琵琶记得前一向有个老妈子常常大声朗诵。她最后这句话还带着抑郁的叹息,琵琶想起有一次她说女人一人老珠黄就找不到真心的人了。

"我没跟别人讲还有个原因,这里道人长短的太多了。我这两天心里七上八下的,没有人可以商量,你也连个消息都没有。怪事一桩接一桩，连你也都有点改常。我还想是不是哪里做错了，你每次什么做错了我总说你，不像你姑姑那么客气，随你自己爱怎么样就怎么样，横是她也不在乎。"

习惯使然，她母亲一说起这件事，琵琶就默不作声。这次不开口倒反而艰难，她母亲期望她说点什么，出于衷心抗声说几句。以什么名义呢，两人都不能想像。但是露仍等待着。

再开口，声音略显沙哑，"比方说有人帮了你，我觉得你心里应该要有点感觉，即使他是个陌生人。"

是陌生人的话我会很感激，琵琶心里想。陌生人跟我一点也不相干。

"我是真的感激，妈。"她带笑说，"我说过我心里一直过意不去。现在说是空口说白话，可是我会把钱都还你的。"

她想像中是交给她一个长盒，盒里装着玫瑰花，花下放着一束束的钞票。她母亲会喜欢的。

"我不要你的钱。"露拉高了嗓门，"我不在乎钱。就连现在这么拮据，我也从没想过投资在你身上，希望能——能——"她无助地挥挥手，轻轻笑一声，说出了不能想像的话，把自己描绘成老太太，"将来有一天靠你养活。可是只要是人，对那些帮过你的人就会有份心意。想想过去我对我妈，并没有哪里做错了，不应该有这样的报应。"

链子断了，琵琶寻思着。撑持了数千年，迟早有断裂的一天。孝道拉扯住的一代又一代，总会在某一代斩断。那种单方面的爱，每一代都对父母怀着一份宗教似的热情，却低估了自身的缺点对下一代的影响。不幸的是，偏是断在你这个环节上，而你奉献给母亲的，自己的女儿竟然没有回报。如果在年轻貌美，又集宠爱于一身的时候能到西方各国旅游，那还不打紧。现在你觉得再也得不到可敬的爱，你想回头，却惊诧于不复你母亲的时代。

"嗳唷，"露叹气，越来越像童年南京的那些老妈子，"我真是奇怪上辈子是欠了什么债，到现在还不了。我以为吃的苦头够多了，还是一件事接一件事的来。想也想不到的事。连你也这个样子。为什么？跟我还有什么不能说的。虎毒不食子啊。"

又一句乡下人的俗谚。琵琶心里发慌，却仍是忍不住觉得滑稽，偏挑这个节骨眼上。

"我知道你爸爸伤了你的心，可是你知道我不一样。从你小时候，我就跟你讲道理。"

不！琵琶想大喊，气愤于露像个点头之交，自认为极了解你。爸爸没伤过我的心，我从来没有爱过他。

她母亲下面说的话她都没听到。再听时，说到姑姑了。

"你姑姑也不知道怎么跟你说我的。"

"姑姑什么也没说。"

"我倒不是有事瞒着你不让你知道。有些事你年纪太轻，说了也不懂。你是知道的，我向来就相信爱情跟肉体完全两样。只要发生了肉体关系，就完了。我不要，是别人想要，他们逼我的。"

她哭了起来。嘴巴张得很大，没化妆的脸像土褐色的面具，面具上一条小小黑黑的裂缝。那张脸比平常更长更窄。琵琶太窘，感觉不到震惊，却仍意外。她母亲向来把贞节挂在嘴边，深信不疑。

青天霹雳之后琵琶的脑子一片混沌，还是觉得罕异，她从没觉得母亲是伪君子。她说的都是她相信的。离婚后，她把书籍杂志都收进了一只柳条箱里，琵琶在无人住的顶楼找到了，挖宝一样的探钻着。有亚森·罗苹的译文全集，一本旧历史小说叫《女仙外史》，近年来她常听母亲说是她最喜欢的书。女仙是唐赛儿，青州一个美丽的女巫，率兵反抗皇帝。十五岁她就意识到自己的命运，必须听从父母之命，嫁为人妇。她咬牙苦忍洞房夜，之后与丈夫做了协议。她因为他破了身子，失去了长生不老的机会，所以他不能够再碰她，但他可随意蓄妾。到香港之后，琵琶从广东老妈子那里也又联想到青州女巫的故事。许多人发誓终身不嫁，但有时会有女孩子家里给她定了亲。为了不让家人出尔反尔，婚礼上她行礼如仪，婚后也和新郎共住一段日子，之后就会逃家到城里找事做，同男人再也没有瓜葛。她证实了自己是处女，保住了家里的颜面，也就不能议论她是为了男人而跑的。广东乡下都有这个习俗，女子想要躲避旧式婚姻与恶婆婆唯一的手段。其他省份没有这么惊世骇俗的风俗，除了学习巫术，起而造反之外，别无出路。露为了证明自己是处女，无奈也得结婚。心肠恶毒的人必定会散布谣言，说她违背父母之命是因为别的男人，外婆一面劝她一面求她。

"她对着我哭，我还能怎么办？"露向琵琶解释为什么离婚，回溯到她为什么结婚的时候说过。

琵琶当时没能了解，现在看见母亲哭，她知道了。链子是断了，让她全身刺刺的，动弹不得。世界上最靠得住的人在哭泣，天空暗了，就要下雨，跟她小时候一样。她误会了，琵琶想，以为我是为了男人的原故。我必须告诉她我根本没有那种想法。琵琶觉得真像她读过的书,萧伯纳和威尔斯,只不过她的贞节问题纯粹是文学上的。如果事关她本人或是真正亲密的人,她可能会用中国人的看法来评断,可是以母亲的例子,她是澈底的理性的。她有韵事,又有什么两样?要她忠于谁呢?她心里想。可是我又能怎么说不是这回事呢。又是哪回事?我就是不喜欢她?不行,最好还是让她误会吧。她会认为既然是中国人,我会有这种感觉也是理所当然的。她会认命。自认为是罪人,这里头是有一份美丽与尊严的。

为了不看母亲,她始终钉着墙上雕花的上了清漆的镜子,只是视而不见。震了震,她认出镜中的脸是自己的,高高的拱起的淡眉,木木的杏眼分得太开,柔软的狭窄的鼻子。露没注意到她欣喜的发现。失了平日当做盾牌的浴室镜子,露对着茶杯上的空间说话。琵琶自己呢,她知道她始终钉着镜中冰冷的岁月不侵的象牙雕像的脸,为的是保持冷淡。她受不了母亲的哭泣,更受不了自己责难的沉默,每一分钟都更加痛苦。她痛恨受到误解,渴望能说:"我不是那样的,我不会裁判你,你并没有做错什么,只是有时候对我错了,而那是因为我们不应该在一起。"告诉她实话,不管她懂不懂。她比你聪明。找不出该说的话,也说点什么。她在受苦。

可是琵琶说不出口。过去已化为石头,向现在扩展得太快,将她冻结凝固在相关连的块料与没有形状的东西上。涌到口边来了。嘴唇想移动,头却是无心的岩石。气急败坏下,她告诉自己再一会儿就停了,她母亲知道哭泣无用,就不会再哭了,她们会谈别的事情,这一刻永不会再来。可是太难忍了,露毫无顾忌地呜咽,窄脸上张着大嘴，一手半握拳支着腮，手肘架在桌上。琵琶站起来就跑出了房间。

她一口气跑出了长长的褐色过道，迫不及待地下了楼梯。白色制服的仆欧闪躲，一手托的银盘举得高高的。得慢下来才行。别人会怎么想？仆欧很容易就知道她是打哪个房间跑出来的。可盛怒之下，她停不住脚。同样的酒椰纤维地毯过道在面前延伸，前方是同样的紫藤架逼向她的脸。仿佛被噩梦追逐，荒谬无稽，像是以为她母亲穿过饭店走廊呼唤她回来。

末后，她跑到了天空下，知道自己表现得不正常，但是太开心了不在乎。至少结束了。那样子奔跑一定像是受惊的无辜少女，管他的。随便她母亲怎么想吧。只有这个法子。结束了，她母亲再也不会重提这件事。太阳下山了，天色仍亮着，她走向公共汽车站。露坐在里面哭的房间必然暗了，她也不会站起来开灯。不，她早就去洗脸了，说不定她前脚刚走她就进了浴室。但即使坐上了公共汽车，她还想回去。说不定房间里没人了。

公共汽车晃了一下停住，街灯全亮了。已经进城了。她看着窗外一爿棉花铺，门敞开的，太热的原故。头顶的灯光照下来，高台上有人在弹棉花，一边肩膀背着一只有弹性的扁杆，杆子两头系着条绳。三个男人光着膀子，只穿短裤，半弯着腰，绕着高台敏捷地移动。一弹绳子，棉絮就飞扬，三人移来移去，似乎听着弹弓的声音跳舞。瘦削金黄的躯体闪着汗水。棉絮在金黄的房间里飘然飞下，隐隐有绷绷绷的声响。虽然只看见了几分钟，她却异常感动。

"我还没离开人。"她对自己说,不晓得为什么这么说,为什么觉得安慰。痛楚疯了似的将她关在盒子里,这时进来什么都是仁慈的纾解,无比美丽动人。

隔天她勉强打电话去问该不该过去。她知道母亲会假装没事。那天下午缇娜也在,试穿新衣。露帮缇娜的背抹防晒油,讨论一部两人看过的电影。

"你也该看看,琵琶。"缇娜说。

"明天去看。"露说。

"对,给她放个假嚜,露。"

琵琶有天打电话去,露出去了。第二天清早多明尼克嬷嬷叫琵琶接电话。妈起得倒早,她心里想。

"请问是沈琵琶小姐吗?"是个男人,说的是英语。

"我就是,请问哪位?"

"这里是警察总署。今早能请你过来一趟吗,沈小姐?有些事情要请教。"

"什么事啊?"她问道。每次出了事,她就变得空洞而镇静。

"只是例行的调查。你是上海来的吧?你母亲到这儿来看你?"

"是、是的。"

"不会耽误你太多时间。十一点之前能赶到吗?"

"警察总署在哪里?"

"德辅道六十号,找庄士敦队长。"

"我要怎么过去?"

"嗯,你搭四号巴士吧?再转到筲箕湾的电车。"

"到哪里搭电车？"

他详细地指示了她路线，这才挂上电话。越笨越好，她心里想，虽然她并没有装笨。她打电话去问母亲该跟他们说什么。露又不在。早上十点一刻就出门了？

十

她步入二楼一间大办公厅,说要找庄士敦队长。栅栏挡住的办公桌后一个长脸淡褐金发的警员抬起头来,又回头写字去了。有个黝黑结实的人穿着卡其制服上前来。

"沈小姐么?请这边走。"

他领头到一排的隔间,请她在一张桌子前坐下。

清白的人无端被召进了警察局,该如何举动?应该是气愤又紧张。可是她准是做得过火了。黝黑的汉子瞧了她一眼。

"没有什么事,问几个问题罢了。要不要喝茶?"

"不用了,谢谢。"

"喝杯茶没什么,我们自己也要喝。"

"那好吧,谢谢。"

他摇铃。有个骨瘦如柴的中国人悄没声地出现了,一身白衬衫,雇员的样子。

"两杯茶。"

他默然消失，留下一丝光脚穿球鞋的气息。

"不抽烟吧？"

他自己点燃了一根烟。金发警员侧身快步过来，像只收起来的雨伞。

"这位是庄士敦队长，我是马瓦罗警探。"黝黑的警探说，仿佛是澳门人，也许是多明尼克嬷嬷的侄子，一样的宽脸浓眉密密的睫毛。他一个人说话，做笔记。庄士敦只是坐视，面前摊开一本大笔记簿。会是什么？她母亲的"档案"？他不断翻看，像参考什么。不可能全记着她的事吧？琵琶颠倒着看，只看见是活页纸，打字稿。心里渐渐地恐慌，又一股子想笑，仿佛已是事过境迁向某人提起，不是向母亲提起，她会大发雷霆，而是向比比或珊瑚姑姑。她甩不掉这戏谑的感觉。她向来信任警察，坐在这里心里自在，并不比在学校口试紧张。马瓦罗像个坏学生，笔记写得很吃力，有一句没一句，只有三两行。他怎么不索性让她自己来写算了？

"你父亲多大年纪？""你母亲几岁了？"又想抓她撒谎的小辫子似的。"你父亲大你母亲几岁？"问不倒她的。他们两人同年。

她报出母亲上海的朋友，心上有些不安，比方说布第涅上尉，有必要说出他来么？不过，既然事无不可对人言，有话直说岂不是最好？

"你认识罗侯爷吗？"

"是我表大爷。"珊瑚姑姑听到不知会怎么说。连这都查出来了。

"他同你母亲是什么关系？"

"他是我父亲的表哥。"

"你母亲跟他很熟?"

"不是,她只见过几次面。"

"她一定跟他很熟。不是她设法筹钱救他出来么?"

"不是,那是我姑姑。"

"可是钱是你母亲的?"

"我姑姑跟她借的。"

这些事他们怎么知道的?露不会告诉他们,除非是他们先提起。她的心往下沉,晓得有场大病要来了,而且不是几天就痊愈的。她喝了一口热奶茶,饥荒似的。她这动作似乎使马瓦罗震了震。难道是以为她突然口干舌燥?

"他常到你母亲家吗?"

"罗侯爷吗?没来过。我们统共只见过他一次。"

"在你母亲家里?"

"不是,是在他家里。"

"她常到他家去?"

"不是,那是他太太的家,他不住在那里。"

她一心一意只提防说了什么会惹她母亲生气。

"你帮你母亲送过信吗?来到香港之后?"

"没有,上海对外的通讯并没有断。"

"你寄过包裹到重庆吗?"

"没有。"

"内地任何地方?"

"没有。"

他起身，慢悠悠走出隔间，伸伸腿，吸口气。庄士敦一分钟也不浪费，立即接手，不时参阅他的大本子。

"罗侯爷是何时遭到暗杀的？"

"我不记得了。——一九三八年吧。"

"他始终没把钱还给你母亲？"

"借钱的事只有我母亲和姑姑知道。"

为了取信他们，她说出了姑姑与罗侯爷的儿子的恋情。她并没有泄露什么秘密，换作是她母亲也一定会说。马瓦罗又回来了。两人都没做笔记。

"所以我姑姑就偷偷拿了她的钱。"

"可是她们还是朋友？"庄士敦问道。

"只是表面上。"

"她们还是住在一起。"

"为了省钱。"

"你母亲的经济拮据吗？"

"对。"

"她现在有钱了？"

"不算有钱。"

"她住的是浅水湾饭店，一个多月了。"

"可能是我姑姑还她钱了。"

"你不知道确切原因？"

"我没问。"

"你对你母亲的事好像知道得很少。"

"我们很尊重彼此的私生活。"

"中国家庭很不寻常吧?"

"她们母女好几年不见了。"马瓦罗冷不防插话。这两人就像她在哪儿读过的帮会兄弟,两个人一搭一唱,"你扮白脸,我扮红脸。"京戏里武人画红脸,文人是一张净脸。一个凶猛胁迫,另一个知书达理,好似帮受害人撑腰,对抗他的伙伴。受害人感激涕零,轻易就招供了。而这里的两个,庄士敦是英国人,自然扮黑脸。马瓦罗有中国血统,广东话想必也很流利,虽然今天不见他说广东话。

庄士敦倒身向后,让马瓦罗接手盘诘。

"你认不认识你母亲的日本朋友?"

"她不认识日本人。她讨厌日本人。"

"倒不讨厌德国人?"

"她也不认识德国人。"

"你知道伊梅霍森医生吗?"

熟悉的名字又使她心中一跳。"他是我的医生。"

"他常到你家里吗?"

"只有我生病那次,我得了伤寒。"

"他的全名叫什么?"

"不知道。"

再换庄士敦上场。她的父母年龄差几岁?

好不容易,他合上了本子,说:

"谢谢你,沈小姐,我们可能需要再请你过来谈谈。"

琵琶倒抽口气,难以置信。

"资料还不充份。"他说。

马瓦罗蹙着眉,低声道:"非常抱歉。事关安全,妈虎不得,尤其又是战时。"

这一提,琵琶陡然想明白了一件不太确定的事——日本已经到达九龙半岛边境。上海孤岛傲然屹立,毫不隐讳深陷重围,香港人却一句话也不想提,只说这里是安全的,这里是英国的辖地。可是日本不是轴心国之一,而英国正和轴心国作战吗?

"当然,当然是要小心为上。"她同情地喊着。

两人都有点受惊怀疑的表情。现在可不是让她讲理的时候。

她在警察总署待了三个钟头。出来后在附近杂货铺打电话。露还是不在,她改找张夫人。

"我们打电话找你,你出去了。"张夫人说。

"我在外面打的电话。我找不到我妈。"

"她还没回来呢。他们叫她去问话,太不像话了。"

"我也刚从警察局回来。"

"你能不能过来?过来再说。"

她发现张夫人一个人在房间里。

"昨天我们下楼去吃午饭,有个警察过来,说要找我们谈谈,张先生和我就跟着他进了酒排。问我们的旅行,十句有八句不离你妈。后来才知道吴先生吴太太也有人问他们话。我们午饭时没看见她,只好一直打电话到她房间去,也不知道该怎么办。今天一大早,那人又来了。张先生差点就发脾气了。末了才知道她昨晚没回来。我们可真的担心了,就打电话找你。"

"她到哪儿去了,那人没说吗?"

"当时我们并不知道她不在饭店里。张先生去找领事了。放心好了,很快就没事了。真是太岂有此理了。"

缇娜与里奥纳·吴进来问有没有消息。一看见琵琶也在,就把他们的事说了一遍。今天早晨他们也是又被盘问了一次。

"这下子可领教到殖民地的厉害了。"里奥纳说,"我们中国人说中国是半个殖民地,到底还是两样。"

"英国人在上海就不敢这么样。"张夫人道。

"租界里他们就够趾高气扬了,可还不敢这么明目张胆。"他说。

"谁叫香港是人家的呢。"缇娜说。

"都是打仗的原故,才让他们这么草木皆兵的。"张夫人道。

"再怎么说,也不能这么对待友好的同胞啊。"里奥纳说。

"我们本来早就要走了,"张夫人道,"可是你妈偏说蜥蜴皮还没弄好。"

"你也知道你妈的脾气,琵琶,老是那么不慌不忙的。"缇娜说。

"嗳,真是折腾人。"张夫人叹息着说,"谁想得到……!"

"他们都问了你什么,琵琶?"缇娜气恼地说。

琵琶拣了一部份告诉他们。

"就跟问我们的一样嘛,里奥纳,你说是不是?"

矮小的里奥纳·吴长了个娃娃脸,孩子气似的漂亮,拘谨得很,今天说的话已比平日多上许多。

"吴医生,你听说过这个德国医生吗?"张夫人问道。

"是啊，他们怎么会问起伊梅霍森医生来呢？"琵琶也说。

"张先生本来要去找他看病的，可是他回德国去了。"张夫人道，"看他的年纪，在上海也住了三四十年了。上海的德国人运气好，不用去打仗，也没给拘禁什么的。"

"听说他涉嫌当间谍。"里奥纳说。

"嗳，那就难怪了，难怪他们会疑心露呢。"张夫人轻轻喊了一声。

"这也太小题大做了吧？"缇娜说，"谁都能找他看病啊。"可是她的声音渐渐轻了，心虚似的。

沉默了下来，显然是顾忌琵琶在场。

"张先生没打电话回来？"里奥纳问道。

"没有。"

"现在最要紧的是赶紧跟她联络上。"里奥纳说。

"这事交给张先生就对了，他人面广。"缇娜说。

"张先生在香港这里不认识人。"张夫人道。

"他总是个名人，不比我们。"缇娜说。

"他当然会尽力帮忙。露那些英国朋友一个也想不起来？张先生也说我们黄面孔在这里使不上力，一定得白面孔才行。"

"有个布雷克维少尉，可我不认识他，这事发生之后就没见过他了。"缇娜说。

是那个英国陆军军官，琵琶心里想。

"他要是以前不认识露，也帮不上忙。"张夫人说。

"汉宁斯呢？可以给他发个电报。"里奥纳说。

"没有他的地址。"缇娜说。

"送到加尔各答他的公司去。"

"他还在印度吗？"琵琶问道。露如果是去找他，也不奇怪。也该是个像他那样的人。

"对，他离开上海了。"缇娜说。

"还是可以帮她作保。"里奥纳说。

"他要在这儿就好了。"缇娜说。

"嗳，还是看领事怎么说吧。"张夫人说。

"找领事就对了。"里奥纳说。

"等张先生回来就知道了。"缇娜说。

吴先生吴太太翩然出去了。

下午十分漫长，张先生回来天色已经暗了。他举高一手，掌心朝外摇了摇。

"别提了。"他赶在太太开口前道，"岂有此理。领事找了几个人，个个跟他打官腔，什么战时保安的，还说只是找她去问话，不需要请律师。"

"他们怎么能言语都不言语一声就把人押起来？"张夫人喊道。

"现在是打仗。"

"跟他们打仗的人可不是重庆政府。"她指明了。

"他们知道重庆管不了。"他恼火地朝太太嘟囔，"没有后台的中国公民算什么！"

"张伯伯可不是默默无名啊。"琵琶道。

"我说不上话，我有好些年没在政府任职了。"

"可是有张伯伯在这儿。"其实她想说的是"有您作保还不够吗?"

"我也只能据实以答,"他用讲道理的声气说,"虽然有亲戚的情份,却很少跟你妈见面,这次搭伙一道走还是因为去的是同一个地方。"

"老实说,他们问我们的事情我们一件也不知道。"张夫人道。

"我也一样。"琵琶道。

"这事纯粹是误会,都是因为不体恤中国人。"张先生道。

"她人呢?"张夫人问道。

"领事也在打听,明天他会去找总督。"

"绞把热毛巾擦脸吧?"

他点头。张夫人进浴室去,放热水。张先生趁这时候问琵琶她到警察局的情况。

"我看还是你回去问他们,坚持要知道你妈的下落。你是在这儿上大学,不是玩几天就走的,总该有点份量。"

"是么?"

"是啊,岛上这所大学颇有点地位,究竟是公家的机构。"

"那我即刻就去,免得他们下班了。"

警察局里仍有灯光,也没人拦住她不让她上楼。不见人影的走道散发出光脚穿球鞋的气味,比白日更浓。办公室的门锁上了。母亲就在这栋屋子里吗?幽暗的黄色灯泡使得这栋又大又旧的办公楼欺人地温暖。还是别让人逮着在这里游荡的好。可她还是愣愣站在办公室门前,转动门把,影子映在灰濛濛的、没有光亮的毛玻璃上。有警员从过道走来,脚步落在亚麻油亮皮暗褐地板上,响亮得很。他说庄士敦与马瓦罗都下班了。琵琶只好走了。

到这时候她已经习惯了晚上走这段斜坡路回宿舍，觉得路程短了很多。今晚这份熟悉的感觉尤其窝心。心底里她深信又是她母亲旅行中的灾难，像那次船起航前她父亲扣下了行李，像纽约登岸后签证又出了问题。她听得见事过境迁母亲与姑姑谈讲，又是气又是笑。珊瑚在就好了，她最拿手的事就是救人。连表大爷有罪的人都救得出来。表大爷扶乩得了一首诗，说什么"飞龙抟风上九天"。旁人都恭贺他，听说了他即将出任傀儡政府的总统。过没两天，他从扶乩处出来，就遭射杀了。明跟珊瑚说过有这个流言。琵琶把表大爷抛诸脑后。他惹的祸还不够多么？

她觉得张先生等她走后还有许多话要对张夫人说。中国人有些事总不让老太太和儿童与闻，当他们毫无用处。她能体会表大妈为什么恼恨明与珊瑚在营救表大爷时始终瞒着她，可是她不能怪张先生跟她母亲一样都拿她当小孩子看。他们对她的判断也许是对的。

爬坡爬到一半，她经过了教授们的屋子，空洞洞黑魆魆的。这个夏天战火方兴未艾，不晓得他们能到哪里去度假？布雷斯代先生留在香港，可是她不会去向他求援。心里有什么扯了下来，百叶窗一样阻断了让他与她母亲发生一点点关联的想法。张先生说大学在香港是有地位的。那么院长呢？他也住在这些小屋子里。这时候必然也不在。教务长呢？甚至是除了讲演日不曾露面的校长？她四处告帮，要人帮一个素未谋面的女人作保，她母亲会不会生气？这时候她就能明白前清的官员遇上急事为什么通常都不作为。做错了事反倒比不想到该做什么容易招祸。交给张先生处理吧，母亲信任他。可是明天她还要再到警察局去，张先生是这么建议的。

多明尼克嬷嬷帮她开门，什么也没说。可是琵琶感觉警察也来调查过她。多明尼克嬷嬷说不定打电话向院长姆姆请示过，决定不闻不问。教会不能蹚这混水。

十一

她又去问庄士敦与马瓦罗他们把她母亲羁押在哪里。作不出心急如焚的孝女姿态来,她只能又一次任他们轮番盘诘。当晚她到饭店找张氏夫妇,一五一十说了。

"别去了。"张先生道,"总是有说错话的风险,反倒把事情弄拧了。"

他也跑了一天,白费了许多力气。除了等领事那面的消息之外,别无良策。样子很是烦恼。琵琶为麻烦他致歉又道谢,他说:

"嗳,我是力不从心。我也是蒙在鼓里,实在也难帮得上忙。"

"就连我也是,更别说张先生了,"张夫人也帮腔道,"你妈跟我从小一块长大,就跟亲姐妹一样,可就连我也闹不清是怎么回事,又是法国军官又是德国医生的。"

"怪的是他们倒什么都知道。"张先生道。

"这里头有鬼。"张夫人怒目瞪着他,丰满的下巴抬了抬,又掉转了脸,厌烦似的。显然夫妇俩谈过了。

"有鬼?"琵琶道。

"不然怎么解释连上海的事他们都知道?"张夫人反问道。

"我以为是他们调查过。"

"他们又是从哪儿打听来的?上海的巡捕又不认识她。"

"他们不是为了伊梅霍森才疑心她么?"

"是谁跟他们说她认识他呢?"她直勾勾看着琵琶,几乎是在指控,"可不有鬼不。"

不,她没把伊梅霍森医生列入她母亲的朋友——从来没想到这一层——琵琶紧张地这么告诉自己。

末了,张夫人道:"还不是她那个朋友太爱管闲事,别人家的事倒是一笔账也不漏。哪像我——糊里糊涂的,连这个英国军官都不知道,还是我们眼皮子底下的事呢。"

张先生一听提到布雷克维少尉倒像深受侮辱,不言语了。

"这一个也是坏蛋,"张夫人往下说,"出了事后影子也不见一个,缩起头来做乌龟了,保不定就是他去告的密。这一个月我们走到哪儿都有人跟着,听他们的问话我就知道了。"

"上海的事又是谁说的呢?"琵琶问道。

"想啊。"张夫人怒视她,下巴又往上一扬,"还会有谁?"

"她怎么会呢?"

"这种人难讲。你妈固然会做人,难免还是会开罪人。"

"没凭没据的,别信口雌黄。"张先生不敢苟同地说。

"我也只是跟琵琶这么讲,又没到外头说去。"

"会是她去报警的?"琵琶问道。

"那就不一定了。你妈是说过缇娜三教九流的朋友都有,还在上海的时候就认识法国巡捕,在法租界很有点势力。"

"真的?"琵琶说,真感到诧异。

"替他们开派对,请他们到家里。"别过脸,不屑似的,脖子向肩后扭了扭,倒像不言可喻,"她会说法语。"

"是啊,两个人都会。"琵琶道。

"吴医生在法租界开医院,交游广阔也是应当的。"

"那都是上海的事。"张先生懊恼地说。

"我就是气不过,你这么大把年纪了,马不停蹄的,四处求人。俗话说强龙不压地头蛇,再能也是异乡人。别人倒是坐在树荫底下净说风凉话。琵琶,你真该听听他们都说了什么。将心比心,就辨出忠奸来了。我是不该挑你妈落难的节骨眼上说这话,可她到香港来好像就换了一个人了。有时候连我都吃惊。看看她交的朋友,那个缇娜,还有那个布雷克维。这一向时局那么乱,又不是太平盛世,交朋友之前哪能不睁大眼睛看清楚呢。"

琵琶不作声,心里却想:我不喜欢别人批评她,可她捅了这么大的娄子,我不也觉得优越吗?我们大多等到父母的形象濒于瓦解才真正了解他们。时间帮着我们斗。斗赢了,便觉着自己更适合生存。露迈着她的缠足走过一个年代,不失她淑女的步调。想要东西两个世界的菁华,却惨然落空,要孝女没有孝女,要坚贞的异国恋人没有坚贞的异国恋人。佛曰:众生平等。不单在法律上,甚至财产与机运上,魅力美貌聪明,人类所有差异的地方都是。

在琵琶眼中人都一样，而她总是同情那些只求公平的人，知道他们得到的比别人少。

她曾以母亲前卫的离婚为荣，却对婚姻的实况毫无概念。她爱过她的家，甚至爱过她父亲。母亲叙说的被迫结婚，琵琶在当代小说中读到不下千次，再也不觉得真实。多年后有一天她去看珊瑚，一个远房姑姑正巧也在。两人正说着在露的婚礼上第一次见面的事。

"说来也怪，有的新娘子真漂亮，有的不及平常漂亮。"珊瑚说。

"妈呢？"琵琶问道。

"很漂亮。"珊瑚说。

"她戴皇冕，我结婚的时候戴凤冠。"

"有人就说新娘子漂亮不好。"珊瑚说。

旧式婚礼琵琶见过一次，杨家的一个叔叔成亲，她同表姐妹一齐去。舅舅的女儿告诉她：

"是真正的古式婚礼，坐花轿。很好玩。"

上海不再举办古式婚礼了。再守旧的家庭都举行所谓的文明婚礼，婚礼进行曲，交换戒指。

"为什么要古式婚礼？"琵琶问。

"新娘子家要的。四叔说他不在意。"

"他见过新娘子吗？"

"见过了。是相亲的，可是他们见过面了。"

肮脏的老屋子披红挂绿，门上缀着绸缎，悬着绉纱绣球。新郎也披着大红带，两头扎成一个红红的绣球。他是个年青人，面相有些犷悍,与身上的长袍马褂及瓜皮帽格格不入。有人取笑他,是漂亮女孩子的话,他也少不得回敬她两句。

"你等着吧。"他向舅舅的大女儿说,"四叔来教教你,下一个就该你了。"

"看四叔多漂亮,快敲钟。"她说,拉扯绣球。

"哪及你漂亮。"

他抓住她的手,被她夺手甩开了,倒退了几步,怒瞪着他。

"四叔最坏了,新娘子就来了,还这么下流。"

她的三妹十三岁,与琵琶一样大,重重蹬脚,大声嚷嚷:

"嗳哟哟!四叔,好不要脸啊!都做新郎倌了,还在调戏女孩子。"

他气得咬牙,"小猴崽子,你才最坏。"

他不怀好意地逼过去,她转身就跑,躲在琵琶后面,扯得她团团转。

"四叔不要脸!"她大唱大嚷,一溜烟跑了。

"小猴崽子。"他喃喃嘀咕。

又一群咭咭呱呱的客人围住了他。

"只管笑,"他说,"我不在乎,今天我是耍猴戏的猴。"

"嗳哟哟!"琵琶的三表妹又飞奔而过,唱着,"四叔不要脸。"

"看我捉不捉到你。"

他追上去,一个房间追进另一个房间,撞上客人与老妈子。末了不追了,三表妹倚着琵琶直喘气。

"四叔最坏。"她咬着牙说,眯细的眼却闪着奇异的光芒。

她们在屋里转了几个钟头，好容易大门口劈里啪啦响起了鞭炮声。

"新娘子来了！新娘子来了！"

女孩子都往大门跑。街衢上已聚了一小伙人，笑笑嚷嚷，瞧着花轿。

"这些东西居然还找得到。"有人说。

"现在都成老古董了。"另一人答腔。

封闭的花轿向前进，花轿缀着漂亮的小装饰，尖尖的轿顶金灿灿的，轿身是红布的壁，一排排破旧的粉红流苏随着轿夫脚步晃动。四个轿夫将轿子放下。又一波的鞭炮响，两个老妈子上前来，搀扶新娘下轿。新娘头上的红布遮住了她的脸，披到下颏底下，往外撅着，斧头似的侧影，像怪物的大头。大头底下是一整套的大红绣花袍和大红裙。

左右两边各有一个老妈子扶着新娘子的手肘，进了屋子。新郎跟她一起叩拜天地与列祖列宗。新娘子被簇拥着送进了新房，坐在有挂帘的床上，是神龛里的邪神。有人递给新郎一只秤杆，催促着他把秤杆伸到她的盖头下，掀起来。

"盖头丢到床顶上！丢得高点！高点！"有个女人高声喊道。

新郎玩笑似的往上一撩，盖头撩上了床顶。

新娘子的真面目示人了，一刹那间，房里弥漫着失望的压抑气氛。她丰润的脸又大又长，空落落的，嘴唇也太厚。没戴凤冠或是皇冕，梳着新式波浪头，死板板的。新郎被请到她身旁坐下，闹起了新房来了。可是没有琵琶的表姐说的那么好玩，整个的沉闷。

她母亲居然也经历过，难以想像。

她母亲有一对喜幛，小时候躺在老妈子怀里在墙上看见过。裱了框，绣的是盘花篆体，最早的象形文字，淡粉红缎子上像长了五彩长尾鸟。她最早认的字就是这上头的，可是总有两个字老记不住：

"宜室宜家宜——

多福多寿多子孙。"

这些东西都是特为请知名的湘绣绣工做的，当她的嫁妆。相当于一家小工厂人数的绣工忙着赶工，她母亲却仍绞尽脑汁想毁婚。一长列的礼品送达了。嫁妆又是一长列。每一场华丽的游行都敲实了一根钉子，让这不可避免的一天更加的铁证如山。末了，她向母亲与祖先叩头告别，被送上了花轿，禁闭在微微波荡的黑盒子里，被认定会一路哭泣。鞭炮给她送行，像开赴战场的号角。开道的吹鼓手奏出高亢混乱的曲调，像是一百支笛子同奏一首歌，却奏得此前而彼后，错落不整。他们给她穿上了层层的衣物，将她打扮得像尸体。死人的脸上覆着红巾，她头上也同样覆着红巾。注重贞节的成见让婚礼成了女子的末路。她被献给了命运，切断了过去，不再有未来。婚礼的每个细节都像是活人祭，那份荣耀，那份恐怖与哭泣。一九二〇年代流行一句话："吃人的礼教。"到了今天却很难体会，今天古老的仪式变得滑稽可笑。礼教死了，让露委屈自己的母亲也死了。她的牺牲失去了一切意义，却也唤不回失去的人生。她再怎么样也无所谓了。

但她还是忌惮人言，可能这趟最后的旅行例外，焦急烦恼了那么久,终于成行了,再婚之前最后的一掷。汉宁斯为了救她在奔走吗?他接到电报了吗?琵琶昨天问过,得到的是含糊的回答。张先生他们揽下了这件事,就把发电报的事延宕了,不确定露会不会在意让他知道事涉别的男人。说不定是缇娜出的主意,而没有人想担这个罪名。我也一样坏,琵琶心里想。我一定有什么能做的事。我真的这么又傻又不中用?她躺在床上,思索与警察的谈话,苦于不晓得说错了什么,只知道连当时她都避重就轻。她的责任难道只限于此?不说错话?

午饭后她要到浅水湾去,可是早上九点半她先打电话去找张先生,问问汉宁斯的电报发了没。

"二七二房客人不在。"总机的欧亚混血女孩吟唱似的说。

"能不能麻烦到餐室找一找?"

"请稍等。"

过了许久,那吟唱的声音才响起。"二七二客人不在餐室。"

她留言请他们回电。这会儿又是怎么了?一大早两人都不在?她又等了半个钟头左右,再打电话过去。

"二七二房客人不在。"紧接着,"二七二客人不在餐室。"

"那请接二〇六房吴先生或是吴太太。"

"请稍等。"

琵琶提起精神。最可能接电话的是缇娜。

"二〇六房退房了。"

脚下的土地裂开了一条缝,像抽屉哗啦一声拉开来。

"退房了?他们都走了?什么时候的事?"

"请等一下……二〇六房今天早上十点十五分退的房。"

她预备立刻就到浅水湾去。正要出门,有电话过来了。

"琵琶吗?她出来了。"张夫人恼火地说,言下之意是也该是时候了,以免显得太过喜悦,"下午过来一趟,她现在在休息。"

"她还好吗?"

"好,一切都好。刚刚是不是你打电话过来?我们在你妈房里。好,三点左右过来。"

三点前后她敲了门,似乎过了许久门才打开一条缝。她母亲精明的脸探出来,背后的光使她的脸暗沉沉的。她一言不发,白色锦缎晨衣一扬,又走回去理行李,半敞着,像直立的巨蚌。琵琶关上门。

"妈。"她喃喃唤了一声,怯怯地绽开笑脸,表现出放下了心中的大石头。

"真是岂有此理。"露说,理着吊在行李箱里的大衣翻领。

"起码没事了。"

"他们无权羁押我,管他战时不战时,我就是这么跟他们说。就算是在他们自己的殖民地也不行。"

"是不是——都在警察局里?"

"是啊。他们不能就这么把我关进牢里。就连这样,下次想申请签证到别的地方,都会对你不利,所以我才那么生气。我跟他们说,你们根本没有证据,你们也知道末了还是得让我走,顶好是现在就让我走。"

"他们——还有礼貌吧?"

"嗳,他们知道吓不了我。"

"你没不舒服吧?"

"遇上这种事,谁还在乎舒服不舒服?你不知道事情有多严重么?"

她显然是被琵琶的微笑与殷切的无知给惹恼了,像是询问患了难以启齿的疾病的长者。不论她的感情再怎么少,这种时刻快乐的泪水也不能放肆。琵琶知道。

露往下说,如此这般告诉了一遍她对警察说的话,省略了他们的问话。轮到琵琶说了,她省略跳脱了许多事,察觉到露并不真的想听。

"他们第一次找你是什么时候?星期二?"她打断了她的话,到这时才正眼看了琵琶,从沉重的睫毛下看。

"不是,是星期三。"

蒙上了沉郁的眼寻思着,似在计算。计算日子?怀疑会不会是琵琶不经意间说出了罗侯爷与布第涅与伊梅霍森的事?

"缇娜走了吗?"琵琶问道。

"你怎么知道?"

"我打电话找不到张夫人,改找她。"

"嗳呀,真是笑话。我一回来她就撞了进来,嗳哟!没口子的担心,都快担心死了,还说什么里奥纳太气愤英国人了,连在英国的领地里多待一天都不愿,可是又不能抛下我自个走。料不到河内又出了急事,既然我出来了,他们就能问心无愧走了。我又不是傻子,用不着张夫人指明了说,也知道是谁放了我这把野火。

我只是不懂，怎么有人做得出这种事，难道都不顾虑以后了？背着门拉屎——能瞒人多久？除非就让英国人把我枪毙了。可是人要人死偏不死，天要人死才会死。你跑吧，难道从此不见面了不成。"

"他们搭飞机走的么？"

"她说是总算运气好，还有位子。也许事前先定好了。他们是在躲我，里奥纳一定也怕死了受牵连。也不知道他是不是疑心是缇娜捣的鬼，那可够多寒心啊，一个女人做得出这种事来，又不离你左右。还以为早看透了朋友了——你姑姑不就是个榜样？咳哟，想想现在连夫妻都能离婚了，朋友又算什么？可不管是不是朋友，做出这种事来——借刀杀人。就说张夫人吧——她倒指控缇娜，可是他们自己呢？跟警察说我的事一点也不知道，只是刚巧一道旅行，好像我拿张先生当幌子。他们这一说也许还倒打了我一耙。我们中国人就是这样，有了点名声地位就怕事，落了片叶子还怕打破头呢。这下子可好，他们说为我在这儿惹的麻烦，去不了重庆。真是笑话了！我又没犯间谍罪——他们放了我是因为什么证据也没有，为了面子才告诉我案子还没结。要是怕受我连累，索性从现在开始分道扬镳。张夫人说还不是张先生太有名了，难免惹人闲话。我是不愿跟张先生说他没那么了不起。他们现在到处找房子，暂时在香港住下来。都是我不好。怪的是，我到哪里都会遇见陌生人对我好，病了照顾我，省了我大大小小的麻烦，为我抱不平，搁下自己的事来帮我，体贴周到不求回报。"她哽住了，红了眼眶，"反倒是跟我越亲的人越待我坏，越近的越没良心。嗳哟，别提了。"

琵琶不作声。不再关心,徒剩一种遥遥无期不见尽头的凄楚。

露继续拾掇行李。扣好口袋后,她直起腰来说:"行了。"

她朝桌子扬了扬下颏。

"你姑姑的信,前天送来的。有人拿蒸气拆开过,我一看就知道。我不在的那两天,他们一定是把房间都翻了个过,说不定还装了麦克风。你姑姑说交了个朋友。这又奇了,我在的时候一个朋友也没有,我一走朋友也有了。像不像又是我不好?她也刚升迁了。我一走什么都好了。"

琵琶沉默以对,也什么都不想,拨给姑姑需要的所有空间,甚至不好奇这个男性朋友是中国人或外国人,结婚了或单身,两人是否会结婚。

"靠后点。"露忙着把缝衣机打包,像是绑头小牛。

缝衣机裹着褐纸。她的力气真大,虽然瘦削却很结实。琵琶在一旁坐视,还是心虚。可是一插手绝对是越帮越忙。

"我需要这个。"她说,"内地的裁缝不行,印度的也是。"

"是吗?"

"是啊。"她不耐地向另一侧甩头,"这还是在法国买的,在上海一直没派上用场。好多东西我自己动手做,我一个人就能缝好,现在就能用上了,可是老是没工夫。"

她的东西散置在房里,花朵一样。活动房屋里的陈设又摆出来展示了。张先生的房间也大同小异,可是一比较,就逊色许多。

"来,帮我揿着。"她说,"别扯,揿着就行。"

有人敲门。仆欧拿进一只加了挂锁的洋铁高箱。

"蜥蜴皮。"露等他走后说,"要不是等这些皮鞋皮包,我早走了。今天早上我打电话到作坊,你知道他们说什么?还没动手呢,说价钱还没讲定,还在等我的消息。"

"怎么会?他们是不是弄错了?"

"还不是想哄抬价钱,欺负外省人。我说那就算了,拿来还给我。我这几天就要走了。"

她打开箱子,仔细剥下了上层的一张皮,摊开来,像极了大张香蕉叶,同样的深绿色,同样的脉络和凸点,漂亮极了,中央的摺痕很深,泛出白色,竟让琵琶看得心痛。难怪她母亲会想买下来。

"马来亚来的。"露说。

塞满了货的洋铁箱里竟然是冰凉的。这冰凉的潮湿是怎么来的?来自丛林的雨季,或是香港的作坊?

"能拿到印度做吗?"

"不行,太贵了,也做得不好。张先生横竖要留在这儿,我会托给他们。万一他们要走,还可以寄回去给你姑姑,她会帮我在上海弄好。"

"姑姑还住着原来的公寓?"

"是啊,公寓一半是我的。我要个地方给我落脚。"

她带的箱笼那么多,琵琶本以为她不会再回上海了。

"我的东西都还在那里。"她说,琵琶很是惊异,她大小行李有十七件。"你姑姑最好是身边一件东西也没有,我不行,我不能把东西就这么一丢,再买新的还得花钱。虽然现在这年头说不准什么东西还是你的。我的东西还在巴黎,门房让我把东西搬进地下室,答应帮我保管。可是这个仗一打,谁知道还在不在。"

她每到一处都扎一次根,仿佛在说服自己还会回来。也许是可堪告慰离开的伤惨吧,却少了份萍踪漂泊的美。她决不会站起来,飘然远去,而是必得放言还会回来,以免有人胆敢忘记她,还留下个人物品,像在门口留下足迹。

她口中不停,始终没有正眼看琵琶一眼,琵琶也只能扮好闺中密友一角。好容易说到一个段落停住了,静默立刻填补了进来。她对琵琶尽管没什么要求,还是略感失望,还带着失落感。她坐着,不说话,紧撅着嘴唇,脸颊往里缩。琵琶震了震,她母亲变得好老。不会是单因在拘留所关了两三天的原故,必定是太忧烦了。从前伍子胥过昭关也是一夜鬓发皆白,平安地混过了关卡。露倒不是灰了头发或添了皱纹,就是样子两样了,黝黑得多,保不定是海滩上晒的。她看来不像中国人,倒像东南亚的烟熏褐色皮肤人种,年纪越大越是黧黑、枯瘦、面目狰狞。汉宁斯能欣然接受吗?不,一旦她快乐起来,就会变回来。她母亲变老不是自然的趋势,布雷克维的寡情薄幸比缇娜的出卖还要伤得她重。

她的船下礼拜启航。琵琶天天来。时常张夫人陪着露,但两人该说的话似乎也说完了,各自澄清了那一阵子的立场,却没有多少谅解。张夫人心情郁闷,倒不是伤心,也不想掩饰。该说的应酬话她还是会说,三言两语的,圆墩墩的脸总是绷着。她对琵琶也是态度僵硬提防,千不该万不该在露的女儿面前那么说。琵琶可能一五一十告诉了露,指不定撂下了布雷克维的那一段没说,也可能连这都说了。

最后一天下午，露立在大镜子前别雕花玉胸针。她的妆是淡褐中透着玫瑰红，五官细细描画过，效果像是浴在残酷的光下。她穿了黑套装，方形淡绿玉钮子，搭配胸针。琵琶以前很喜欢这胸针，现在却嫌太华丽。而她母亲对镜自赏的样子又使她震了一震，虽也是那么地专注留心，却多了那么浓烈的悲剧性的爱，将整个人都倾注在镜中人的眼中，而那双眼在睫毛下没有这么大、这么黑、这么清澈过，也没有这样炯炯凛凛过，像是她想要全神凝聚着眼睛，不看见凋萎的下半幅部份不见的脸。

"你不用到码头了，张先生张夫人会送我。"她说。

琵琶送他们上了汽车。

"我会打电话给你，琵琶，一等我们找到住的地方。"张夫人从车窗往外喊，越过在座位上坐好的露。

露掉过脸来向着车窗，却垂下眼睛。"好了，你走吧。"她暴躁地说。

汽车一偏，驰了出去。琵琶在车道上立了一会儿，并不开心，却大大地松了口气。

十二

琵琶醒来，天色仍是暗的。松涛一停，香港山上就有种异样的寂寥。古人爱用松涛来形容风过松林，听在琵琶耳里却像哭声。伏枕听来总让她想起是异乡中的异客。上海的树没这里多。这里的松树每逢冬天就整夜地呼啸，听着颇似冰冷的岛屿被狂风巨浪包围住。可是黎明一近，风声止歇，汽车也不再环绕山路上山，会有一阵万籁俱寂，在圈养于这片海拔下的公鸡报晓声也侵扰不了。奢侈的死寂低低的细细的，像是在屋里。

满山的石屋建筑，每栋屋子都卓然自立，远眺大海。底盘过大的地基是为了抵挡湿气。花园都辟在顶端，像亚述古庙塔。刚这么想，她立刻昂起头，甩掉这个讨厌的字眼。她爱古代史，也爱去年上的中古史。布雷斯代先生也是，从他念旃陀罗笈多[①]的声口

[①]古印度孔雀王朝君王，公元前三二一至公元前二九八年在位。

就听得出来，每个音都从舌尖上弹跳而出，有韵律有滋味。今年他同样把日本幕府将军德川家康的名字念得有滋有味，"家康"的日本发音与中国苦力负重时的吆喝"嗳耶呀苏"差不多。可是近代史多彩多姿的片段并不多，只有日本和西方的第一次接触。他若有所思地谈到了马卡托尼爵士出使清廷以及第一批西方商人在中国经商的艰难，只能由十八个洋行代理，通商口岸又限制在广东外海的某个小岛，不允许外国人一窥马可波罗笔下的传奇帝国。

"真可惜没有时间可以深入。"他那时说，嘴上吊着一支香烟，跷跷板似的一上一下。

没时间。历史科再两个钟头就考试了。昨晚翻阅了寥寥无几的笔记，贫乏得可怜，她早知道了，也是让她延挨着不读的一个原因。午夜左右她就放弃了，存着一种豁出去的想法：至少睡饱了，明天才有清醒的头脑。她的头塞得胀胀的。她就着桌上的台灯穿衣裳。

"琵——琶——！"比比从对过的房间喊道。

"我起来了。你起来了没有？"

悄然无声。比比每天早上认真地喊她，自己的眼睛都还没睁开，经常喊完了倒头又睡。琵琶过去一看，她的头掩在睡袋里。比比的母亲知道亚热带用不着睡袋，但还是由上海寄来了，因为她母亲怕她睡梦中把被窝掀掉了，受凉。

"你还不起来？"琵琶推了她一把。

从睡袋里探出来的褐色娃娃脸满是愕然。比比的家乡在印度与缅甸接壤附近。"什么时候了？"

"六点半了。"

"我好累。"

她翻个身，反手捶着下背。她的曲线太深陡，仰睡腰就悬空，就犯腰疼。

"你几点钟睡的？"她问道。

"不到一点。"

"这么早？看你一点也不担心的样子。"

"我是担心。"

"今天考哪一科？"

"历史。"

她从睡袋里取出一盏灯来，还亮着的。

"咦，你在被窝里看书？"

"不是，我拿它当热水瓶。"她心虚地笑，"昨天晚上冷。"她把灯放回到床柱上，在灯下看着琵琶，"你是真的担心么？"

"是啊，我差不多什么都不知道。"

"你是真话还是不过这么说？"

"喔，及格大概总及格。"她赶紧说。

比比知道她不是及格不及格的事。她知道布雷斯代先生送她八百块奖学金。

"都怪我，我不应该拖着你往外跑，可是我觉得对你有好处。"

"跟你不相干。"琵琶微笑道。

比比还是良心不安，"我老是跟别人讲你的功课好不是死读书的原故。我讨厌人家叫你书呆子。"她在上海念过英国学校，用功的书呆子是很受憎厌的。

"我说了跟你不相干。我只是不想念。"

"是啊，你很少念书。"比比半低喃着，露出惊怕的微笑。

"我不喜欢近代史，跟报纸一样沉闷。"

时代越近，场景越宽越混乱，故事性少了，迷人的细节也少了。史学家笔下的大人物似乎仍是活生生的，唯恐诽谤诉讼上身。当然这只是部份原因。还有就是她上历史课变得很紧张。比比怎么也不会懂，只会想她是爱上了布雷斯代先生。说不定是有那么一点。每次看见他骑自行车上学，红通通的脸，颈上围着条旧的蓝色中国丝巾，她心里就一震。对她的微笑与点头，他总是匆匆一挥手，在显得过小的自行车上小心保持平衡。他有汽车，茹西说过，不过只给厨子开去市场买菜。他有栋美丽的白屋子，在距大学几里外的荒郊，屋里头尽是中国古董。他和周教授去过一次广东，参观过一座著名的尼姑庵，庵里的女尼其实也是高级妓女。茹西说是周教授在闲聊中告诉班上的男学生的。话直往琵琶的耳朵里钻，可是她不想往下听。要紧的是他的八百块以及附上的那封信，给了她有生以来第一次的自尊。第二年她果然如他预言的，拿到了奖学金。她在人类里找着了定位，心中的绝望和缓了下来，她还做了别的事，写小说，抓到什么读什么。可是布雷斯代先生会怎么想，这么一点小小的成功就把她惯坏了。

比比伸手去取枕头边的生物课本，琵琶去盥洗。走道两边的寝室里都还没有动静。宝拉房里的灯亮着，她读了一整晚。隔间的半截门扣在墙上，看得见宝拉·胡坐在床上，披着大红棉袄，俯身念着膝上一本大书，左手托着一个骷髅头，仿佛足球员漫不经心地托着足球。绿罩台灯照得她凹陷的脸颊与吊梢眼格外分明。她的房间里有一整副骷髅，这里一只大腿骨，那里一只前臂骨。福尔马林的味道使她总是开着房门。

宿舍一隅有闹钟响了起来，扫兴的声响蜿蜒穿透了寂静。楼下修女沉重的鞋子走动了。有人锐声喊"瑟雷斯丁嬷嬷"，她是负责杂务的中国修女。

琵琶回到自己房间，一眼就看见窗台上的灯，奶油色的玻璃灯泡微弱地亮着，衬着后面一片暗蓝灰的大海。她缩了缩才上前去把灯熄了。灯是她母亲买的。现在要如何面对母亲？露和同时代的许多妇女一样没能进学堂，是个学校迷，把此地的章程研究了个透。听说每个学生都得自备台灯，她特为在上海买了一盏，宁可冒打碎的危险，装进琵琶的箱子里带了来。

"汇率是一比三，"那时她说，"在香港买东西都先乘上三，就知道没你以为的那么便宜。"

比比和对过的同学正你来我往，一问一答，喊出问题的嗓门衷气十足，一轮到回答就细微得比老鼠，琵琶受不了这种虚弱可怜的声音，像是哭哑了，又像是说多了敷衍的话，把嗓子说哑了，没有希望，也不期待仁慈。她打开自己的笔记。垂死挣扎的重唱压过了一切的声响，门扉吱嘎地摇，砰砰响，哗啦啦的冲水声；女孩子互相叫唤下楼吃饭。琵琶蓦地想起了《三国演义》里的一句话："饱餐战饭。"她也需要体力，才能像去年一样不停手地写上三个钟头。可是这次能写什么？

她收拾外衣、钢笔墨水瓶。布雷斯代先生由这儿也知道她是穷学生。跻身马来洋铁大王和橡胶大亨的继承人之中,唯独她没有自来水笔,上课得带着墨水瓶。

"你还没起来?"她站到比比门口。

"我马上就来。等我。"

"我还是先下去的好。"

"好吧。"比比说,受伤的神气,"玛格莉,快,再问我点什么。"

"何为心内膜,试描述之。"

虚弱可怜的声音又来了,"心内膜是种浆膜,位于心室,包住腱索……"

琵琶匆匆逃开。

修女们已在早晨弥撒。她下楼经过客室,客室敞着门,隔间后有修女的圣坛。每天早晨都是同样的细声吟诵,今天却使她有些不舒服。诵经扩散的虚假的镇静平平地躺在她心底,像是心上那一小摊的酸水,随时预备往上冒。她快步经过了厨房,修女们的早餐在里头等候她们取用,散发出热可可的气味。拉丁吟诵追着她不放,像是在干净的医院病房念出的死前仪式,屈膝跪下的神甫的黑裙散在打蜡的地板上。

地下室食堂是车库改建的,红色地砖,方形大柱漆成乳黄色。今天食堂里的女孩子特别多,食堂也摆设得特别漂亮。因为通常回家的女孩子也都在,为了期中考的第一个早晨。她们都是最入时的,进口淡粉红薄呢长衫,上面印着降落伞、罂粟花、船锚的图案。

"死啰!死啰!"她们用广东话乱嚷,金纹塑料缎带绑着的长发往后甩。

我们有个把砍头弄成庙会的传统，琵琶心里想：犯人的头发拿浆糊糊住，塑成两个角，底上扎两朵纸花，一路大唱着上刑场，还讨好围观的人群。她坐下来吃最后的一餐。

四周的人叽叽喳喳说着广东话，她只听懂"死啰，死啰"。香港的女孩子同时兼具世故与守旧两种特质，因为她们来自墨守成规的家族，在中国的其他地区已是凤毛麟角。大清例律在香港仍然通行，英国殖民政府并不干涉当地风俗。大清例律是可以承认妾的地位的。每个女孩子都有五六个母亲，一个专制的父亲，是头角峥嵘的生意人，也是大英帝国的崇高的骑士。送她们来住读是为免家中喧乱的生活搅扰了读书所需的宁静。她们个个活泼，深受家中三教九流的女人影响。调皮捣蛋，开口闭口都是男孩子，却不约会，仍挣不脱家中的羁束。"香港天气，香港女孩。"而香港的天气尤其难测。

她们隔着餐桌问答历史问题，身量小，嗓门奇大。布雷斯代先生说三个广东女孩子在一起就比一班的北方学生还吵。琵琶又缩了缩。她看见布雷斯代先生说话，娃娃似的蓝眼睛，红红的脸，嘴唇不分开的微笑，嘴巴向后缩，香烟上下抖动，中间有凹痕的下颏往上翘，接住烟灰。还有多久他就要改卷子，改到她的，在上面抖烟灰？她不让自己往下想。从经验知道最可怕的事情也是以最普通的姿态来临。其实没有什么难以想像的，她会考得很糟，布雷斯代先生会在班上冷嘲热讽，除非是太生气了，可是绝不会叫她去骂一顿。没有什么是难以想像的，整个是不堪想像。这一天终于来了,像座大山一样矗立在她面前。没有翻越的路,翻过去了也不见生命。

香港本地的女学生几乎都修艺术,觉得是最简单的功课,而马来亚的女学生都学医。不是为了当医生,不犯着千里迢迢跑这一趟。医科要念七年,即使满了七年,学位仍在未定之数。高年级生在其他女孩子眼中都是中年人,她们自己也早以医生自居,说话粗枝大叶的。平常日子餐桌上只听她们大谈大笑的,夹着很多术语,议论教授。

"Man,那个理查德·冯!知道他怎么吗?就为了气艾勒斯顿。"马来亚侨生把"Man"当口头禅,总是挂在嘴上。

"Man,艾勒斯顿最坏。莫名其妙就吼。"

"理查德·冯给臭骂了一顿,就为了迟到。你知道他怎么样?在大楼前丢了个penis。"

"花生?"

"No, man, penis."

"喔,man!"

"从酒精罐里拿了根性器官,丢在解剖院门口的沥青道上。"

"会退学的,man。"

"谁说不是。"

"艾勒斯顿知道了?"

"谁晓得,校役把它扫了。"

但今天早晨她们却默默吃饭,考场上的老兵了,知道战斗之前吃顿热食是顶要紧的事,而且脸上也现出老兵明白运气用完了的萧瑟之情。

两个马来亚的新生急得两手乱洒，像是要把手上的水甩干。

"嗳呀，我没经过这种阵仗。"安洁琳·吴说，"我们来这里之前连考试都没有。"

"对，不用考试。"维伦妮嘉·郭说。

"这次死定了。"

"你还好，有你哥哥教你。"

"他才没那个工夫呢，他自己也要期末考。他昨晚打电话来问我念书了没有。嗳哟，万一不及格怎么办？我哥哥为了让我上大学，差点就跟我爸闹翻了。"安洁琳笑道，但是一双杏眼转来转去，在苍白的圆脸上显得又小又凶。

"你担心什么。有高年级生帮你。"

"哪里！没这回事。"

"我是死定了。"

"你还比我强。"

这两个新生在吉隆坡就是竞争的对手，到了香港因为有点怕别的女孩，两人走得很近。维伦妮嘉又黑又瘦，父亲开了一家米行。她会到香港来学医主要是为了安洁琳要来。

"在吉隆坡我们会在戏院里遇到，"维伦妮嘉轻笑道，"安洁琳带着她的女朋友，我带着我的——我们不太在一起，是不是啊，安洁琳？"她问，真的觉得诧异，"我们遇见了就挥个手，喊两声，戏院很小，也只有这么一家。要是我刚好穿洋装，她就会跑回家换洋装。我要是看到别的女孩穿长衫，就会跑回家换长衫。有时

167

候我们看一次电影要跑回家三四趟。"

"马来亚也穿长衫？"琵琶问道。

"不是天天穿。天天穿人家会以为你太隆重了，像要参加婚礼什么的。"

"我们也有旗袍和马来亚传统服装，"安洁琳说，"很好看，蕾丝边，透明上衣，刺绣，还有金钮子。"

"你们平常都穿什么？"

"在家里就穿中国式的袄裤。在这儿只有老妈子才穿。"维伦妮嘉喃喃说，最后一句话说得有点窘。

尽管服装上变化多端，她们还是发现与香港女孩子一比，她们还是有点不修边幅。两人一块上街，找裁缝做最流行的长衫。她们会讲广东话，彼此却讲福建话，她们的祖先是福建移民过去的。她们不时会抛出一句马来话，两人都大笑不止。维伦妮嘉甩着手绢，摇摇摆摆向前几步，又倒退几步，唱道：

"沙扬啊！沙扬啊！"

"沙扬啊是什么意思？"琵琶问道。

"讨厌耶！"安洁琳笑弯了腰，一手捂着嘴巴。

维伦妮嘉也笑着两手按住膝盖，"好讨厌耶，那些马来人。"

"什么意思啊？"

"沙扬是爱人的意思。"安洁琳说。

"他们都是这么跳舞的。"维伦妮嘉说。

"我爸跟一个马来女人住。"安洁琳说，"人家说她在他身上下了符咒。"

"马来人真的会下符咒?"琵琶急急问道。

"会,有些人会。说来也真怪,这个女人。人家说她一定是在我爸身上下了符咒,要不然他怎么会那个样子?他住在这个女人的家里,自己家倒不回去,每次一回去,才踏进门,就大发脾气。大家都说奇怪。"

琵琶倒能想出个原因,苦于不能告诉安洁琳。

"有次他回家,一看到我,就开始骂人——"

"骂什么?"

"嗳,他总能捏出错处来。一句话说错了,他就揪住我的头发,打我。"她说,似笑非笑的。听她的语气就知道那时她已经发育成熟了,她父亲必然是看出了她有多漂亮,她因而多吃苦头。"他打我,我妈抓起斧头跑过来,要他拿去,把我们都宰了。他没听见,就是打我,我妈就抓着斧头冲过去,他吓跑了。我妈追着他绕着屋子跑,嗳呀!"她说到末了一句轻轻呻吟了一声,倒在床上,仿佛是笑累了。

"后来怎么了?"琵琶问道。

"喔,我拿走了她手上的斧头。嗳呀,每次说记不记得你追着他绕着屋子跑?我们都笑死了。"

"他不是不跟那个女人住了?"维伦妮嘉道。

"他现在好了。有时候我们出去散步会看见那个女的,老是坐在门口嚼槟榔。马来亚的屋子都离地好几尺,有长长的桩子。我都教我弟弟妹妹别看她,也别吐她唾沫。"

"马来人最坏了。"维伦妮嘉说。

"还有印度人。记不记得那个男孩子？"安洁琳咯咯笑道，"好讨厌耶！"

"在修道院外面翻了推车的那个？"

"是啊，真是个呆子，巴望女孩子会看他。"

"大家都说他是为你来的。"

"胡说！是谁说的？"

"有人看见他跟着你的自行车。"

"没这回事。幸好这话没吹进嬷嬷耳朵里。"她掉转脸来跟琵琶说话，"我们学校的修女跟这里的两样，这里的嬷嬷对我们很客气。"

"我们现在是大学生了。"维伦妮嘉道。

"我们学校里连洗澡都有人钉着你。"

"还没有浴缸，就一个水泥池子，每个人都进去，穿件医院的袍子，绑在后面的，就穿着袍子洗澡。"安洁琳道，很难为情，漂亮的眼睛缩小，竟然泛出锈色。"有个嬷嬷站在池边全程监督，好讨厌耶。"她骂了声。

琵琶体会得到那种愤怒，偷偷摸摸打肥皂清洗腿间私处，而嬷嬷衣着整齐，高高在上，鞋尖突出在池缘上。

安洁琳的表情又跟餐桌上一样，凶凶地瞪着空处，抚摸胸口的金十字架。维伦妮嘉模仿香港女孩的呻吟："死啰，死啰！"却少了那份活泼，音量也不够，不像她们那样喊出来仿佛不是真心的。

宝拉·胡在塔玛拉·洛宾诺维茨身旁坐了下来，两人就像一双秘书般齐整。塔玛拉一身法兰绒灰西装，宝拉穿件呢子长衫，外罩呢外套。塔玛拉是俄国人,哈尔滨来的,宝拉是上海人。她个子高,金色长发像匀称的小波浪。宝拉小尖脸,虽然一晚熬夜,却不见憔悴。她大腿上搁了本书,一面吃饭一面看书。

"都下来了吗?"她大剌剌地喊,"今天可不等人。"

"对,今天可不作兴迟到。"塔玛拉说,"八点二十分整开车。"

"是八点十五。"另一桌有人喊道,"我还得走到化学楼。"

"比比呢?"宝拉四下张望,"还没起床吗,琵琶?"

"她一会儿就下来。"琵琶说。

"还有谁?"宝拉说,"玉光呢?"

"比比又要迟了。"塔玛拉说。

瑟雷斯丁嬷嬷一阵风似的飘进来,黑色袍子杨柳一样,高擎着锅子。看上去在二十到四十岁之间,戴着黑色细框圆眼镜,大大的帽子像两只白色翅膀。

"什么东西啊,嬷嬷?"有人问道,见她郑重其事将锅子放在桌子中央。

"花王送的。"花王是广东人对园丁的叫法。

"里头是什么?干什么用的?"几个女孩拉高嗓门问,又锐声嚷了起来,"酸猪脚!"锅盖一掀,香味四溢。"花王的太太生了?什么时候?昨儿个晚上么?"

"生男的还是女的?"某个高年级生战战兢兢地问道。食堂里现放着这么多医生,唔,准医生,她并没有问是否叫了产婆。准是嬷嬷们怕吵了她们预备考试,不让人张扬。

"男的。"瑟雷斯丁嬷嬷宣布道。

"花王可乐死了。"孤女玛丽说,笑得咧着嘴。她在宿舍里打杂。

"嘿,阿玛丽,盘子呢?"瑟雷斯丁嬷嬷心情好就会在玛丽的名字前加个"阿"字,表示亲昵,其他时候只直喊玛丽。

玛丽跑出去端盘子。

"里头是什么?"塔玛拉站起来往锅子里看。

宝拉也好奇,"为什么做猪脚?"

"还有蛋。"塔玛拉报告说。

"是要给新妈妈补气。"有个香港女孩说。

"那我们吃干什么?"

一阵咭咭呱呱。

"这是广东风俗,要分送给亲朋好友。"

"喔,就跟分送雪茄一样。"

"我们只送红蛋。"宝拉向琵琶说,又掉过脸去对陈莲叶说话,她也是西北人。"是不是啊,莲叶?"亲密却谨慎的声气。宿舍的女孩子只有少数人是从广东以外的省份来的,广东人的排外性并没有让她们更团结。宝拉同莲叶与琵琶说话总是比同本地女孩说话要更小心,比比不算,她是印度人。

甜甜酸酸的气味熏染了食堂。瑟雷斯丁嬷嬷将浓稠的猪脚盛盘,有人抗议了,"我们就走了,嬷嬷。"

"尝尝嘛,别辜负了花王一片心。"瑟雷斯丁嬷嬷说。

"快点,玉光,要走了。"宝拉朝刚冲进食堂的女孩说,"喂,有没有看见比比?"

"没看见。"

"今天我们谁也不等。"

玉光迟疑了片刻，胖大的身形皇皇不安似的，但是半红似白的月亮脸上却没有什么动静，戴的无框眼镜像把她的脸压扁了。放眼望去只有一个空位，就在莲叶的斜对过，她走过去坐下，疾速盛了炒蛋吃起来。这两人从来不同桌吃饭。内地来的只有她们两个，一身蓝布旗袍，与众不同，国立学校的标帜，以严厉与爱国闻名。玉光的头发剪到耳朵中央，莲叶扎了两条辫子。两人都不化妆。莲叶唯一放纵的一次是去年春天买了件鲜蓝呢大衣，红白色条纹，天天都穿着上课，吃饭也不脱。

"穿着这件大衣就像维多利亚大学的学生，不穿这件大衣就不像维多利亚大学的学生。"她这么说，带着讽刺的微笑。

她的黄皮肤暗沉沉的，头发也是暗沉沉的，像是黏腻了黄河盆地的沙尘，五官虽然像雕像，却因而失色不少。她是山西来的交换学生。也和大多数的西北人一样，身上散发大蒜味，吃了两年嬷嬷的法国菜，那味道还是不散。嬷嬷的法国菜顾虑多数人的避忌，并不搁蒜。琵琶觉得那是怀乡的气味，使她想起了端午节，小孩子会分到窝在炉灰里烤的蒜瓣，又白又软，趁日正当中的时候吃，这年夏天就百毒不侵。莲叶的呼吸并没有蒜味，是沾粘在她的发上脸上房间里。新大衣没多久就受到了熏陶。也没人多说什么，她不太和别人来往。有次说到她在山西的家人，宝拉问道：

"你单身一个离家这么远，他们放心吗？"

"我爸爸倒是高兴我逃了出来。日本人占了山西。有学生逃到了重庆，可是连重庆都躲不过战祸，大学也一样。不像这里，我爸爸说在这里我可以定下心来好好念书。"

她订了份中国报纸，玉光也订了她自己的报纸。下了学两个人各自看着自己的报，在地下室等开饭，其他人宁可到客室等，靠近圣坛，轻声细语，还有老舍监爱格妮丝嬷嬷徘徊盘旋。晚上这两个关心政治的女孩子总会起争执。车库的门早关上了，瑟雷斯丁嬷嬷正在一隅熨衣服。莲叶看着看着，上半身往餐桌一倾，拍着桌子，扬声高呼："打到湘潭了！"呵呵笑了两声。她总是留意战况，喊出地名，这时脸上的表情比平时都丰富。琵琶却没办法从她的表情分辨出国军是进攻了还是撤退了。

瑟雷斯丁嬷嬷一面烫衣服一面跟比比絮叨，时时像鸟一样点头躬身，一下压低了声音，一下空出手来掩在嘴边。琵琶听得懂的广东话只有"阿玛丽"和"黑心"。黑心的不可能是玛丽，因为瑟雷斯丁嬷嬷亲热地喊她"阿玛丽"。琵琶与比比等着洗澡，瑟雷斯丁嬷嬷得先跟多明尼克嬷嬷拿钥匙，开了锅炉的锁，用随手带的火柴点燃。多明尼克嬷嬷宁可要瑟雷斯丁一天跑上跑下二十趟，也不肯把钥匙交给女孩子，怕把房子给炸了。

"嬷嬷，快点嘞！"比比对瑟雷斯丁嬷嬷说话有一种腻声抱怨的话音，如泣如诉，"洗澡水呀，嬷嬷！"

"先让我烫完这一件，阿比比，就快好了。"

比比拿茶壶套子戴在头上，像哥萨克骑兵帽，椅子一歪倚着柱子，一根手指指着瑟雷斯丁嬷嬷，唱道：

"大胆的小贱人，且慢妄想联姻。"

她在学校演出过吉尔柏作词，瑟利文作曲的歌剧。

"瑟雷斯丁嬷嬷！"爱格妮丝嬷嬷在楼上喊。

"嗳！"瑟雷斯丁嬷嬷应了声。房里要是还有别人，她会用法语嘟囔"是，嬷嬷"，可是不会用法语高声喊。

"我就说快点嚜，嬷嬷，这下又要叫你到厨房了。"

"瑟雷斯丁嬷嬷！"

"嗳，嗳！来啦来啦！"她用广东话叫喊着答道。

"先烧洗澡水啊，嬷嬷。"比比跟在后头喊。

"好，好。"

"她说玛丽什么？"琵琶问道。

"说她夫家待她有多坏。玛丽刚结婚的时候，过得多快乐。她公婆第一次来看玛丽，还带着儿子，瑟雷斯丁嬷嬷好兴奋。那么好的人，婆婆好喜欢玛丽，送她金镯子金戒指，他们儿子好文静，已经有份很好的差事了。可是嫁过去之后就打她，收回了她的金镯子金戒指，住在小舢舨上，连饭都不让她吃饱。"

"她打算离婚么？"

"穷苦人家哪会离婚。她现在回来这里，不回去了。"

"她夫家就算了？"

"他们怕修道院。"

"玛丽像只有十二岁，应该不止吧。"

"她倒是漂亮，就是像山芋。孤儿院的女孩子都像那样，都是山芋吃太多了。"

比比下楼了。宝拉进来，坐下来读信。本地女孩茹西进来找洋装，看见还没烫好，就咳声叹气的，自己动手烫了起来。琵琶跟莲叶坐在同一桌,事情来得太快,一时反应不及。莲叶看完了报,把报纸摺好,顺手抓了另一张报纸,漫瞧一眼,忽然抓着就撕,喃喃道:

"汉奸报。这是汉奸报。"

玉光站了起来,隔着桌子把手伸过来,蓝布褂虽然宽大沉重,看得出胸部鼓蓬蓬的。

"是我的报,你敢撕!还给我。"

莲叶头也不抬,将报纸撕成了四半,对摺,使劲再撕。愤怒使她风沙扑面似的黄皮肤变暗,两道眉毛往上一挑,竖成两条直线。

"汉奸报。怎么会有人看这种劳什子。怎么会有人写这种胡说八道,一点心肝也没有。"

"不准诬蔑和平运动。"玉光大喝了一声,出奇地隆隆响,一下子变成专横的声气,很像国语,"人人都有权有自己的看法。你这么爱重庆,干吗不过去?干吗躲在英国人脚底下?"

"什么和平运动?都是汉奸,日本人的走狗。"

"你懂什么,不准你胡说八道。"

她杀气腾腾地伸过手来,也不知是要抓回她的报纸,还是想打人,幸而这时宝拉和茹西劝住了她。

"算了,玉光,算了。好了,莲叶,嬷嬷会听见的。"

玉光带着剩下的报纸悻悻然出去了。《南华日报》琵琶之前注意过,却不知道是汪伪政府的报纸。

"是怎么回事?"茹西怯怯地说,并不真想知道,唯恐又引发争执。

莲叶不作声。高贵的陶偶母牛眼睛似乎比平时都像长在脸的两侧，像是朝别人望过去，而不是直视。她不想向这些英国殖民地的人宣扬爱国精神。上海来的也没什么两样。她曾想分报纸给琵琶看，琵琶却夸口似的笑道：

"我不看报，看报只看电影广告。"

莲叶当时也是笑笑就算了。

争吵过后不久就有传言说玉光是汪精卫的侄女。没有人知道汪精卫是何许人物，也就没挑起什么轩然大波。反倒还得解释他是亲日派的大人物，目前是南京政府的头脑。宿舍的女孩子不觉得什么，香港某爵士的侄子才更重要。

有天晚上茹西在宝拉房里，比比和琵琶正巧也过去。琵琶没见过四散着骨骼标本的房间，宝拉坐在床上，两脚藏在红袄里，膝上搁本书，枕头边有个头骨，蓝缎棉被上摆着一根大腿骨。

"是她亲戚。"茹西悄悄说着，"她是汪精卫的侄女。"

"嗯。"宝拉哼了声，表示听见了，笑容依旧，脸上却出现谨慎的平静。她父亲是上海的律师，上海孤岛被日军包围了，她总小心翼翼不牵扯上政治。

"你们也在吧？"茹西别过脸来问比比和琵琶。

"在哪？"比比问。

"那天啊。玉光同莲叶吵架，从那天起就不说话了。"茹西道。

"原来瑟雷斯丁嬷嬷说的是这回事。我压根就不知道。"比比傲慢地说，笑了两声，撇下不提了。

"谁也不知道。就连亲眼看见都不知道是怎么回事。"茹西道。

"嗯，嗯。"宝拉仍旧是微笑，由鼻子里出声，看看这个又看看那个。

"再一想，"茹西说，"玉光真像男孩子，可是很多事都不说。她就没说过家里人是不是在香港。"

"她在这里只有亲戚，她说的。"宝拉低声道。

"那她家里人呢？"

"不知道。"

沉默了片刻，茹西拿比比的男朋友P. T.开玩笑，潘和宝拉跟着起哄。

"玉光的事不是很奇怪吗？"事后琵琶向比比说。她知道的不比香港女孩多，只隐隐绰绰觉得汪精卫是大人物，投靠到日本人那边了。

"我对这些事没兴趣。"比比说，神情莫测。上海的印度人也都晓得明哲保身，不涉政治。

时间一久，琵琶把玉光和莲叶的事都忘了。尤其是今天，腾不出工夫来留意两个死敌同桌的暗潮汹涌。她从花王的卤锅里拿了个蛋。死囚绑赴刑场之前总是放怀大吃，就像这样吧？麦片，炒蛋，吐司，咖啡，囫囵吞进胃里那异样地空洞。现在又加上酸甜的蛋。横竖也没两样。

"嗳，琵琶，"茹西活泼地说，"我什么都不知道。"

"我也一样。"

"啊，你是不用担心的。"

"不，真的，我连笔记都不全。"

"你根本用不着笔记。"

说是这么说，茹西还是上上下下看了她一眼，显然半信半疑，也为了她的沦落觉得窘。琵琶忽然后悔这么说，用不着那么引人注目。

"死啰！死啰！"茹西掉过脸又同另一个在座位上跳脚的女孩说话，"讲点一八四八给我听，我什么也不知道。"

食堂面对大海，车库门敞开着。十二月的天气凉爽。外头的沥青小道路边一溜铁阑干。坡斜的花园看不见，跟着山脚下的城市一同掉出了视线之外。琵琶坐的地方只看见海与天，鸭蛋壳一样的暗淡的蓝绿色。九龙圈着地平线，像在云里雾里。左边一串驼峰样的岛屿漂浮在海面上，仿佛空濛中一行乌龟。别的岛屿使别的地平线更往外退。天上飞机排成V字形，飞得低低的，扁扁的，太黑太重，清一色的蛋壳似的天空有点托不住。嗡嗡声从海湾传来，相当明晰。有些女孩饭吃了一半抬起头来。

"怎么回事？"茹西问道。刚才重重地砰了一声，又一声，不很响亮，可是每次都让心脏跟着一跳，像电梯猛然顿住。

"是演习。"有个高年级生说。又听见几声砰砰响，她问道："报上说要演习吗？"

塔玛拉吃吃笑道："大考来了，谁有工夫看报。除非是莲叶跟玉光她们两个。"

莲叶和玉光都没言语，都不愿两人的名字并列。

比比跑了进来，运动上衣甩在肩上，没空坐下，就弄起了三明治。

"看看你，比比，老是最慢的一个。"塔玛拉道。

"我们马上就走了，比比。今天绝不能迟到。"宝拉道。

"好，好，有没有干净杯子？"

起初没有人注意到多明尼克嬷嬷进来了。她就站在门口，两手交叠，搁在胃上，等食堂里的谈话声变小。她是宿舍真正的负责人，可她是葡萄牙人，又是澳门来的，所以只坐第三把交椅，上头还有法国的爱格妮丝嬷嬷与英国的克莱拉嬷嬷。浆过的白帽大大的帽翅往后卷，翻着一双大黑眼睛，仿佛老荷兰清洁妇。一张大脸与往常一样严厉中带着嘲弄，抵紧了白领口，挤出双下巴来。

"大学堂打电话来。"她说。虽然很有威仪，说话的声音却低，像是怕太粗俗。她的英语并不很流利，却只带一点点口音。"香港被攻击了。"她低着头，平静地往下说，"今天不考试了。"

末后一句话说得尤其低，大家愣了一下子。

"攻击？被谁攻击？"几个女孩子喊了出来，顿时七嘴八舌，群情哗然。"我们也开战了吗？嬷嬷！打仗了？嬷嬷，他们还说了什么？那些是日本飞机吗？"

"零星的战斗开始了。"多明尼克嬷嬷冷冷地随便地说，眼睛在浓眉下往上看。她背后又有一顶荷兰帽，瑟雷斯丁嬷嬷瞪大了戴着眼镜的眼睛，就像玻璃盘上剩了一颗腌大豆。

琵琶是最慢一个了解状况的。女孩子叫嚷的声浪刷洗过她一遍、两遍、三遍、四遍，像海浪拍打岩石。难道她获救了？方才飞机隆隆飞过，听见訇訇的声音，她心里突然闪过了一丝错乱的希望。但是即便是疯狂中她并不想到炸弹或战争。只希望是某处汽车油箱爆炸，某种的意外，可是她不希望布雷斯代先生受伤，横竖考卷早已印好了。即便是在做白日梦的电光石火的那一秒，仍旧以为是痴人说梦。可是竟成真了，致命的一天正稳稳当当、兴高采烈推着她往毁灭送，突然给挡下了。当然是打仗才办得到。她经历过两次沪战，不要到户外去也就是了。

本地的女孩子都跑上楼去打电话回家。

"打不通的，全香港的人都在打电话。"多明尼克嬷嬷说。谁也不听见。

"嬷嬷，打到哪里了？炸弹炸了哪里？"其他女孩吵吵闹闹地问，"九龙没事吧？新界呢？嬷嬷，嬷嬷！"

"不晓得，大学堂就只这么说。爱格妮丝嬷嬷在想办法打电话到修道院去。"

"嗳呀，刚才那是日本飞机了？"安洁琳大哭了起来。

"什么飞机？你见着飞机了？"比比问道，拿着三明治跑出去看。

"回来。"多明尼克嬷嬷说，"谁都不许出去，比比。"她从门口喊。

"好。"莲叶半是自言自语，挂着异样的微笑，"打到香港来了。英国人怕死了把他们跟日本人的关系弄拧了，这下子也吃到苦头了。"

琵琶一声不吭，恰才转身听多明尼克嬷嬷说话，还是保持着同一个姿势，侧身粘着椅背，生怕动一下就会泄露了心底的狂喜。

茹西又下楼来了。

"打通了么？"一个高年级生问道。

"我打了好几次都占线。"

"别急，现在人人都在打电话。"

"你住在九龙？"

另一个替她回答："他们家在新界有避暑小屋。茹西，你家里不是还在那里过周末吗？"

茹西哭了起来。其他人也惊惧地沉默了下来。新界是在九龙半岛与大陆接壤的地方。

"放心好了，说不定他们也正忙着打电话给你呢。全香港的人都在打电话，man。"

"玉光已经在收拾行李了。"茹西说，"有车要来接她。"

莲叶冷笑，"嬷嬷还没说完，我就看见她站起来上楼去了。就这么急！人家早知道了。蛇钻的窟窿蛇知道。什么和平运动！就是这么回事。"

满屋子都没注意到玉光上楼去了，只有莲叶，方才吃饭始终连正眼都不看她一眼。这时她一提，琵琶才想起看见玉光站了起来，月亮脸上一脸机警，仿佛有人提着她的名字叫她。

"有什么用？还不是困在这里，跟大家一样。"莲叶说，"炸弹可不长眼，照样掉在汉奸头上。"

粉红色大理石面的长条餐桌从头至尾都没有人作声。半晌，这一幕像极了最后的晚餐，荷兰宗教画，库房似的食堂里明亮温馨，红地砖明亮洁净。远处是一抹海与天，一丝不苟地熬炼了出来，烘托着港里动也不动的船只。

多明尼克嬷嬷正在喊那些跑出去看的女孩子。比比伏在铁阑干上，还吃着急就章的三明治，低着头，再倒仰起脸来，咬掉下面露出来的炒蛋。维伦妮嘉指指点点，告诉她刚才错过的轰炸。花王站在一段距离外，两只手肘都支着阑干。

多明尼克嬷嬷见没人搭理，喝断一声："维伦妮嘉！"她对安洁琳与维伦妮嘉比谁都凶，知道她们两个在家乡念的也是修道院办的学校，见了修女就像老鼠见了猫。"维伦妮嘉，马上进来。"又放低声音，微一侧头，"来这儿。"像是留了块糖单给她一个人。

维伦妮嘉怯怯地过去，乳褐色脸上小嘴微张，似笑非笑。

"比比。塔玛拉。"多明尼克嬷嬷拍巴掌。

谁也不搭理。

"花王。"她朝瘦削结实的矮小男人喊，"把门都关上。每个人都进来！"她又拍了一次手掌，背转身去。

花王把车库门都关闭，上了闩。女孩子们慢吞吞穿过花王的房子，回到屋里。

"全都待在食堂里，这里就像防空洞，全屋子最安全的地方。家在香港这边的，可以回家。像这种时候总是跟自己的家人亲戚在一块的好。听明白了，不是要赶你们，可是我们得先照顾好在这里住读的学生。"

比比一面进来一面抱怨："嬷嬷，轰炸已经完了。"

"还在炸。等到空袭警报解除了才准出去。"

"空袭警报没放，怎么解除？反倒把人都弄糊涂了。"

"是啊，怎么没听见空袭警报？除非是炸坏了。"塔玛拉道，"笑话了，一天到晚的演习，真的轰炸来了，连响也不响一声。"

"多明尼克嬷嬷！"爱格妮丝嬷嬷锐声喊道。

多明尼克嬷嬷急匆匆出去。楼梯上有用法语商谈的声音。多明尼克嬷嬷一出去，瑟雷斯丁嬷嬷就撞了进来，黑裙窸窸窣窣，念珠叮叮响。

"阿比比，阿比比，她说什么？真的打仗了？日本在打香港？"

一个高年级生说："死啰，死啰，嬷嬷，日本人来了。"

"别吓她。"另一个说。

"嬷嬷，咖啡没有了！"比比腻声抱怨着，"嬷嬷，你给拿一壶来。"

"谁叫你起得那么晚了？那，这张桌子还有一点。"

"冰冷的，嬷嬷！"

"嗳呀，好，好，我去拿。花王说看到一个弹炸落下来。"她俯身就比比，一手罩着嘴，话声还是那么响。她很崇拜花王。"他在外面修剪灌木枝，看见炸弹掉下来，轰的一声，还在猜是哪儿。他说可能是石塘咀。我就说死啰，玛丽的婆家不就住在那儿吗？那些黑心的人，不会这么快就有报应了吧？"

她听见多明尼克嬷嬷进来，赶紧噤声，装着在清理桌面。

"嘿，我还没吃完呢。"比比把一盘冷燕麦往面前拖，又伸手去拿奶油罐。

"大学堂又打电话来了。"多明尼克嬷嬷说，"克里利教授要医科学生都预备好，三年级以上的，战时医院同急救站需要帮手。"

"可怜的医科学生。"高年级生怨天怨地地，"总是比别人累。"

抱怨归抱怨，立刻就又拿起了架子，又是一副医生的模样。多明尼克修女离开后，大家议论纷纷。海峡殖民地的口音每句的尾音都往上扬，听起来就很有侵略性。本地的女孩都走了。

"打不了多久的。日本鬼子这次可要吃苦头了。Man，英国人都在这里，还有那么多战舰。"

"还有加拿大人，苏格兰高地人。"

"星加坡也就在附近。喝，星加坡！有那么多战舰，东方的堡垒。"

"我们是有准备的，没想到日本人真敢来。我们不怕他们。志愿兵天天操练，教授们也都受军训去了，难道是闹着玩的？"

"不用几天就打完了。英国人得速战速决，战事拖下去粮食就会出问题。那可就糟了。香港是海岛，粮食都是从大陆来的。万一给封锁了，这么些人吃什么？"

"嗳，香港的存粮没问题的，政府仓库里全是罐头牛肉跟炼乳呢。"

她们说的也不无道理，琵琶想，战争几天内就会结束，大学会复课，继续考试。不是吗？她也说不准了。最不可思议的事情刚刚都发生了。她的质疑的力量用罄了。她沉溺在至福狂喜中，也不介意众口同声臆测这样的快乐转瞬即逝。给喜悦加上额外的条款，限定住它，都只让它更真实。车库的门都关闭着，地下室只靠门上的毛玻璃透进来的光照明。声浪嗡嗡地鸣着，舒适惬意，像是下雨天无处可去，闲讲打发时间。她可以听上一整天。她挪到比比旁边的位子，安坐下来倾听。

"要是在上海，起码我还同一家人在一起。"宝拉咬着牙道，"上海是孤岛，随时都会沉没，香港感觉上好安全。"

"是啊，最坏的就在这儿了，一个人困在这里。"塔玛拉说。

刚才一直很安静。哈尔滨的俄国人都学会了与日本人相安无事。

维伦妮嘉说:"我没经历过打仗。"

"谁又经历过?"一个高年级生道。

"比比,三七年你不是在上海吗?"宝拉说,"你不也是,琵琶?"

比比不作声,琵琶不得不说话,"我们住的地区没事。"

"我们那儿也是。"宝拉喃喃说,仿佛理所当然。闸北与虹口是上海比较贫苦的地区。

琵琶倒觉得比比有些异样,那么心不在焉,那么阴郁,几乎像是谁得罪了她,自管低头吃燕麦,像动物进食。

"好像只有莲叶见过最多的战争。"一个高年级生道。

片刻的寂静。大家都有点怕招出莲叶的话来,倒不是因为她平时话太多,大家听怕了。

莲叶只淡淡笑笑,"是啊,我走到哪儿它就跟到哪儿。谁叫我要逃走来着。"

"战争是什么样子?"那个高年级生聊天似的问道,心里还惴惴然,并不急于先睹为快。

"嗯,很苦,就是挨饿,老是在逃难。"

其他人不安地看着面包上剥下来的细长的皮,像膝关节,摺成九十度。每只面包盘边总有不止一条褐色的皮蜷着爬着。门上毛玻璃透进来的微弱光线一照,餐桌上一片狼藉。

"嗳,但愿战争很快就结束了。"一个高年级生道。

"不会打太久的。"

她们又回头去分析时局了。

瑟雷斯丁嬷嬷端了壶热咖啡回来给比比，非常地生气。

"怪我没把白包头收进来，贴在板子上晾干的。她说又大又白的，飞机看得见。多明尼克嬷嬷扯着嗓门要大家待在屋里，我要怎么出去收？"

"谁怪你来？"比比说，一边倒咖啡。

"老的那个。真讨厌耶！嗳呀，怪我。"

瑟雷斯丁嬷嬷抱怨着，比比正眼都没瞧她一眼，说广东话的女孩子多了，嬷嬷偏偏来找她。

"那个玛丽也坏。懒死了。就不能叫她做点什么，一出错倒会怪我。什么都得我自己来。"

"嬷嬷，黄油没有了！"比比腻声埋怨着。

"玉光就这么走了。我一点也不知道，行李都收拾好走了。我给她又洗衣服又熨衣服的，就那么一声不吭走了。"

琵琶就靠懂得的一点广东话猜测嬷嬷的抱怨。从前她跟比比说帮她洗衣服，一件三分钱，想攒点钱买结婚礼物送玛丽。修女们是不准有私房钱的。而这一次是为了要送礼给花王的孩子。绝不能让多明尼克嬷嬷知道。她也要比比同宝拉、塔玛拉、玛格莉、茹西、玉光问一声，还特为交代不能声张。玉光走之前必定是忘了把账结清。

瑟雷斯丁嬷嬷又替比比拿了碟黄油来。

"我要上去睡觉了。"比比吃完了同琵琶说。

"不是要待在这里吗？"

"没有空袭了。你要待在这？我要上去了。"

"我跟你一道上去。"

琵琶在楼梯上问道："你有什么感觉？"

"不知道。"比比诧异地说，"你呢？"

"我非常快乐，不考试了。"她又匆匆补上，"我知道很自私，可是还是忍不住。"

"对。那很坏。"

"我知道，可是我忍不住。"

"是啊，你就是那样子。"比比说，回避不看她。

楼上很安静。本地的女孩子大多回去了，有些还在楼下打电话。

"现在要做什么？我是要睡觉了。"

"别笑，可是我要念历史，怕过两天仗就打完了。"

比比哈哈笑，"你这人真是本性难移。到我房里来念。"

"好。"

"坐椅子，衣服丢到床上。"

比比脱下了洋装。胸罩与底裤像白漆抹在金褐色木头上。就这么钻进了没整理的被窝。

"我真该把书桌拾掇拾掇了。"她说，"空间够吗？"

"很够了。"

"我好累。吃中饭再叫我。"

"好。"

乳黄色的板壁占了隔出来的小房间两面，另两面是没有窗帘的窗子，一眼望去尽是高高的海面，像平平的青蓝镶板。床头上的钉子挂着一顶大斗笠，是比比和琵琶在九龙一个乡村集市上合买的,漆成亮粉红色和绿色。缝在斗笠上的一圈蓝棉纱也画了图案。琵琶让比比挂在她房间墙上。她自己的房间空洞洞的。比比还挑了粉红冠毛的芦苇,插在一隅的废纸篓里,旁边竖着她卷起来的祈祷毯。她的《古兰经》搁在窗台上,躺在床上触手可及。《古兰经》的蓝色天鹅绒面子蒙了一层灰,但比比有时确实会坐在床上读经,嘴里艰辛地念着阿拉伯文。

更多女孩上来了。维伦妮嘉与安洁琳在走道的衣柜收拾东西。维伦妮嘉懊恼地翻着一叠缎袍丝袍。

"这些都还没穿过呢。"让到一边给塔玛拉走,她问道,"塔玛拉,打仗的时候该穿什么?"

塔玛拉锐声大笑,"维伦妮嘉想知道打仗的时候穿什么。"

维伦妮嘉有点发怒,"人家不知道才问啊。我又没打过仗。"

笔记记得全的话,用功个一两天,琵琶想,还是赶得上。第二次机会再不能搞砸了。要是她预备得充分,战争绝对会持续下去,也用不着考试了。要确认某件事不会发生,只有一个法子,就是有以待之,如此一来命运总会摆你一道,让你白忙一场。她专心不了,得要大声念出来。她迫切地念念有词,像在念咒祈求战事拖下去。她复习过了国会改革,殖民扩张,总觉得难,就仿佛墨水已褪为黄色,意义深奥难明。不,笔记很清楚,只是她总有异样的感觉,似乎是隔着一层玻璃看保存在盒子里的文件,与其说眼睛吃力,不如说是不知哪里作痒。

下午三点整,放了解除空袭警报,无的放矢似的。

十三

轰炸时不能洗澡。琵琶没听过多明尼克嬷嬷何时这么生气过,站在楼梯口大声吆喝:

"比比!把水关掉。热水锅炉关掉,听见了没有?热水锅炉关掉,马上下来。比比!"

她只管喊,却不肯冒险上楼一步。四处都在丢炸弹,楼上一扇窗破了。

琵琶在比比房里念书,念的不是历史笔记,她放弃了。尽管并不是坐拥图书馆借来的小说,她也舒舒服服地窝着等战争结束。她经历过的两次沪战都约摸持续一个月。没有人再说什么过两天仗就打完了。女孩子聚集在长条餐桌边,宝拉同一个高年级生半低声说:

"听说九龙沦陷了。"

"真的?"

另一个高年级生也轻喊了声。但两张惊吓的脸一面对面,立刻默契十足,沉默为上,唯恐打击了士气。没有人再往下说,也不再提起。琵琶就还以为战火仍限于九龙那边。炮弹和炸弹的声音很难分辨。她并不知道总督府所在的山陵被来自海岸的炮弹攻击,摧毁了山顶上的总督府。听起来只觉得炸弹落点变近了。一连几天都是阳光普照的好天气。顺着山势向大海倾斜的香港城像张褪色的毯子,被狠狠地打击。每一声砰都让你感觉到它往后缩,以免大棒子落下的力量过大,而且每一击都被柔软的料子包住,压低了声响。说不定敌人是近在眼前了。

锁上的浴室门后热水照样地流,水流细得气人,开大了水温又不够。稀薄的喷流由锅炉炉嘴冲进浴缸里,轰轰响,比比似乎铁了心要装满一缸水。花的时间太长,琵琶也紧张了起来。楼下多明尼克嬷嬷改而抓瑟雷斯丁嬷嬷出气。

"你怎么把钥匙给了她?把整栋屋子都炸了……她问你要。她问你要你就非给不可?你是修女,不是佣人。"

琵琶努力设想炸弹碎片落在点火的锅炉上会不会引起爆炸。化学最让她头痛,还是物理问题?她想到老妈子的警告:打雷千万别洗澡。她弟弟可以洗,她或是老妈子可不行。雷神从窗子望进来,看见是女体会觉得大不敬,就会打雷。不知道有中国血统的多明尼克嬷嬷心里是不是有这一层顾忌。

比比这会儿泼着水大唱瑟利文的《我的好姑娘》。水仍在流。又一扇窗破了,哗啦啦落得老远。

琵琶自问该不该下楼,地下室恶浊的空气与叽叽喳喳的讲话声倒不打紧，就是太暗了没法看书。命中注定会被炸弹炸死，躲哪儿去都会被炸死，楼上楼下没两样。有人还许躲进了避难所反倒死在里面。这也像老妈子们说的话，可是要同老妈子们的想法两样还真是不容易。她跟比比互相鼓舞彼此的有勇无谋。比比老是想上来睡觉，她则像骆驼储水一样储存睡眠，也可以长时间不睡觉。

在楼上琵琶可以看书，不怕看坏了眼睛，可要是一块玻璃碎片飞进了眼睛，她会瞎掉。不应该离窗口坐着，可是房间这么小，又都是窗，像个玻璃泡泡，高悬在海上。炸弹忙着在空间和时间上戳破一个个洞来。风从另一片海洋另一座山头吹来，毫无阻碍，拂过她的发。坠落的窗玻璃叮叮当当，像是宝塔檐角上的风铃。她觉得傻，这么兴奋。至少她背对着窗子，不怕碎片了，这种时候还担心眼睛好像傻气了。古人不是说："皮之不存，毛将焉附？"

比比由浴室踩着水出来，穿着绣了黄龙的黑和服，眼睛瞪得圆圆的，轻声跟她讲话，像舞台上的耳语，嘘溜溜射出去，连后排都听得清清楚楚：

"你听见她喊吗？"

"听见了，她真的很生气。"

她笑弯了腰，没发出声音，有点良心不安，"喊成那样！"

"浴室窗子破了？"

"没有。"

"我怕玻璃会掉进浴缸里。"

"我就让她喊，我唱我的。"

"瑟雷斯丁嬷嬷可挨了顿好骂。"

"她一定吓死了。"

"她是乡下人么？"

"不知道广东哪里。"

"那她是农家孩子？"

"不晓得，他们家一定过得不坏。要进修道院得付一大笔钱的。"

"像嫁妆。"

"嗳，她们算是嫁给耶稣了。"

"只不过她们见不着新郎，得跟妯娌住一起。"

"她快乐。"比比说。

琵琶见过瑟雷斯丁嬷嬷收集的圣像画片，她还同玛丽交换，同中国香烟盒里的彩色画片很像，琵琶小时候男佣人常给她。有次瑟雷斯丁嬷嬷还拿她为小型圣母像做的衣服给比比看。她这样的快乐琵琶横是受不了。

"她不用担心。"比比说，"她知道会有人照应。"

琵琶倒觉得是保额很高的保险。香港很少有战事，这一次还是空前绝后。

"电影院照样开门，你知道么？"比比问道。

"真的？还有人看电影？"

"我就要去。我疯了。"她冷笑着，穿上丝袜。

"你要去看电影？"琵琶惊诧地说。

"有个男孩子找我去。"

"轰炸还去？"

"嗳，轰炸马上就停了。"

"你要怎么去？"

"不晓得，他要来接我。"

"什么片子？"

"不知道。不管是什么都不要紧，说不定要过好一阵子才能再看电影呢。"

一想到这里，两人都沉默了。比比忽然很焦虑，道："你要不要去？"

"不，不。"琵琶忙笑道，"我只是在想圣诞节时候的那些大片，再也看不到了。"

"嗳，说不定将来有一天会看到。"

"看到也两样了。老片子就是让你感觉不一样。"

"我们也会有老的一天。"

"对。"琵琶说，并不信。

"我的头发可以吧？"

"后面再梳一下。不是，左边一点。不是，是这里。"

比比又梳又扯。长长的黑发涨了起来，更蓬松，更庞大，不成形状，像浓浓的烟，到最后她和琵琶两人笑不可支。

"越梳越毛躁。"琵琶道。

"就像瓶子放出来的精灵，死也不肯再回去。"

"头发刚烫的原故。"

"我刚烫了头发，说不定还是好事。"

"我倒后悔没烫。"

"我得帮你的头发想想办法。等我告诉多明尼克嬷嬷要去看电影，准把她气得跳脚。"

"不能瞒着她么？"

"我得告诉她会晚点回来吃饭。我该穿什么？"

"那件无袖的绿外套。"

比比一手捂着嘴，又一次弯腰，做出笑倒了的样子。绿外套是她自己拿块莱姆绿呢做的，只够前后两片，腰上缝了两只皮手套，很合身，乍看像两只小黑手从后头绕过来扣着她的腰。

"不，穿了也没人看见，我连大衣都不脱。"

"穿嚜。"琵琶很苦恼地说，感觉战争的压力坐住了衣裳，永不见天日，末了只会变成滑稽的过时的华服。

"不，不，不行。"

"横竖没人看见，不要紧的。"

比比还是选了双色毛衣与皮面镶边大衣。轰炸停止了。

"比比！有人来找你。"爱格妮丝嬷嬷在穿堂口喊，声音抖嗦嗦的。

照规矩，开门迓客，唤人叫名的是多明尼克嬷嬷。她准是气还没消。比比忙忙下楼。琵琶听见她喊，语音少不了那如泣如诉的黏腻：

"多明尼克嬷嬷？多明尼克嬷嬷！嬷嬷，帮我留着晚饭好吗？"仿佛想用甜言蜜语来哄熄修女的怒气。

晚餐凄凄凉凉的，长桌中央也只点了一根蜡烛。长长的柱子在地下室投下长长的影子，阴森森的像墓穴，却多了香港每逢雨季家家户户关门闭窗，几个月下来挥之不去的浓烈的霉味。

"嗳呀，汤里有虫！"安洁琳喊道。

"现在是打仗，不能太挑剔。"一个高年级生说。

"也用不着吃虫啊。"塔玛拉说，"起码还可以先吃老鼠。"

"哪里？我怎么没看见虫。"同一个高年级生在生菜汤里翻来翻去。

"真有呢。"另一人说，硬着头皮望进汤里。

"嘿，玛丽！"宝拉朝配膳室喊，半嬉笑半恐怖，"嗳呀，玛丽，生菜是不是忘了洗了？里头有虫。"

孤女玛丽立在门口，楚楚可怜的样子，"洗了，可是里头太暗了，我又不敢靠近窗子。"

"不要紧，横竖煮熟了。"刚才第一个说话的高年级生道。

"我们还有三餐可以吃，已经是好的了。"莲叶道。

"我问多明尼克嬷嬷是不是打算搬回修道院。"宝拉道，"她说喔，不！修道院现在也是乱麻一样。"

塔玛拉笑道："她们不想带我们过去。"

宝拉也笑，又打圆场："修道院一定是挤不下了。一打仗大家都逃进教堂里寻保护。"

"日本人懂得尊敬基督教吗？他们不是佛教徒吗？"塔玛拉问道。

"说不定修道院反而更危险，谁知道呢。"宝拉道。

"这里危险是因为屋子里人太少了。"一个高年级生道，"又都是女孩子，只有花王是男人。"

"嗳呀,别说了,我都吓死了。"安洁琳半笑不笑地说道，摇着手，像是手上有水想甩干。

"是啊,车佬也不住在这里。"宝拉道。

"嬷嬷跟我说她每天都得搭车子出去买面包。"塔玛拉咯咯笑道。

"咦,面包现在就难买了吗?"一个高年级生道。

"不是,她是因为到连卡佛去买的才难买,那儿的客人太多了。得新鲜才好吃。"

"谁去买的,多明尼克嬷嬷?"

"还有克莱拉嬷嬷。她们两个总是一块。"

"再加上车佬,每天都有三个人冒着生命危险。"宝拉道。

那何不吃米呢?琵琶想。一打仗中国主妇第一件要做的事就是囤米囤煤;平常就算用煤气,一打仗煤气就可能接不上。她只知道这么多。逃难也是她的家族史的一章。沈家也未能免俗,在清朝倾覆之际逃反到上海。此后就在天津与上海两个通商港口间漂泊,躲避军阀混战。军阀割据结束了,日本人又来攻打上海,幸喜两次都没波及租界。

两个修女到城区购物,像巡警一样,总是一对对的,互为奥援,到龙蛇杂处的贫民窟巡逻。修女们似乎因打仗而特别兴奋。轰炸的头一天,她们煮了丰盛的晚餐,仿佛是在庆祝:嫩煎腰子,兰姆酒蛋糕,还有她们拿柚子皮做的糖果,甜甜酸酸的。开战的惊慌一退,修女们也不嫌麻烦,炸罐头肉,炸山芋泥丸子。琵琶觉得现在都该节衣缩食了,自己却胃口极好,连自己也厌憎。都是因为镇日闲坐,只等开饭。实际上,人人吃得都比平常多。琵琶没有发表意见的习惯,否则她就会大声疾呼粮食该配给了。单是她一个人节制未见得有什么两样,吃了一片修女们舍生忘死买来的面包,她忍住了没再拿第二片。不过面包的味道委实是香。

莲叶拿了第三片,看谁胆敢说什么似的神气,还把面包篮朝琵琶面前推,"吃,把它吃完。能吃的时候赶紧吃。这种时候哪儿还能吃得到这样的好东西?咳呀!"她叹气,朝饭菜摊开手掌,"打仗哪能吃这些。咳呀!"

晚饭桌上罕见莲叶开口,总是伛偻着身体,瞪着前面,表情凄凉,陶偶母牛眼分隔得很开,像长在脸的两侧。她整天待在地下室,酸溜溜地听着情不合意不投的谈话。这时她的头垂得更低,似乎是后悔打破了沉默。她吃下最后一块面包,喝了口炼乳调咖啡,把面包冲下肚,打了个嗝。手肘支在餐桌上,忽然两手捧住了脸。

"你们这些人不知道打仗是怎么回事。"她哭道,"你们这些人什么也不懂。"

没有人接这个碴,全都惭愧地吃着不合时宜的美食。

晚饭刚吃完,比比回来了,做了什么亏心事似的。

"你上哪儿去了?"塔玛拉大声喊道。"不是真去看电影了吧?"她笑道。

"疯了!"宝拉喃喃道。餐桌上频频传来窃笑声。

"你跟谁去的?"塔玛拉问道。

"一个男孩子。"

"谁?是潘吗?"

琵琶知道潘,因为塔玛拉同宝拉总是拿他来取笑比比。比比说悄悄话也总是一个男孩子这样,一个男孩子那样。琵琶倒没想过比比这么说可能是想让听的人觉得她认识的男孩子有一大群。可是比比仍然是宿舍最得人缘的女孩。香港女孩子不跟男孩子出去。塔玛拉有时会同其他的俄国留学生出去。宝拉有叶先生，莲叶有童先生。修女们认为宝拉等于是和同班同学订婚了，所以每次给她等门，午夜前回来也不会埋怨。莲叶有个世交固定会来看她；多明尼克嬷嬷叫他是"莲叶的童先生"，她总要申辩。

"他是有太太的，嬷嬷。"她笑道。

然而唯其在这个时候，她的笑才不带讽刺的意味。

"是潘吗？"宝拉问道。比比只管追问厨房知道不知道她回来了。

"是潘喽？疯了！"

没有人再提这话，也没人打听城里的情况。挑这时间去看电影似乎只是傻气的恶作剧，而不是愚蠢的妄动。宝拉也没取笑比比让潘送回来，摸黑走山道。宝拉的揶揄比比总以"别傻了"一语带过。有次宝拉说比比和潘在恋爱，琵琶问她：

"你在同潘谈恋爱？"

"别傻了。他那么孩子气，自以为喜欢我。"

琵琶见过潘，细长的个子，很害羞，溜海覆着额头，一张甜甜的老鼠脸。是马来人。

"为什么男孩子老是想牵手？"比比悻悻然同琵琶说，"究竟能得什么好处？亲吻我懂，干吗牵手！"

"总是肢体接触啊。"

"那握手还不是一样？我们不是都握手么？"

"是你爱的人就两样了。"

比比转过了头，脸上浮出苦涩，竟让她的脸多出了近似狡诈的神色。"宝拉说没有爱情这样东西，不过习惯了一个男人就是了。"末了一句话说得有些激动。

琵琶寻思了一会儿，不禁气馁，"我不信。"

"我是不知道。"比比说，"你也不知道。"

又一次比比气吼吼地说："有的男孩子跟女朋友出去过之后要去找妓女，你听见过没有这样的事？"

琵琶是宁死也不肯大惊小怪的，只笑笑："这也可能。"

可是有次撞见宝拉和叶先生亲吻，她震惊极了。她放学回宿舍，他们两个坐在台阶底，衬着后面像古老要塞的高耸入云的石砌地基显得很渺小，很有剪影的样子。大块的石头灰得不均匀，宝拉窄小的脸微有些发红，几乎有阳刚气，扎扎实实的血肉。一见有人来，她立时抽身，哑哑笑了声，男的两条胳膊也缩开了。琵琶朝他们微笑，视而不见，等看不见他们了，半跑半走上了台阶。她没见过别人亲吻，只看过电影上的大特写，月白的巨脸，还是洋人，没有中国人，因为中国电影不会有吻戏。而这张片子却是那么小、那么明晰、那么真实，还是中国人担纲演出的，比任何的春宫图都要震撼。

"电影好看么？"她在餐桌上问比比，把声音捺低了。

比比也是半耳语半说话："你不喜欢。神秘兮兮的。啧，叫什么来着？记不得了。倒是电影院里满坑满谷的人，有的站在后面，有的贴着墙根。外头有轰炸，笑声听起来也两样。出来大厅黑魆魆的，票房点着蓝灯，是有一种奇怪的感觉。"

塔玛拉上去了，又下楼来，情绪很激动。

"男孩子报名参军去了。院长办公室挤满了人，院长却不在，男生不肯走，硬要书记把他们的名字记下。可怜的老书记，得整晚加班了：林杨章、张扬玉、余林璋——"她大叫大嚷的。

"他们真是要参军？"一个高年级生惊呼道。

"他们要参加志愿军，还要去跟校长请愿，想让自己的教授当领队，还要保证一定送他们上前线。"

"教授当领队！"方才说话的高年级生笑道，"谁要去跟艾勒斯顿？什么时候突然这么喜欢教授了？"

"谁告诉你的？"

"宝拉的叶先生来了。他想参军，宝拉不准。"

"还有谁？"

"全校的男生，都在那儿。"

"院长的办公室？"

"挤得水泄不通呢。"

"嗳呀，我哥哥可别去。还是打个电话给他。"安洁琳匆匆出去了。

"不晓得 Y.K. 去了没。"那个高年级生自管猜测着，"古伯塔·辛呢？"

大家都想问叶先生还有谁去了。

"别烦人家了。"塔玛拉说，"人家摸黑走这么大老远又不是来看你们的。"

"你自己还不是搅了人家说话。"

"这可不是疯了？"琵琶低声跟比比说，吓呆了，"他们这是为什么？"

"男孩子就是那样。"比比道。

两人从食堂出来，正遇见宝拉和叶先生在过道上讲话，可是沉默的时候多。他们并肩立在昏暗的灯泡光下，背靠着墙，互不相看。宝拉朝比比与琵琶微笑。叶先生也笑笑，却垂着眼睛。他是马来人，矮小白净，绷着脸。

多明尼克嬷嬷半个身子俯在阑干上往下望。

"怎么不到客厅来坐？上来上来。宝拉，请叶先生到客厅来坐。"

宝拉抬头报以微笑，抱着胳膊，"他就走了，嬷嬷。"

"到客厅坐，里头没人。有客厅嚜，偏没人要进去。莲叶和童先生在那里。"多明尼克嬷嬷朝过道尽头勾了勾下巴。门开着。

外头伸手不见五指，能听见喃喃的说话声，还有一只脚动来动去，嘎喳嘎喳地响。为了不失礼统，莲叶与客人就站在门口说话。树篱拦住了他们的声音，往里传，沙哑而且近。琵琶见过童先生一次，觉得是个戴眼镜的朴实的一个人。夜里压低了声音的北方口音却激起了一波无法抵挡的暖意与思乡之情，顿时她觉得自己身陷战火，可却孤雁飘零，举目无亲。

后来在浴室说完话，比比跟她说："莲叶说童先生要她搬去跟他一块住，怕宿舍不安全。这里太偏僻了，路上只有几栋屋子，又都住的是有钱人。谣传说有强盗出没，而强盗一定会先抢这里。莲叶说她爸爸托童先生照顾她，可是她拿不定主意。怕人闲话。"

"不犯着怕人闲话，她自己当然把持得住。"琵琶说，登时想起那些通俗小说，时代背景设在军阀割据的年代，女主角无奈同男人逃难或是男主角被迫同女人逃难，两人都尽可能谨守礼节，只有在小地方才透露出情意。琵琶倒觉得能够同时既贞节又温柔，而且既勇敢又体贴，没有人应该放弃这种机会。

"他的父母也在这里，可是他太太不在。他在这里做事，先把父母接出来了。"

"既然他父母也在，那就没关系了。"

"谁知道。这里可是中国。"

"童先生倒是老实相。"

"你觉得莲叶爱他吗？"

"说不定。"

"她在这里太孤立了，才会爱上他。"

"人不亲土亲，他们那里尤其重视同乡。"

"他们两个都太——呃——"比比隐隐做了个手势，皱起了脸。

"太典型。"琵琶帮她说完。

"太像民初的人。"

"是啊，还绑辫子，穿蓝布旗袍，像我妈那时候的女学生。"

隔天每一个医科高年级学生都派去医院帮忙，宝拉和叶先生也是，两人的争议无形中也解决了。再一天，连低年级的学生也动员了。维伦妮嘉与安洁琳都是医科新生，比比与塔玛拉三年级。每个急救站都是二男一女一组。所有学生都必须向总部报到，带着铺盖卷，等待分发。维伦妮嘉与安洁琳板着脸收拾行李，维伦妮嘉带了一件新旗袍，赤铜色织锦缎，绿色寿字图案，薄薄铺了层蚕丝,有皮子那么暖和,但轻软得多。

"你不会要带那件吧?"安洁琳锐声道。

"说不定会很冷。"

"可惜了。嗳,塔玛拉,她想带这件到郊外急救站去。"

"嗳,谁也说不准哪两个男生跟你们同组。你想跟谁一组啊?"

"你少多嘴,塔玛拉。"维伦妮嘉喊道。

"哈,我知道。"安洁琳说,"我知道谁。维伦妮嘉,要不要我说出来?"

"你敢。少多嘴。"

许多急救站靠近前线,有的在海岸的前哨基地。日本人要来就会从那儿来,琵琶心里想。把维伦妮嘉与安洁琳这样的女孩子派到那些地方,这不是等于拴在树上做虎饵的羊?比比还能照顾自己,可是有时候硬如石头也会和青草一样被碾碎。比比不会没想到轮暴这种事,只是谁也不提起。

安洁琳的哥哥在最后一分钟来把她弄走了,假称她病了。谁也不知道安洁琳被他带到哪儿去。他自己就是医科高年级生,正在玛丽皇后医院的急诊手术室帮忙。比比难道不能如法炮制?琵琶知道把危险往家里让,尤其是教女孩子去迎狼,是违背战争法规的。她自己很幸运,大学没征召她,不犯着像心里的打算一样,同些人躲进城里住,或是租个亭子间一个人过日子。一个人过是绝不成的,银行户头里只有十块多,又只会几句广东话。比比的钱比较多,她父亲在这里也有朋友。她横竖也只是这么想想,念头并不清楚地成形过,因为还没跟比比商量过。比比并不忠于英国政府,虽然嘴上没说。她很以素未谋面的印度为荣,她说印度的建筑最美,里面是最光洁最可爱的大理石,最璀璨的珠宝,最美丽的女人。她女童军似的参了战,从前就当过女童军。可是但凡在中国长大的女孩就免不了要受到中国人对贞操观的影响。

比比收拾了几件内衣裤、一只牙刷、一只梳子,卷在毯子里。琵琶帮着把她其余的东西收进行李箱,好存放到仓库里。那顶斗笠却没处搁。

"搁到我的行李箱里。"琵琶道。

"嗳,再见了。多保重。"比比快步出去,神色坚定。

比比走后,琵琶待在自己房里,看着她这边的海。进进出出都不肯朝比比收拾一空的房间瞧上一眼。沙龙一样的半截门正对着她的门,门后被拘禁在窗里的寂静与阳光整日在房内盈涌,点点灰尘飘飘扬扬。

十四

宿舍里只剩下她和莲叶。两人一独处，彼此间的距离比以往还明显。方圆几里内唯有她们两个讲北方方言，可是两人一齐吃饭却一言不发。莲叶掂量过琵琶，一个没有七情六欲的书呆子。开战了都没能惊动她。琵琶起初倒高兴，觉得有机会深入认识莲叶，末了才明白同莲叶说话必然会触怒她。莲叶是极内地来的，中国最古老也是最贫穷的省份，神秘的西北，中国文明的源头，如今却化为荒漠。琵琶是全然陌生，也不明白怎会有记者说它神秘，委婉表示那片共产党占领的土地是国中之国。她倒是见过报上提起共产党在江西与福建的据点，报上只以"红疹，微恙"形容。她并不知道国民党的围剿逼使共产党长征，退向西北，而剿匪仍在持续当中。大学里也没有人提起延安。其实"共产党"这名字她自小是听惯了的。小说里，解决情敌最快速的方法就是向军阀密告某人是共产党徒。小时候夏天晚上她听过老妈子在后院谈讲：

"又在杀共产党了。厨子今天上旧城,看到两个人头装在鸟笼里,挂在电线杆上。"

上了年纪的老妈子嘴里啧啧响。

"这些共产党究竟是谁啊?听说只要一抓着,马上就砍了头了。"

"嗳,共产就是共产啊。"

其他人仍是不大懂得。穷人也许觉得分配财富不是坏事,可是他们是有道德的人。三千年的古老禁忌浮上了心头,闭锁了这种念头。

一个年青的老妈子打破了沉默,"听说还不止共产,还共一个老婆呢。"

人人吃吃笑。这一点倒不难理解。在清教徒式的中国,这种做法不啻世界末日。

"从前长毛作乱,"琵琶的老阿妈说,"长毛看见谁都杀,可是就连他们都还没想到要共一个老婆。"

"你见过长毛?"琵琶问道。太平天国的人不绑辫子,而是披散着头发,所以叫长毛。

"没有,没赶上那时候,可是到现在我们都还会吓孩子'长毛来了',孩子一听都不哭了。"

长毛的人数似乎比共产党还多。琵琶就没见过一个同共产党有半点渊源的人。可是这三个字只要一提起,就会吹来一股鬼气森森的冷风。说某人是共产党等于"扣他一顶红帽子",是掉脑袋的事。现在日本人占了山西,共产党在乡野地区很活跃,行踪飘忽,征税收粮,扰得莲叶的父亲这个地主不得安宁。但是她谈到家乡的战事时，绝口不提共产党，是禁忌。

琵琶知道宿舍不会单为了她们两个开放。多明尼克嬷嬷没说什么。她们收了食宿费到一月中旬，还有一个月的时间。修道院已经涌进了满坑满谷的难民。琵琶不是教友，虽然说宗教信仰并不是重要考虑。修女们的圣徒会保护一切信仰的人。多明尼克嬷嬷就喜欢说这个故事，朵瑞斯瓦米先生这位印度生意人请她到他新落成的屋子去吃茶。"好漂亮的屋子，嗳，我真喜欢。"她说，"我就问他要，只是开玩笑。谁知他真点头了。他说好，嬷嬷，房子是你的了。"修道院把房子整修成疗养院，可是多明尼克嬷嬷提到房子还是开心地称它"我在蓝塘道上的房子"。

她在穿堂向琵琶勾了勾头，要她过去。

"听说他们在召集防空员。艺术系跟工程系的学生都可以报名。"

"防空员要做什么？"

"他们会告诉你。只是个名目，帮那些无家可归的学生。当了防空员就可以领口粮，还可以帮你找地方住。"她把声音低了低，略有些难为情。

"真的？"琵琶半信半疑，眼前浮现了一层层的卧铺，在地下大统铺里，英国根本没有。海报上的漂亮防空员都住在自己家里，要不就是地铁站里。

"真的。他们会照应防空员。"多明尼克嬷嬷的声气倒是轻快，却拿两只大黑眼睛钉住她，低着头，挤出了双下巴。

琵琶不愿意变成别人的负担，多少庆幸还有这么一条出路。

"你去吗？"午餐时她问莲叶。所有报名的学生都在大学大门口集合，行军到跑马地总部去登记。

"去。"莲叶顿了顿方道，扬起眉毛，淡淡一笑。

"我们一块去。"

她又迟疑了一下，便笑开来，黄土脸上露出白牙，"好。"

琵琶很知道打仗该穿什么。孔教几千年来都在教训女子战时该如何举止。煮荷叶水，拿水洗脸，就会面如土色，再抹上煤灰。把裤子缝死，没了开口，宁死不脱。琵琶觉得没有开口的裤子不卫生。况且敌人尚未进城。另一个原因是她不会缝纫。最要紧的是要貌不惊人。她套上了一件又一件的洋装、夏天的棉衫，毛衣，棉袄，最后罩上了姑姑的泥褐色旧丝锦褂子，整个鼓蓬蓬的。她长长的直发细如蛛丝，扁平得像块水帘子，不用加意糟蹋就够难看了。

她去敲莲叶的门。里头没人。她沿着过道喊莲叶，整个楼面静悄悄的，她没再喊。没想到莲叶竟然这么讨厌她，宁可一个人先走。

到了大学门口她也不在人群里找莲叶。举目望去不见有女孩子，也不见有班上的男生。她班上净是马来亚华侨，一身白色细帆布长裤与西装，齐齐整整，念艺术显然是着眼于容易过关。有一个结婚了才出来念书。有次他上黑板，茹西低声说：

"梅合平结婚了。"

梅合平板着脸，假装没听见。课堂里叽叽喳喳地议论了起来。除了那一次之外，这些男生总是很成熟的样子。而他们今天缺席，不过是中国人对公家机构典型的不信任。

比较起来，现在四周的脸孔都是孩子气、没自信。全是些老弱残兵，既不够热血激昂去参军，又不够机变百出能到亲友处避难。一行人走下长长的斜坡路到城里，很少听见交谈声。琵琶倒是紧张，他们占住了马路中央，又是这么浩浩荡荡的一大群，万一有飞机出现，是再清楚不过的靶子，虽然有空袭警报也总是迟一步才发放。

过往行人都猛回头再看一眼这群穿着运动衣的垂头丧气的男孩子。有一次他们不得不让到路边，给一队戴贝雷帽、着卡其短裤的中国军人通过。他们是谁？香港的军队向来是杂牌军，却见不到中国部队。看他们戴贝雷帽，琵琶还以为是安南人。这些军人黝黑矮小，可是安南人更黑更矮。她倒不想到过中国士兵在香港有多么地异样。难道是中国志愿军？她总觉得志愿军更应像是三教九流都有的大杂烩。这些矮小的人精神昂扬，挥动着胳膊腿脚，整齐划一，同唱诗班的女生一样，而且高矮也极为一致。他们若是正规军的话，这一向都蛰伏在哪里？难道真要为英国而战？大学男生队里也有人迷惑地嘀咕。"是警察。"有人说。有人说不是。

雪厂街的政府仓库前有苦力在给卡车上货。一个马来男生同另一个说话，特有的海峡殖民地英语总给每个句子缀上个问号：

"看那么多箱子，里头不知还有多少，堆到天花板上喽。Man，他们收藏得很丰富。英国志愿军吃得到罐头牛肉、罐头火腿蛋，还有罐头布丁。喝茶还有炼乳。中国志愿军只有苦力粥，等到上战场，中国人倒在最前线。你知道是什么原故？他们可不想梭光了英国部队。Man，那些家伙这下子可后悔参军了吧。他们说连一个罐头都不看见，那干吗不告诉他们不干了？不干了。"

从城里大队又顺着电车道走向快活谷①。琵琶始终觉得快活谷之名取自快活谷墓园,诡异了些。墓园再漂亮,中国人也宁可避而不谈。碧绿的山上嵌满了白色的墓碑,从大道一路伸展到晴空里。墓园门口挂了一副半通不通的对联,内地人讥之为香港华侨风:

"此日吾躯归故土,

他朝君体亦相同。"

幸灾乐祸的口吻倒是琵琶生平仅见。果真没错,空袭警报响了,像大天使加百列吹响号角,大队人马皇皇作鸟兽散。她跟着一群人躲进了对过的防御工事,混凝土亭堆叠了沙袋。混凝土掩体半遮住了前方,她隐隐然觉得熟悉,猛然恍悟,就像是白幡,只不过是白茫茫一片,没写上字。躲进这里来似戏剧性的,使她想起了京戏中旦角躲进路旁长亭避雨,顿觉有必要守礼,如戏中人一样背转过身去。一个学生同卫兵谈了几句。年青的卫兵臂上别着志愿军的臂章,倚着堡垒,望着外面,眼中精芒绽放,琵琶觉得是惊怖恐惧与身肩重责大任的光芒。战争尚未流血,还没有毁了他的热忱。香港没打过仗,连割让了香港的鸦片战争也没波及过。炸弹落在附近。一个学生问他可能炸了哪里。卫兵不知道。

过后半晌都没有声音,鸦雀无声。卫兵颓然坐倒在沙袋上。琵琶也坐在一个粗糙的褐色苎麻袋上,很像米袋,可是比较凉、比较重,时间越长越觉得凉觉得重。轻软冷冽的重量从她身上一点一滴拉开,开头还新鲜,渐渐潜入了大地深处,这是百无聊赖的

---

①香港地名,英文原名是 Happy Valley,中文名为"跑马地",坟场的正式名称则为"跑马地坟场"。

战争中唯一的真实,并不比在报上看到的描述震撼。

好容易解除警报。到了民防总部就像学校注册,人人写下姓名、科系、班级、宿舍名,分到一顶钢盔。

有的男生说:"坐电车回去吧。"大队人马一哄而散。

琵琶登上双层电车。电车摇摇摆摆,不改平日的悠然,铃声叮铃铃,连拱式老商店街的楼上洋台与车齐高,仍旧晾着衣服,仍旧摆着无处不可见的蓝磁棕榈和橡胶树盆栽。电车徐徐而行,琵琶也吊着一颗心。果不其然,堪堪过了两条街,空袭警报又呜呜地响了起来。电车停下。人人仓皇下车。她和一男一女躲进小巷里一户人家的门洞里。更多的人飞奔而来,挤得他们贴着老式的铜环黑叠门上。她越过层层的肩头望出去。冬天久未经水的头发与身体发出头皮屑的气味,还有日日夜夜穿了几个月不换的衣服外头的布料和内里的棉胎散发出微微的湿冷的味道。不知道有的人兴奋得说笑着什么,感觉这么地近,却完全听不懂,委实是异样。空荡荡的大街上只有电车文风不动,衬着日落的太阳显得很大。电车是个屋子骨架,漆着绿色,像条漂亮的虫,电车里是闪亮亮的锈红色,像西瓜子。电车上层沐浴在阳光下,壁上顶上的每一片板条都清清楚楚。一排排空座椅使人想起暑假的教室。阳光过处,红色窗台丝缎一般亮泽。我倒愿意住在里面,她想。像军营,夏天很热,可是还不错。飞机出现之前的那一刻像是某个漫长的浪费了的下午,有一种深深的平和。

飞机蝇蝇的在顶上盘旋,绕了一圈又绕回来,像牙医的螺旋电器。等着看牙的时候最好是看着窗外的一点,所以她继续看着电车。万一城里炸毁了,她要住在电车上。孜孜的声音直挫进脑袋和牙根里。轰的一声爆炸。

"摸地①!摸地!"有个一脸爱吵架的黑眉青年用广东话大声喊着大家趴下,衬衫领子不扣。随便一群广东人里约摸就能看见这么一个人。

每个人都辛苦地挪出位子来蹲下。

"低一点!低一点!"发号施令的青年又喊道。

琵琶缩头闭眼,想把整个人都缩进钢盔里。金属的嗡嗡声钻得她牙根也酸。蓦然间,钻子一个打滑,脱了轨,擦上了磁器和神经,吱吱的刺耳。飞机发狂似的从高空斜斜俯冲而下,摩擦一条生锈的轨道。

轰隆一声!紧接着七嘴八舌,喋喋不休,可能是说好险,总带着笑意。她和香港人是那么陌生,现在却要同生共死。

"摸地!摸地!"

轰隆!

"摸地!摸地!"

轰天震的一声响,整个的世界黑了下来。阒黑的真空中人体不再挤挨着她。她害怕去感觉,唯恐发现她不存在了。要是睁开眼,会发现眼睛早已睁开,只是盲了。痛苦会爆裂,洒她一身,因为断了手脚。让它睡,别惊扰了它。她等候着,绵绵无尽的黑暗空间一一走过。末了,她徐徐从钢盔下抬头看,检查全身,找回每

---

①广东话是"踎低!踎低!"琵琶不懂,以为是"摸地"。

一处肢体。其他人也骚动了起来。对街传来喧嚷。

"落在另一边上。就在对过。"两句话口耳相传,"好大的一个洞,就在对过。"

两人抬着一个男人过来,一个架着他的腋窝,一个抬他的腿。

"受伤了。"躲在门洞里的人说,"有人受了伤了,伤了腿。"

"应该送他进屋里。"刚才喊着要人摸地的急公好义的青年道。

众人纷纷让道给他去那户铜环叠门的人家拍门。

"开门,"他喊,"开门。有人受了伤在这里。"

伤者送过来了,似乎不惯这样的注目。年青的脸歉然笑着。琵琶未免惊异,这样子的时候他还不脱中国人的礼貌。她没看见他的腿,也许是她看得不够仔细。

"开门啊!"好几个人帮着拍门叫门。

"嗐,怎么不开门啊?"急公好义的青年恼火地说,"这些人。真没人心。喂,开门啊,有人受伤了。"

"他们怕打劫。"有个人说。

好容易门才开了一条缝。先是跟一个拖着辫子的老妈子一番口舌,再换老妈子同不见人影的主人请示,听起来也像是吵嘴,末了老妈子跋着木屐让开了,让两个人抬着伤者进了小院。琵琶瞧见一排架上搁了许多的蓝磁盆的棕榈和橡胶树,但只够看一眼,门又关上了。

轰炸换了地方。琵琶搭同一班电车回家。在斜坡路上走着,她猛地想到都差点炸死了,也没有谁可告诉。比比走了。非仅是香港,而是在这个世界上,有谁在乎?有幸不死的话,她倒愿告诉她的老阿妈。她回乡下之后就没了消息，琵琶也没写信，觉得亏负了她，没能帮上她的忙。将来她会告诉珊瑚姑姑，不过姑姑就算知道她差点炸死了，也不会当桩事。比比倒是会想念她的，可是比比反正永远是快乐的，她死了也一样。

她在门口告诉了多明尼克嬷嬷，"回来路上一个炸弹就掉在对街。"

"啧啧。"多明尼克嬷嬷道，紧蹙的眉下两眼往上抬，"嗳，什么时候发口粮啊？"

"不知道。还不晓得什么时候开始工作呢。"

"莲叶走了。"

"喔？她走了？"

"是啊，童先生来把她接走了。"

我们可真不愧是外地人，琵琶心里想。我、宝拉、莲叶，尽自不同却都是大陆来的，没有一个想牵连进战争里。莲叶就连走也走得拐弯抹角。我喊她的时候她还在。说要去注册，可能已经打电话给童先生要他来接了。宝拉加入志愿军是为了学籍。就只有我一个笨蛋是非自愿的志愿军。

她到大学图书馆报到，本地民防总部由化学教授林先生主持。是个瘦小活泼的广东人，在空荡宽敞的阅览室一隅设了张小课桌，一根指头啄着打字机。

"你是沈小姐。"他以英语说，一面参阅备忘录，"好，你会不会打字？"

"不会，可是我写字很快，笔记记得很好。"她急切地自荐着。

他摇摇头,"啧,可惜。我要个秘书,他们跟我推荐你,因为只有你是女孩子,室内工作比较安全,总比在外头在炸毁的房屋里戳戳捣捣救人要强。其实我最需要的是打字员。"

他伸手按住电话,却没拿起来。两根指头在桌上敲。

"真是为难。"他半对自己半对琵琶咕哝道。

她心平气和等着,决心不介意他那种使人难堪的苦恼。

"你完全不会打字?用一根手指也不行?"

"不行,而且打得很慢。我宁可写字。"

他没言语,低头又回去打字。打完了一张纸之后,交给她一本练习簿、一支铅笔、一只闹钟。

"每页都做上栏位,记下每次轰炸、空袭警报、解除警报的时间。"

她不懂为什么。难道日本人这么笨,明天还是这时候来,按时报到?

等着敌机来袭,她在图书馆架上浏览。运气真好,分派到这里,像孩子进了糕饼店。图书馆靠宿舍也近。俗话说大难不死必有后福。她找到一本十七世纪的中国小说,心里一跳,她一直都想再读一遍。这本小说不算有名,当初丢在父亲的房子里,此后别处见不着。商务印书馆发行了一套四册的新版本,她自己掏钱买了一套。很大方地把一、二册给了弟弟,自己留下三、四册。她始终良心不安,没能为弟弟多做点事,喜欢记得少数对他好的几次。她其实也不介意从中间看。在众多小院里摸索,逐渐辨认出隐隐绰绰的脸孔。有时她对某个人物形成了一个看法,看了前两册才发觉是错的,她只觉欣喜,能重新认识这个人物。再自始至终以新的喜悦体验一次。这时见到这本书有如他乡遇故知。一开始她就站在架前读,读着读着胆子大了,带到桌边来读,练习簿与铅笔搁在右手边,枕戈待旦。她一口气读完了第一册,头也不抬。小说内容已经半生不熟,正好温故知新。

空袭警报响了,又吼又喘。

"你可以下楼去。"林先生道,"先把时间记下。"

"我要留在这里。"她道。

"好吧,其实用不着,大家都下去了。我在这儿是要接电话。"

她留下了,却忘了把时间记下。

晌午,有个腼腆娇小的戴眼镜的女人为林先生送午饭,装在网袋里,盘子罩着,后面跟着一个老妈子,捧着一个小铝锅。

"这是内人。"他说,"沈小姐是来帮忙的。"

林太太向她点头,清出课桌上一块地方。老妈子布好匙箸,帮他添饭。

"你吃过了?"他问他太太道。

"吃过了。"

"你不用跑这一趟。"他压低了声音,微锁着眉头,眼睛看着地下,拿起了筷子。

她含怒看了他一眼。他不做声了。林太太让他一个人吃饭,过来找琵琶闲谈,先讲广东话,又换成流利的国语。等林先生吃完了饭,她帮着老妈子收拾。

五点零五分,他告诉琵琶可以下班了。她走着斜坡路到宿舍,小径在松树、杜鹃、木槿丛间迂回，路上坑洞极多。炮弹飞过来，尖溜溜一声长叫："吱呦呃呃呃呃……"偶尔嘶嘶叫着落在左右两边的沥青道上。可是她只知仓皇赶路，一个炮弹也不看见。她在充斥着声响的世界里攀爬。别的都不存在，唯有声响，排开声响穿过去就和排开杂树丛穿过去一样难。她只看见笔直的前方，乱蓬蓬的黄草，小径在这里接上了马路。一踏上平坦的路面，呼吸就轻松了。马路上并没有飞来飞去的流弹网。第二天早上仍是一样，在"吱呦呃呃……"中她一路奔下山，抓紧了瑟雷斯丁嬷嬷做的三明治午餐。下午回去情形依旧。真像是某个热带国家的土著职员，必须穿过蟠结错杂的丛林方能到达上班的地方。差事倒是愉快，就是上班途中不太顺利。

有一天林太太与老妈子合而为一。琵琶又看了一眼。没错，是林太太穿着老妈子的衣服。

"阿金呢？"林先生问道。

"在家里看家。"

"嗳呀，怎么不让她来？我要你别来了。受伤了可怎么好，就你一个人。"

她一言不发，摆好了饭菜。又在琵琶身旁坐下来，解释为什么这身打扮，显然也有些难为情。

"现在大家都跟老妈子借衣服穿。"她低声道。

"是怕日本人来？"琵琶也低了低声音，心中闪过恐怖与认知，古老的战争故事都活了过来。

"还不止。日本人还没来，趁火打劫的倒先乱起来了。黑衫。"

每说一句就微点下头,她撮起来的小嘴似乎限制住,一会儿上一会儿下。"黑衫"是广东话,指的是地痞流氓。琵琶本来以为广东人都爱穿黑的,原来竟是地痞流氓的标帜。

"真的?你觉得很快就会有人洗劫了?"

"谁知道?商店全都关了,就怕打劫。连米都买不到了。"

"这么快?"

林太太掉过了脸。她打击了民防总部的士气。她好似总会落入这类的谈话陷阱。觉得有解释的必要又勾引出另一个解释的必要。

"不知道怎么回事,坐在家里等,家里又没有男人,实在怕人。林先生就是傻。"她淡淡笑道,透着妻子的贬抑,"他其实不犯着接这个位子的。"

"是大学堂要求他接的吗?"

"现在当然是需要壮丁,可是我们又不是英国公民。中文系里就没有人做战争工作。偏是他,"她下巴一抬,朝林先生动了动,做出冷笑的神气,"日本人一定要打,在哪里打都一样。"

"好了。"林先生对着太太皱眉,火速吃完了饭。"可以回去了。待在家里,别又出来了。"

"什么时候发口粮?"多明尼克嬷嬷问琵琶。

"快了。"

"院长要我们关闭宿舍,尽快回修道院去。"

"听说要给志愿工煮大锅饭,还许要筹备一阵子。"

"我跟你说。"多明尼克嬷嬷把嗓子放低了,又带着神秘的神气,像藏了什么好东西单给你一个人,"到循道会去,就在山脚下,上班方便得多。"

"我不能跑去白住啊。"修女的意思难道是免费的？

"可以，就跟他们说你是大学生，家不在这儿。安洁琳也在那儿。"

"是吗？"

"是啊。到循道会去找穆尔黑德小姐，她会收容你的。"

去了就成了受施舍的案主，琵琶心里想。等他们要我走，我还能上哪儿去？

"我们的行李呢？"

"暂时先存放在这儿。花王会留下来看房子。"

"我先到循道会问问。"

穆尔黑德小姐很干脆，说可以住，却不供三餐。琵琶再三保证大学会提供三餐，当天就搬了进去，只带了仅存的几片饼干。头两天安洁琳对她很不自然，毕竟她从宿舍搬出来的理由是生了病。琵琶一个人住一间房，安洁琳与一个尤小姐同住，有人照应。尤小姐五十来岁，是个瘦小的教员，带着职业基督徒的亲切。她是厦门人，与安洁琳是同乡，安洁琳是福建移民。

"要不是尤小姐，我都吓死了。"安洁琳同琵琶说，"她对我真好。像这种时候，有个人什么都知道，你也安心得多。尤小姐——见过世面。"她喃喃说完，忙忙别过了脸。

琵琶一听就明白了，尤小姐又跟她说了更多的凌辱强暴的事，吓坏了她。可是尤小姐尽管淡淡的，显然下定了决心要保护安洁琳，不让她受日本人的折磨。琵琶搬进去的头一天就到她们房间去打探消息。尤小姐坐着织什么，只偶尔说句话看一眼，对安洁琳显然有慈母的感情。看见琵琶进门，她只闪了闪笑脸，便冷冷的。琵琶也没敢多坐便狼狈离开。她很快就明了在这栋老旧的屋子里人人都保持距离。她始终弄不清谁住在这里，住了多少人。多半是教会的全体人员或难民，当然没有男人。中国的宿舍不像这里安静。没有人使用厨房，总是清锅冷灶的。现在限制用水，每天供水几个钟头，细流一样，可是没有人为用水争吵。人人都关在房间里。唯恐有了交情，贴隔壁出了事，像炸伤了、挨饿、急病，要袖手不管会不好意思。基督徒讲博爱，让他们多了几层顾虑。穆尔黑德小姐从不上楼来，琵琶在走道上碰见过她几次。她身量高，鼠灰色头发，神情望之俨然，使人不敢亲近。说句"早安，穆尔黑德小姐"琵琶便低敛眼睛，匆匆走过，露出淡淡的笑容，以示尊重她这个主人。和善慈祥的同时又要划下界线，真是奇窘。琵琶恨不得能跟她说不犯着。她不是教友还能住在这里，已经是十分厚待她了。

循道会的浴室是一个幽暗的小房间，只装有一只水龙头和灰色水门汀落地浅缸。有天下午琵琶刚回来，拿漱盂接水来洗袜子，为了省水。安洁琳闯了进来。

"嘿，你听说了没有，布雷斯代先生死了。他不是教过你？"

"布雷斯代先生？死了？"琵琶惊声喊道。

"是啊，打死了。"

"打仗打死的？"

"不是，他正走路回学校，站哨的卫兵问他口令，他没作声，卫兵就开枪了。"

琵琶知道真是这样，还是忍不住抗辩："怎么会呢？他怎么会没听见？"

"一定是在想事情。"

两人目瞪口呆看着彼此。

琵琶自言自语道："不管有没有上帝，不管你是谁，停止考试就行了，不用把老师也杀掉。"

安洁琳走后，她继续洗袜子，然后抽噎起来，但是就像这自来水龙头，震撼抽搐半天才迸出几点痛泪。布雷斯代先生走回学校的时候心里在想什么？战争吗？他倒许不像她一样讨厌近代史，可是历史却潮涌上来，包围住他，切断了退路，他的书、古董、男厨子、孤立在滔滔的海湾的白屋子，都够不着了。死还不行，还得让他死得像笨蛋？起码让他死在战场上。即使他不信这些，他究竟是英国人。

现在他不会知道她的功课落后了。真不知道吗？他的脸孔立时浮现心头。他在课堂上提问，跳过她，让别的同学有机会作答，一个个点名，末了放弃了，认命地说："沈小姐？"但琵琶也同别人一样笑着摇头。他磁器般的蓝眼睛跳入了懊恼的神气，厉声喊下一个名字。他知道。即便是现在，她半闪拒这个想法，冰冷狭长得像条鱼的影子，他也知道。她大声质问自己：他知不知道有什么相干？她总算知道了什么是死亡，所有的关系都归零了、虚无了。两个人才能发生关系。现在只剩她这一边迷了路，落了单。

她回房去，将袜子挂在椅背上。天色就要黑下来了。没有电灯，

223

每天都结束得很缓慢、很不吉利。日本人像养成了习惯,每到这个时辰就开始轰炸。又来了。她坐在半黑暗中,耳朵不听。

砰!声音很响,并不是最响的一次,像是捂住了。她突然在椅子上动了,吓得一颗心跳到了嗓子眼。什么冰凉凉的东西碰在她后腰上,是一只湿袜子。有什么骚动,屋里某处微微地喧嚷。她站到楼梯口去。安洁琳在底下同老妈子说话。

"安洁琳,怎么了?"

"我们被击中了。"

"击中了哪儿?"

"说是屋檐削掉了一个角。"

几个女人下楼来,竞相说着她们房间那边的情形,七嘴八舌询问老妈子。

"还是楼下安全点。"尤小姐道。

琵琶跟着大家躲到漆黑的客室里。默默围绕油布面餐桌而坐,举行降灵会似的。琵琶一个人又出去,坐在楼梯上。

门铃响了。

"边个?谁啊?"老妈子贴着门喊,开了一条缝,看了一会儿,转头高喊:"吴小姐,你哥哥来了。"

安洁琳从客室出来。她哥哥就站在门边。两人长得很像,他比较结实,年近三十。

"快跟我来,这里危险。"他说。

"上哪儿去?"

"到我那里。"

"要过夜吗?"

"看情况再说。"

"他们不准的。"

"不要紧,走就是了。什么也别带。"

"琵琶,要不要一块去?"

安洁琳的哥哥朝琵琶点头,"一块来吧。"

琵琶只迟疑了一秒钟。能走算运气好。

"不用带什么,外头不冷。"他说。

"不远,就在附近。"安洁琳说。

"那里是男生宿舍最矮的地方。"他说。

三人齐步走,山坡路两旁的草木郁郁森森的。大树上下遍缀着车轮大小的朱红色圣诞红,扁平的艳红很不真实,瞪着灰灰的黄昏。马路开始往上斜坡。偏在这时候,炮弹来了,悠然划着长长的弧,"吱哟呃呃呃"一声长叫。锥耳朵的高音像放大了的蚊蝇嗡嗡声,是钢铁链的假嗓,打算唱个通宵,还在最想不到的地方陡然降几阶,猝然停止。安洁琳的哥哥一手拉住两个女孩的手,跑了起来。琵琶想要笑道:"快转回去吧。"只是现在连转头说话都顾不上。可是她脸上的笑意却定在那儿了,要保持笑脸太吃力,抹掉笑容更吃力。三人在颠簸的旧沥青路上疾奔。真像是顶着风爬山,身上却不着片缕,赤裸裸、软嫩嫩的,要在隐形飞虫的交叉密网中杀出条生路,网子厚得像密密层层的枝桠鞭打着身体。我是怎么跑上来的?琵琶也纳罕。

小径爬升,两边的山坡也陡地往下掉。山上的天色倒像白昼,她越发觉得暴露，又冷，又喘不过气来。然后手上一扯，她往下就倒。三人险些带累着彼此跌下山，安洁琳蹲在地上同哥哥讲福建话。别省份的人都管福建方言叫"鸟语"。她那连珠炮似的叽叽喳喳更让此时此刻添了不真实性。琵琶木木地立在一旁，听见安洁琳掉过头来喊：

"帮我把他拉上来。"

他的身体很沉，又呻吟得厉害，实在不知道该怎么抓他而不弄痛他。琵琶努力扶他站起来，却像是做了场梦，意识倒极敏锐，知道自己的身体像是朝四面八方扩展开去，捕捉每一个弹片，软绵绵地等待着。她极力伸展去拦下炮弹，是微光中软软的扇贝墙，有些地方稀薄成一张肉网，一场雾，每一个金属飞过就招展波动。现在换她们两个女生搀扶着他，将他夹在中间走。她的身体一边紧挨着他，享受着安全感，暖意像麻药一样弥漫开来。身体的其他各部都清醒着，等待着穿孔刺伤，被浇上一盆冰水，像在打针前先用酒精擦过。

三个人趔趔趄趄地前进。小径转弯，地势平了，穿过草坪，两边长满灌木丛。炮弹仍是追着他们，"吱哟呃呃呃……"琵琶钉着地下看，怕在渐浓的夜色中绊倒，又得再费劲把安洁琳的哥哥扶起来。好容易走到了红砖大门前，一步一顿上了台阶，到了回廊上。

"有人在吗？"琵琶高声喊道。

屋里黑魆魆的。她腾不出手来开纱门，于是又喊：

"这儿有人受了伤！"

话声甫落，安洁琳哭了起来，又和哥哥讲福建话。一个学生出来了，接着出来了更多人，把她哥哥扶了进去，在餐桌上铺了床毯子，让他躺下。打了许多通电话才找到一辆车，将他送到玛丽皇后医院去。一个钟头之后汽车才来。安洁琳陪着他。琵琶自个回家，那时轰炸也结束了。

当晚安洁琳没回来，也是在意料之中，开战后就很难叫得到车，公共汽车也挤不上。第二天早上琵琶回到自己的空袭里，她应该记下时间，与古代的钦天监官员记载地震一样，而在大理石面的图书馆中文区，方圆几里几乎是一样地漂亮荒僻，却不太可能像老北京的皇家天文台。她坐在林先生斜对面，读她的十七世纪小说，希望能在死前读完。砰！震天的一声响，像是击中了房子。地板都震动，有碎玻璃落地声。碍于礼貌，她尽责地抬头看。林先生文风不动，凝神细听屋顶平台上的守卫传来的微弱吵嚷。其他男生正朝上吆喝。

他站了起来，琵琶也尽责地跟着他出去到楼梯口上。

"怎么回事？"他朝着在穿堂乱转的男生喊道。

"不知道。"有一个说，"我从外头往上喊，看不出上头怎么了。"

林先生拾级登上往屋顶的楼梯，走了一半。

"出了什么事？"他朝上喊道，"有没有人受伤？"

海峡殖民地的英语口音断断续续吼了起来。

"好。"林先生也喊回去，咧齿而笑，"大家都没事吧？防空炮呢？……就这样？好。"

这还是她头一次听说屋顶有防空炮，难怪炸弹和炮弹越落越近。又来了，啪哒哒哒哒，先前她还不知道那是什么声音，原来是防空炮，可惜没用处，只像布篷被风吹得乱响。她满腔的恼怒，气得想哭。防空炮什么也打不着，只招苍蝇似的招来飞机。像在梦里，她戴上一顶帽子，却变成了马蜂窝。香港的人都得冒生命危险，可是这也太不公平了。真像你福大命大，逃过了一次两次，正觉得自己有神功护体，下一瞬一个不留神就让老天爷收走了。还死在最不适合死亡的地方，飘送着书香的阳光灿烂的大屋子，使她想起了北方的家与上海的家。那些年的阳光包裹住她，免于伤害。

"时间记下来了吗？"林先生在回房间的时候问。

"嗳呀，我忘了。"琵琶心虚地说。

他伸手去拿铅笔和练习簿，"你一定得记得。每次听见空袭警报，就得把时间记下来。上一次是什么时候响的？半个钟头前吗？"他看着时钟，钟停了。她忘了上发条。

林先生不作声，半晌方道："你要不要出去工作？"

"你的意思是当常备的防空员？"

"是啊。"眉下的眼睛往上抬，表情快活。

"我可以试试。"她满怀希望地说，想着终于能逃开防空炮了。

"你这地区熟不熟？"

"不熟。"

"要是迷路了可以找人问路。"

"我不会讲广东话。"

换工作的事他也就不提了。

砰！声音像擂动大铁桶，与宿舍头几天的轰炸声两样。砰！砰！重重的左右两拳，刻意痛打柔软的大地，又像是没人注意给惹恼了,狠狠拣着要害下手,砰的一声!地板都震动,她却不动。死亡,不再存在,究竟是什么?就个人的自我来看,委实很难想像。子曰:"未知生,焉知死?"失去生命,她失去的是什么?也许是活下去的机会吧。可是活下去的机会不等于生命。生命没有近似的东西。小时候她想要无穷无尽一次次投胎,过各种各样的生活。变作叫化子也不要紧,变作猪难逃一刀也无所谓,总也有时候是美貌阔气的。是她懂得了生趣,上瘾了?还是仅仅是盲目的贪婪?她真正活过吗?太多的事情总是不请自来,没有她特别称心的,也不是她自寻来的。尚未长大成人的人多半就是这么不幸?太多事情,却又一无所有。

林先生停手不啄打字机了,转过脸来翻开练习簿。

"几点解除的警报?"他看看手表,大声判断,潦草记下:"现在是四点十一。过了五分钟,应该是四点零六。"

十五

她在循道会拿旧的画报杂志当毯子盖。杂志冰凉又光滑,只要不滑下地,还是可以保暖。每天早晨她从法式落地窗出去,到洋台上做运动。围城中的香港在黎明的晨雾中灰濛濛的、扁平平的。几只公鸡报晓,啼声稀薄,像给什么闷住了,倒像微弱的咪咪叫。从这里看城中比在山上看要近得多,也肮脏得多,破败得多,像一片断井颓垣堆出的大海,朦朦胧胧苏醒过来,却还在装死。满目疮痍的感觉,使她缩回了自己,求取保护,觉得自己是贞洁良善的,因为把自己照顾得很好。深深地弯腰,触碰脚趾十次。

有天傍晚她听见比比喊她的名字。她跑到楼梯口,难以相信,看见比比拿着只蜡烛上来了,穿着起绉的灰色制服。

"你看我多好,走了这么远的路来看你。"

"嗳,你真不该来的。你怎么知道我在这里?"

"我打电话到修道院问的。"

"你分配到哪里?"

"城中,中环街市过去。"

"你一路走过来的?"

"现在没有公共汽车了。"

"嗳,你真的不用跑这么一趟。"

"我来看看你好不好。"

"我当然不会有事。"

"吃过饭了么?"

"我今天一整天还没吃东西呢。"

"什么,你不是有口粮?"

"还没发,总是'快了,快了'。"

"又是官样文章。教会这里不给你们吃的么?"

"不给,我一搬进来他们就挑明了不管饭。"

"早知道我就把晚饭带一份来。"

"你既然来了,索性同我说哪里买得到饼干花生什么的。"

"商店全关了。"

"我知道,你当然知道哪些地方还买得到东西吧?我这里有两块钱。"

"钱留着。"比比立刻说,做生意的本能生了义愤,"贵死了。"

"可是明天还是不会发口粮。"

"你真的很饿?"

"倒也还好。"她仓促加上一句,"其实一点也不饿。就像早上没吃,中午也不饿。"

"断食其实对生理系统是有好处的,我们在斋月也都断食。"

"我不怕,没听说有人饿死。要饿死至少也得几个月不吃。"

"你要是真能再忍两天的话,"比比略顿了顿方道,"就再等一等,因为我确实知道你们就要发口粮了。"

两人在房里坐着聊天,把蜡烛吹熄了。

"我得在这里过夜。"

"太好了。"

"睡这儿行吗?"

"没有毯子。你不介意吧?"

"我去找找。我刚在楼下跟莉拉讲话,那个印度女孩。你知道她也是大学学生?"

"知道,我还纳罕她怎么不用去报到呢。"

"她在交换台那里。我没看见安洁琳。她哥哥的事真可怕。"

"那天我也在。"

"我知道,莉拉跟我说了。看见伤口了吗?"

"没有,幸好我不用看。"

"你说的也对。"

"真希望仗快点打完。"

"你宁可让日本人进来?"

"怎样都好,只要快点结束。"

"日本人来了你还是会送命的。"

"说不定,可是再拖下去,迟早也是丢命的。"

"我懂你的意思。"比比喃喃道,不让她再往下说,"我在急救站也看多了。中环街市被轰炸了。我跟自己说:这下子你知道人命是什么了吧。我这样说不定有点变态,好像人命就是这样。"

"你看见了什么?"琵琶小心翼翼地问道。

她嘴里像含着什么,模模糊糊一语带过,"恐怖的事情。断手断腿,骨头戳出来,肠子淌出来——"

"别说了,我不想听。"

"好吧。"比比干脆地说,燃亮了蜡烛,"莉拉的房间往哪走?"

"不知道。到后面看看。"

"莉拉!"她扬声喊道。

她找到了莉拉,莉拉知道有个空房间,里头可能有被褥。比比拿了条灰色军毯回来,进房时吹熄了蜡烛。

"我要睡了,天一亮我就得走。"

"最近我也睡得早。灯火管制也没办法熬夜。"

两人盖一张毯子,都有点难为情,不敢靠得太近。粗糙的毯子,光秃的床垫,琵琶的腿碰到比比的大腿,很凉很坚实。她习惯了自己的腿长,比比的腿感觉有点异样。也许是饿的原故,她联想到田鸡腿,小时候在天津常吃红烧田鸡腿,老妈子帮着用筷子把肉拆开,老说吃田鸡腿罪过,跟吃人腿一样。尽管她很喜欢比比,这时也难免有点反感。比比也并不同性恋爱,即使两人身体接触引她反感,她也跟琵琶一样掩饰得很好,没往回缩。两人都没说话。空气中有股禁制,末了琵琶听见比比的呼吸均匀,知道她睡着了。毯子的温暖与人体的热气也让她迷迷糊糊睡了。

东方才现鱼肚白,比比就走了。办公室里没有人听说发口粮的事，琵琶回去后又找莉拉问消息。住在循道会的人变得比较熟，至少在安洁琳的哥哥死后话变得多了起来。震惊于噩耗，又气愤竟有人不顾她们的死活，自顾自逃走，结果报应来得又快又毒，搅乱了教会里这一池死水，掀开了话匣子。莉拉就是循道会的基督徒，从印度来香港念书就住在自己的教会里。矮矮胖胖的，扎着辫子，褐色的脸孔轮廓分明，斧凿的一样，穿着印花棉洋装。开战之后她就学着当电话总机。负责战争工作的教授使大学的线路忙得不得了。医学系的教授素来就以粗鲁而闻名。

"要他们等，什么难听的话都出笼了。"莉拉说，"我听都没听过。"

"既然是教授在负责战争工作，为什么不想法子喂饱学生？"琵琶问道。

"谁知道？要是总机插嘴问什么时候发口粮，你想他们会怎么说？"

琵琶能谅解英国人要尽可能省俭，说不准这一仗要打多久。何况她也不看见有人挨饿。大家似乎都有办法能弄到吃的，也许不多，一筒饼干却不难。她自己什么也没有，也得秘而不宣，不然说出来倒像乞食似的。

开战后她就没和张氏夫妇联络，不想麻烦人家。他们帮她母亲已经出了大力，可别让人家以为又给她讹上了。他们住在铜锣湾的公寓。那天晚上她打电话去，还许能从他们那里打听到何处能买到粮食。

电话是他们的广东老妈子接的。

"先生和太太不在,去了浅水湾了。"

"浅水湾饭店?"

"对。我是留下来看家的。"

浅水湾的麻烦还不够多吗?为什么他们会觉得浅水湾安全?孤悬在海岸线上,倒许还是敌军登陆的第一个地方,饭店里挤满了有钱的观光客也让劫匪觊觎。当然这都是她的假设。张先生一定是听了外国朋友的建议。说不定饭店就像北京城的外国公使馆一样是庇护所。

她到走道去装开水,很高兴五斗柜上的热水瓶是满的。她装了两杯半,小心别喝干了,等穆尔黑德小姐要开水,急促间没水可喝,惹恼了她,指不定就不供应开水了。她到厨房把杯子洗干净才放回去。晚餐时间到了,食物却没着落。清锅冷灶的。教会的老妈子坐在中央的灯泡下,伛偻着念她的小字《圣经》。灯光昏暗的房间像无人使用,散发出仔细擦拭过的气味。琵琶想:一旦没了食物,看我们是多么地井然有序、多么地纤尘不染、多么地高风亮节。

她上楼去,喝的热水让她暖烘烘的,肚子也填满了,她并不怎么担心。心底总有个感觉,口粮这件事要说有谁可以信任的话,信任英国人准没错。

"英国人做这种事最拿手。"她母亲有一次说过,当时她问到英国念书,万一遇上了打仗怎么办。

第三天她枵腹从公,觉得头轻飘飘的,身体空落落的,有点累,像是热水澡泡太久。沥青路陡降又陡升。有段斜坡是土石路面,她半溜半擦下去,然后又爬上石阶,在树林里穿梭,倒像走在杭州的山上。今天往事变近了，因为现在越来越薄。好了，别虚浮浮地穿来绕去了，她命令自己。珊瑚姑姑有次略带厌恶地说："没有人真的喝醉。只是演戏，藉酒盖脸。"她这是经验谈，她自己就会喝酒，但只限筵宴。琵琶自觉也在表演晕眩虚弱，是因为该有这样的感觉了。其实她还好，只有晚上胃微微抽搐，但一会儿就过去了。必定是领略了挨饿的滋味让她太得意的原故，得意也就把饥饿感给压住了。她没挨过饿吗？有的，只不过是胃口不好。她笑着想起住天津那时吃午饭，是听着轧棉磨坊的午餐钟开饭的。"老虎吼了。"老妈子都这么说。

"怎么吼得那么响？"她纳罕地问道。

"是一只很大的老虎。"她们说。

"有多大？跟房子那么大？"

"还大。"

漫长嘹亮的吼声过后不久，她的老阿妈就上楼来，端着托盘，将椅子扶正。她和弟弟把椅子倒扣过来，假装是汽车，驾着上战场，是吉普车的先驱。今天早晨童年不时浮上心头。让她的得意自满有恃无恐的是她母亲的说法，饿两顿对身体很有好处，不吃比多吃要强，而且医生也说中国人米吃太多把胃撑大了。

"林先生，今天会发口粮吗？"她在办公室问道。

"不知道，没听说要发口粮。"他道。

她将四册小说都看完了，当初还怕没命能读完，现在却找不到架上还有什么有趣的书。心里那空空的茫然摆脱不了，就连空袭也不行。

晌午她等着总部派来的信差，可能是一麻袋的面包，她不知道口粮会是什么。一杯米也行，可以在循道会的厨房煮。

有个学生伸进头来。

"有口粮吗，林先生？"

"我一点也不知道。"

"大家都在问。"

"真要送来了，绝不会少了你的。"

林太太进来了，朝琵琶点头，网袋里提着锅，饭碗倒扣在锅盖上。她在林先生面前放下筷子，装了一碗炒饭。炒饭里有蛋，暗红色的小点可能是腊肠或火腿。琵琶在书上读过饿肚子的人看见食物，喉咙眼里就会伸出只手来。她自己检查了一下，没有小手。没错，此时此刻来上一碗炒饭胜过山珍海味，加上了蛋与火腿或腊肠的炒饭更好。她知道让林先生林太太，或是穆尔黑德小姐知道这是她第三天空着肚子了，他们一定会分她一点吃的。等她真的饿昏了，她会开口问他们要，可是还不到时候。她把两眼黏住一本枯燥的书，不动声色。可是林先生清楚她的窘境。他一头吃，脾气很坏的样子，无疑在提醒自己，她这个人不负责任而且一无是处。

林太太伺候过先生之后坐了下来，闷闷的。平常她会跟琵琶谈讲几句，为了冲淡尴尬的空气，琵琶只好先开口：

"林太太，你听说了什么消息没有？"

"没有。"她说，莫名地慌张起来，"没有，你呢？"

"没有，你好像有心事，我以为——"

"嗳，那是当然了。什么也买不到，什么都没了。牛奶也不送了。"她望着空中。又陷入了说与不说的窘迫中,不解释清楚又显得自己傻气,"林先生每天都得喝杯奶,可以通便。"

"嗳呀,那没有了可不糟了。"

"真不知道该怎么办。"她喃喃说道,怜悯地看着丈夫,看着他吃饭。

"再吃一碗?"她小声道,站起来给他添饭。

他恼火地摇头,回身工作去了。林太太有点不好意思,泄露了他的秘密,面无表情收拾东西走了。

回到教会琵琶在楼梯上遇见莉拉。

"听说要投降了。"莉拉告诉她,声音又低又慌。

切除一切悲惨的手术刀终于落下了。琵琶还以为英国人是宁死不降的,日本人想拿下香港少不得一场血战。难怪问林太太有没有消息,她那么紧张。她当然不能说,会打击民心。

"所以今天才没来轰炸?"

"喔,仗还在打。可是已经有投降的传言了。我也不知道。"她又有所保留。

"我们输了吗?"

"没有,听说日本人登陆了两个地方,被我们打退了。我也不知道。"她忿忿地说,撇下不提了。

琵琶刚以为结束了,忽然又明白投降协议也会拖上好两天,日本人占领后又会乱上一阵子。可是既然要投了,英国人自然不会再采取什么措施,像是喂饱民防工作人员。这么一来,口粮是但闻楼梯响,不见人下来。她该怎么办?

她上床睡觉，皇恐得麻痹了。明天她会去张罗粮食，以免以后太虚弱动不了。下山去，到小店去找，看能不能从门上窥孔说动他们开门，看两元三十分能买到什么。下山路上，她看见有人家挖空了房屋的石砌地基，拿旧车库改装成店铺。对过没有商家，大石墙上只见一个大洞，背山面海，易守难攻，倒像预见了有这么一天，提早防备着会有人来抢店里那些走味的饼干。她会说的广东话不多，说服不了他们，他们也不信任外乡人，可是她还是得试试。万一她不在办公室里头，却发了口粮呢？晚点再去吧？天一黑要店家开门就更困难了。

早晨有人敲她的房门。

"穆小姐请你下去。"有人在门外喊。

是教会的老妈子，总管穆尔黑德小姐叫穆小姐。琵琶打开了门。

"有什么事？"

老妈子已经去敲别的房门了。

"每个人都要下去。"她说。

日本人趁夜进来了？还许穆尔黑德小姐要亲口宣布投降的事，要她们预备好，聚集起来，唱诗祈祷，等待日本人来占领？穆尔黑德小姐倒不像是这么戏剧性的一个人。要扫地出门了，琵琶想。前天老房子一角给炸掉了，房子摇摇欲坠。命运使出了最后一击，倒也不是始料未及的事。她穿好衣服下楼去。

已经有人先到了。琵琶跟着他们进到客室，再飘进相连的房间，其他人都在里头等。餐桌摆好了，众人绕着桌子，脸上带着宾客不愿入座的神气。琵琶落在后头，举棋不定。莉拉走上来。

"来，请你吃圣诞早餐。"她说。黝黑的希罗雕像脸孔上挖苦似的笑。她两手插在大学运动外套口袋里，外套敞着，底下是棉洋装，露出了主妇一样的娇小身材。

"咦，今天是圣诞节？"

"你不知道吗？今天是圣诞节的正日啊。"

"都圣诞节了！我都忘了。"她记的只是挨饿的日数。

"来吧。我们请了每一个人。"莉拉说。

穆尔黑德小姐一件开什米尔羊毛开襟衫，一九二〇年代的款式，还很新，忙着最后的摆盘。没有什么圣诞节的装饰，可是刀具、星形饼干、一盘盘的麦片粥、果酱、糖、炼乳，也让人看花了眼。高处加了铁条的窗子斜射进一抹银色阳光，照着餐桌的深绿色油布。宾客都抛下了矜持，找了张椅子立在后面，难为情地微笑着。琵琶搭讪着找话问莉拉，才开口就发现必须要耳语：

"今天是圣诞节？那昨天不就是平安夜了？"

穆尔黑德小姐挺直了腰，微笑看着大家。

"我们觉得应当请大家一道来吃圣诞早餐，今天是救世主诞生的日子。我们希望今天大家都能快快乐乐的。"

她的声口很清楚，只限今天，下不为例。今天没有过去也没有未来。可是在这场力量的展现之后，叫她怎么再回去清锅冷灶，忍饥挨饿？

人人都坐下来。

"我们来祈祷。"

琵琶低头钉着膝盖看，听穆尔黑德小姐大声祈祷。绿色油布上的阳光，桌上的食物餐具，在她眼睛上方浮动，像是波浪倒映在船舱玻璃上。别一次吃太多，会把胃撑破，这话她以前听说过。祈祷结束后，她搅动着麦片粥，递出杯子去接茶。别扭的空气倒有助于克己复礼。大盘子传到她面前，她只取了片饼干，放在自己的盘子边，等一下带走。安洁琳坐在她对面，还是那样眼睛锁定了什么，看起来又小又凶。眼圈渐渐红了，泪光盈盈。失去了亲人的第一个圣诞节，一定很凄凉。她不知该怎么安慰安洁琳。她哥哥死后，她从医院回来，她们便很少说话。有时她倒像是怪琵琶不好。琵琶反正觉得远着她比较好，只会让她触景伤情。尤小姐坐在安洁琳旁边，帮她的茶里加上牛奶和糖，照应得很殷勤，什么也没缺了她的。

餐后人人都站起来感谢穆尔黑德小姐，祝她圣诞快乐。琵琶去上班。林先生还没来。她在书架间浏览。她拿来记录轰炸时间的闹钟又停了，她也不知道在书架间消磨了多久。林先生怎么这么迟？就算是圣诞节，上班迟到也不像他的作风。

这时她才恍然，根本连一个人都没来。她走出去，往下看着楼梯。门厅几扇门倒是敞开着，人影却没有一个。屋子静得很不自然。她登上楼梯到屋顶去，停下来侧耳倾听。上头不像有人的样子。她拿不定主意是不是要上去。屋顶上有防空炮，这些天来坐在她头顶上，吸引飞机来轰炸，弄得她心神不宁。剩余几阶她一鼓作气跑了上去。偌大的屋顶，铺着混凝土板，就只有她和防空炮立在阳光里。

她下楼去，屋子的寂静越来越浓烈。我们投降了，而今天只有我一个人,她心里想。日本人随时都可能进来,发现我和防空炮。她绕了一圈楼下的门厅,每个房间都看了看有没有人在里面。也可能什么事都没有。不能因为老板迟到,她就玩忽职守。

她快乐地回家了。战争结束了,却没人可告诉。圣诞快乐。

下午安洁琳站到她房门口。

"香港投降了,琵琶。我们都要搬到士丹利堂了。"

"真的?女孩子也可以搬进去?"

"对,大家都可以。"

"士丹利堂——比康宁汉堂还高呢。"琵琶冲口而出,立刻就后悔。安洁琳的眼圈又红了。

"是啊,他们打算把康宁汉堂改成战时医院,我们都要当护士。"

"什么时候搬?"

"随时都可以。"

"现在也可以?"

"当然。"

十六

琵琶选了二楼一长排房间里的一间,她与比比同住。傍晚,学生吃到了第一餐。储存的大米黄豆几天前搬进了康宁汉堂,等着命令下来就可以烹煮。日本人接收了所有的库存,战时医院的新主管莫医生得到许可,动用手上的存粮来解学生的燃眉之急。莫医生在大学教解剖学。英国教职员都被拘禁了,中国医生接手。他找了些男女学生来帮忙,马来亚的同乡,不忘老规矩,有机会就多照应自己人。男生兴高采烈,为大排长龙的学生打饭菜。

"日本人进来了没有?"队伍里有人问道。

"还真慢。"在翻倒椅子堆成的障碍后面递盘子的男生说。

"放心吧,man,"另一个蹲在椅子上,猴子似的,勺子伸入搪磁大桶里舀黄豆,"日本鬼子是在演戏,假装优待学生。"

"等着瞧。等日本兵进来就知道了。"莉拉站在排头说。

"你们女孩子怕什么?我们这里有这么多男子汉保护你们呢。"

拿勺子的男生道。

队伍里传出吃吃窃笑,莉拉红了脸,嗫嚅着说:"是啊,靠你们。"

琵琶早晨回女生宿舍去拿她的东西。女生宿舍更在山上,更可以大胆假设日本人还没打到这里。她转上熟悉的马路,归乡的感觉五味杂陈。圣诞红仍盛开着,鲜红硕大,小货轮一样,每根辐条都完整无缺,保护得天衣无缝,仿佛这几个星期都搁在客厅里。马路一侧高上去的石砌地基一点炮火的痕迹都不留下。一路上每栋屋子的阑干上摆的蓝磁盆依旧一路向上绵延。马路另一边的海洋仍是遥远又碧蓝。一路上不遇见人,也是稀松平常的事。却还是有点异样,叫人有些惴栗,末了她才寻出了端倪,是环山道上不见汽车来往。显得更沉默,地方更褊小,更封闭。连鸟都不唱了。

爬上漫长的石阶,她看见食堂的门闩着。绕到花王住的侧门,也是锁上的。从小小的铁条窗往里看,模模糊糊的一片。花王也不可能还留在这。她还是步上台阶到前门去,确认一下。

使她惊愕的是前门竟然只是虚掩着,一推就开,吱吱嘎嘎的。拍着翅膀飞出一群鸽子来。她闪身避开,一头雾水,黑灰杂色的翅膀扇着她的脸,带起一阵风,夹带着发霉的鸟粪味。鸽子飞走后,她进屋去,以为天花板定是炸塌了。门厅仍不改旧貌,寂静无声。然后看见了楼梯。弯曲的楼梯滚下了五颜六色的绫罗绸缎,两层楼高的圆顶窗彩色玻璃没有完全震碎,阳光洒下来,显得分外亮丽。缎子、雪纺绸、麂皮、织锦、游泳衣、刺绣的龙,翻翻滚滚,洪流似的,看得她喘不过气来。她上去看个仔细,束手无策,像水管爆裂了。洗劫的盗匪来过了。

她匆匆到地下室去。她的东西还在不在？她捻亮了库房的灯，地板上衣衫狼藉，箱笼都是打开的。她蹚过去，找行李架子。她的破旧的行李箱还在，珊瑚姑姑的旅行签还在上头，欧洲各国的印戳还在。似乎没人碰过。她寻找比比的箱子。扯到地板上，所幸锁没撬开。她打开自己的行李箱，拿出大半的东西，拿大浴巾包起来。再推回架子底层，注意到地上有什么，她以为是刚才掉出来的。捡了起来。是安洁琳的照片，圆圆的脸颊，一双吊梢眼。照片上斜题了一行铅笔字，落笔很重，却小心避开那张矜持的笑脸：妹妹，我爱你。是来打劫的人写的。乍一看她就想笑，洗劫还能洗劫得这么好整以暇，还有工夫停下来欣赏一张漂亮的脸孔，在照片上写情意绵绵的话。可是眼见安洁琳的哥哥为她而死，这话就像是他亲口说的。

独自在荒凉的地下室，只有幽幽的一盏灯泡，她忍不住觉得寒凛凛的，仿佛屋子里有脚步声。在底下是听不见楼上动静的。也许是风吹前门，也不知是鸽子撞着窗子，是她自己疑心生暗鬼吧。可是她还是头皮发麻，吓得把照片掉在地上，赶紧又弯下腰来找，小心搁到不会踩中的地方，以免得罪了安洁琳的哥哥。这屋子里真没藏着打劫的人？有人可能食髓知味，再回来多偷点什么。日本人也可能上山来了。万一让日本人撞上了，还当她是抢匪，当场枪毙呢。

她熄了灯，拎着自己的包袱，走到楼梯口，停下来谛听，没听见动静。悄然无声走上水门汀阶梯，在门厅边张望。门厅一个人也没有。她赶紧朝前门走。最后扭头一望，心脏猛地往上一撞，险些将她撞昏了过去。在那条绫罗绸缎的洪流里躺着一个人，方才她竟没看见，蜷在楼梯上，低着头，满头的黑色鬈发往上梳拢。惊恐之下，心里的冰山激增暴撞，琵琶手脚冰冷，看着伛偻的锦缎身形朝上一级，伸手拿什么。然后它转过来，跟她打了个照面。

"死啰！吓我好一跳。"女孩子喊出来，一手飞向心口，又伸向阑干，抓得死紧，"我不知道你在这里。"

"我也不知道。"

是维伦妮嘉·郭。

"吓得我差点就跌下楼去了。"她说。

"我刚进来的时候没看见你。"

"我才刚来。你看看我的东西。"维伦妮嘉拿出一件印花丝长衫，又抓了件粉红衬裙，"这件也像我的。"

"你什么时候回来的？"

"今天早晨。我幸亏穿这件到伤兵站了，"她低头看着铺了层薄棉胎的锦缎旗袍，"不然也没了。哈，你都没看见，我穿着这件衣服劈柴，跪着起炉子，给男生煮饭。他们笑死了，老是拿我打趣。"她开心地说。

维伦妮嘉前一向总有点迷惘不满，老黏着安洁琳，却也处处比不上她。现在她的脸上却是纯粹的喜悦，看得琵琶半是愕然半是自愧不如。聪明的女人才能从战争中得到如此的快乐。

"看见比比没有？伤兵站的人都回来了吗？"

"不知道。"维伦妮嘉道，"我分到后面第三个房间。"

"喔，我就在贴隔壁。"

"我急忙赶过来,就怕丢了东西。看我找到什么。"她溯游而上,忙忙地掏着。

"楼上找过没有?"

"每个柜子都空了,一样东西也没留下。这是安洁琳的,我来帮她拿回去。"

"地下室还有,我陪你下去。"

到了地下室,维伦妮嘉找着了她的鞋子与更多衣服,挕进了一只被撬开的行李箱里。

"还是别待太久的好。"琵琶道。

"对,还是走吧。下次我找男生陪我来。"

出了屋子,她才注意到琵琶的东西只拿条浴巾裹住。

"嘿,想不想洗热水澡?"

"当然想,可是到哪弄热水?"

"到一个教授家里。有男生到那儿洗澡。"

琵琶糊涂了,"屋子没人吗?"

"英国人都关进集中营了。"

"那水龙头还有热水?"

"是啊。"

"你去不去?"

"我没有浴巾。"

"用我的,是干净的。"

"那你呢?"

"我等你洗完再洗,不要紧。"

维伦妮嘉仍是笑嘻嘻地看着她，拿捏不定，很心动又不好意思，"你去不去？"

"不知道。我是需要洗个澡。"

"好，我们走。"

回去的路上她们先拐到教职员房舍，房舍在山上，掩在杜鹃花丛后，篱笆班驳，红锈颜色，屋前有小草坪。是谢克佛教授家。他是琵琶的英语导师，琵琶每周来上一次课。教授蓄着黑色八字胡，抽烟枪，鼓励他们四个学生说话。她很喜欢他，有一天宝拉说："谢克佛跟他太太酒喝得很凶，没有人不知道。"她委实震惊。有时他来上课，面色比平时还红润，乌黑的眉毛胡子与低低覆着额头的黑发一衬托，血红的一张脸，琵琶确曾听见同学窃笑。她在教授家看见过谢克佛太太，是个富泰的女人，金发变淡了，穿了件旧的印花棉洋装。在楼梯上遇见学生，她会搭拉着眼皮，淡淡一笑，侧身快步通过，自我解嘲似的。琵琶一直觉得她蓝色的大眼睛有种异样的眼神，始终没联想到醉酒，珊瑚姑姑说的纯粹的做作。她读毛姆小说会联想到谢克佛夫妇。他们会把喝酒归咎于香港的气候，谁叫它太近完美了。也不定是苦闷，小小的屋子里有两三个佣人，做太太的无事可做。夫妇俩彼此生厌了么？不认识年青的他们，很难说他们是在哪些地方失望。教授是系主任，在香港已经升得碰了顶了，再高也升不上去了。他们有个女儿在英国就学。可是如今夫妇俩都关进了集中营，脱出了毛姆的小说与她的视野。"集中营"这个字眼极少说出口，说出口也总是细细的嗓子，很容易回避。与德国的集中营两样。德国人对付犹太人的那一套日人不会搬来对付英国人。英国人会生活困厄,营养不良,却不会有生命危险吧?

教授家没锁门。她和维伦妮嘉进去,觉得是不速之客,闯进了温馨的小门厅。这是战争,空空荡荡的屋子。她们又是鬼鬼祟祟又是吃吃窃笑,爬上了打磨得很光亮的楼梯。楼上有水流声,还有人说马来英语。琵琶很高兴听见水流很强,她受够了战时那滴滴答答的细流了。浴室就在二楼楼梯口边,门是打开的,她瞅见几个男生在等浴缸接满水。

"死啰!"维伦妮嘉喊了起来,"你们都还没洗?那我们得等多久?"

他们跟维伦妮嘉开玩笑,琵琶走到隔壁房间。同男生在浴室说话不太成体统,他们的语气变了,可见他们也知道,却又觉得欢喜。她发现又来到了上课的那个房间,满地都是白纸,叠了有几吋厚,像是所有的抽屉与档案柜都在盛怒中给倒了出来。这里也给洗劫过。倒是四墙上的书架仍排满了看来昂贵的书籍,显然没人动过。齐整的书架对照着零乱的地板,出奇地烦乱扰人,不像是人类的手造成的,反倒像是台风扫过。她愣愣地四下环顾。抢匪都是些什么人?佣人与亲戚?黑衫?偶尔来山上拾柴火的乡下妇人,大顶斗笠出现在雾里,像古画中的山峰?大学这一区见不到穷苦人。最近的杂货店与大杂院都在遥远的山下。

洗澡水还没放好。维伦妮嘉尖细的嗓子清楚传过来。

"好讨厌耶!"她咒骂着,"有这么多偷窥的家伙,我才不洗呢。不必,还是你先请吧。男士优先。"

琵琶没听见男孩子说什么,马来腔太重了,后半句又被哄笑声吞没了。

"查理,你跟他们一样坏,"维伦妮嘉嗔道,"还亏我们两个打仗的时候同甘共苦呢。"

眼看还有得等,琵琶将包袱放到桌上,解开了浴巾,把东西改捱进枕头套里。脚下一动,地板上的纸海就沙沙响。房间里两种截然不同的阶层存在使她怅惘。脚下的混乱无序嘲弄着上层的梦幻的和平,一排排的书,红色黑色、布面皮面书背上的烫金字,竟使上层的静止更深沉更甜蜜。她记得有堂课谢克佛教授讲到家徽:

"吉尔伯·王先生,让你选择的话,你会选什么家徽?"最后一句饱含讥诮,班上没有人没听懂。想到吉尔伯·王无端成了英国贵族,都笑了起来。

"狮子。"吉尔伯笑道。

哄堂大笑。就连讲台上的谢克佛都很难沉着一张脸。

"哪一种狮子?睡狮还是张牙舞爪的狮子?"末一句引了法文。

他解释了方才说的法国字,更是哄堂大笑。琵琶只觉得没听过这么好笑的笑话,因为对象是吉尔伯·王。吉尔伯是班上的极用功的学生,孜孜不倦,成绩比她还好,暑假就把下学年的教科书都读完了。教《李尔王》的讲师布朗利先生凑巧看见吉尔伯的书,勃然大怒,书上密密麻麻写着他查字典抄下的单字解释,有些被他扭曲了原意。

比比曾忿忿地问过琵琶:"你跟这个吉尔伯·王真的是朋友?"

"谁说的。"琵琶很诧异地说,"怎么了?"

"有人说你在跟他恋爱,他们觉得是大笑话。"

该琵琶悻悻然了,"我们根本连朋友都算不上。有时候上图书馆遇见他,会过来说几句话。还以为能从我这儿偷点什么招呢。"

"是别的男孩子就两样了。这个吉尔伯·王是他们说的书呆子。"比比轻声说最后三个字,她觉得是最下等的。

中国人不会在盾牌雕上睡狮。中国曾被讥诮为睡狮,这诬蔑压在每个人胸口上。吉尔伯没有第二个选择,圆脸涨红,低着头,钢边眼镜向下,嗫嚅着说:"张牙舞爪的狮子。"

又更哄堂大笑。琵琶笑得斜枕在桌子上,笑出眼泪来。

在这个房间里有一次上课,谢克佛教授问她最喜欢哪一个作家。

"赫胥黎。"她说。

他点了点头,顿了一顿方道:"典型的大学生品味。"

她很想问成人喜欢谁。找出答案的机会来了。她走向书架,拉出第一本她爱的书,奥斯卡·王尔德的《莎乐美》。她没见过由奥伯瑞·毕尔斯莱执笔的插画本,匆匆翻阅,找图片看。插画融合了小时候所知道的西方童话与现实,使她爱不释手。我要带回上海,走到哪带到哪,管保它平平安安的。我只带走图片,省空间。只带走图片,比较不像偷窃。她的意图应该很明显:能从战火中抢救多少文明就算多少。她先停下来细听。浴室水流声歇了。有人在洗澡。维伦妮嘉跟他们在楼梯口说话,比较靠近了,却看不见房间里。她心肠一硬,把图片一张张撕了下来。一只眼睛留意着敞开的门,草草将图片揣进枕头套里,平平地压在最上层。

她把书放回书架。突然地意兴阑珊，不愿再看别的书了。还得等多久？她这会儿就需要进浴室。可是即使洗澡的人出来了，她也不想问其他男孩子让她先进去。又该背着她哄笑了。正好给他们醒脾打牙。

白等这些时。她只得掩上了书房门，没关实了，像是有阵风吹的。在门后蹲下来，一层层纸页上沙沙的一阵雨声。做贼的偷完了东西往往还会撒一泡尿。眼下她与中国世世代代的小贼似乎连了宗。她促促地站起来，整理衣服，把门开了一半。外头还是那些人在说说笑笑。不等了。满布白纸的地板变得压迫，像侵犯了井然有序的上层书架。房间里的回忆空了。她走了出去。

"维伦妮嘉，浴巾给你。我先走了。"

她拎着鼓涨的枕头套回士丹利堂。刚整理东西，揩干净，抽屉重新排序腾出地方来储放图片，有个女孩子在楼梯上高声喊：

"沈琵琶？楼下有人找你。"

会是谁？不会是张氏夫妇，才停战不敢出来这么远。是女孩子就会笔直上楼来。一定是男孩子。谁呢？不会是有人看见她在教授的书房里偷了东西吧？维伦妮嘉不是说什么偷窥的家伙？

她强自镇定，匆匆下楼。门廊上不见人影。会客室也不知在哪儿。大礼堂在后面，平时似乎也当交谊厅。里头也没人。她又到食堂找。吉尔伯·王起身相迎，空洞洞的房间显得他很渺小。广大的食堂里长椅多半扣在圆形的餐桌上，四脚朝天。

"喔……嗨。"她含笑招呼。他来干吗？还没竞争完？

吉尔伯穿着唯一一套西装，十分齐整，穿得久了，椒盐色布料也泛黄了。

"好吗？"他说。他是马来亚华侨，得说英语。

"想着过来看看你怎么样。"寒暄后他解释道。

"你想得真周到。请坐啊。"

"真是意想不到，竟然会打仗。"他笑道。

"是啊，太意外了。"

她没问他住哪里，他也许不愿意谈起班上的男生怎么能韬光养晦、待时而出的。她倒钦佩他们的识时务，可不想让他们知道。

"好在你没受伤。"他说。

"我们运气不坏。"

"是啊。"略顿了顿，他又开口，忽然咧嘴而笑，露出暧昧的神气，她一时还不明白是怎么回事。"大学办公室在烧文件。"

"什么文件？"

"所有的文件都烧了，连学生的记录、成绩——全都烧了。"他做了个手势，又打住。

"为什么？"

"销毁文件，日本兵还没开来。"

"喔。"她有点摸不着头脑，学生的记录竟是军事机密？

"他们打算什么也不留下。"说罢，笑得像个猫。

"来得及吗？"

"来得及，日本兵还没开来。注册组组长在外面生了好大的火。"

他伸手一指，琵琶转过身去从法式落地窗往外看，仿佛从这里可以看见冲天的火焰。立时又转过身来，知道刚才像是在掩饰脸上的表情。

"真的?"

"千真万确。"他一本正经地说,"许多男生在看,你要不要也去看?"

"不了,不犯着。"她笑道。心里像缺了一块,付之流水了。

"好大的火啊。不去看看?许多人在看。"

"不要了。"

"我陪你去。"

她有点心动。行政大楼外的大火也许值得一观。

"我不去。"

"怎么不去呢?"他仍留心观察她可有痛苦的表情。

"不想去搅糊。"

他更笑得龇牙咧嘴,心有戚戚似的。既是噩耗送到了,两人也更轻松随和了。

"你打算怎么办?留下来?"听上去他倒是真的关心。

"我想回上海。"

他点头。回家最安全,也是女孩子该选的路。

"你呢?有什么计划?"她热心地说道,表示毫不介意一世功名尽付流水。

他迟疑了片刻,看着地下,嗫嚅道:"目前我跟认识的人住在一块,帮他的店记账。是亲戚。"

"很好啊。那你晚一点会回家么?"

他又顿了顿,方嗫嚅道:"没有船回马来亚。"

"也是。"她不晓得是什么原故让她咬定了这个话题不放,还略拉高了嗓门,"可是末了还是要回去吧?"

他脸上挂着宁可撇下不谈的神气。琵琶方才憬然,开战之后似乎人人都有秘密,政治上的,经济上的,爱情上的,人事上的,物资上的,都害怕让人知道。

"嗳,没错。"末了他道。

她也做出有把握的神气,心里却觉得荒谬。她自己急着回家,未见得别人也急着回家。他必定是跟她一样阮囊羞涩,也可能无家可归。说不定回去也是在小城里找份差事,奉养母亲与祖母。什么样的动机让他在学校力争上游?无论是什么,或许他反而庆幸让战争粉碎了,就像她自己渴望的牛津奖学金也幻灭了。她自己不是为了计划或圆梦,纯粹是指望。她瞧不起年青人的梦,想法和有年纪的人更贴近,他们活过,无论活得好坏。她总觉得和弟弟等人比较亲,他们一心一意只想长大成人,结婚,拥有什么。她不能说她也只想要这些,可是从没嘲笑过他们,不像她会嘲笑抱着更崇高梦想的年青人。

吉尔伯的头发拿水梳过也总是后脑勺的头发会竖起来,跟她弟弟一样。默然坐了一会之后,他起身告辞。两人微笑着点头道别,互祝幸运。陡然间悲从中来,她的喉咙像给扼住了。

十七

"我正在打扫院子,突然这个日本人进来了。"比比说,"我把头发剪短了,像男孩子,还借了男生的衬衫裤子穿。这个日本人钉着我看,朝我过来了。我吓得把扫帚一丢,转身就往楼上跑,他也跟了上来。"

她说话的嗓子很小,单薄悲哀,又像是大考那天早上与同班生一问一答,互相口试,回答问题。琵琶觉得惨不忍闻。

"我跑上了顶楼,有扇窗开着,我站到窗台上,朝他喊:再过来我就跳了。他站了一会,就下楼走了。"

"你说的什么话?"琵琶问道,"他懂吗?"

"英语吧,也可能是广东话,我忘了,反正无所谓。他看见我半个身子都挂在窗子外了。"

"你真的会跳?"琵琶骇然嗫嚅道。

"不知道。"单薄悲哀的嗓子答道。又像阿拉伯人挑高一道眉,老狐狸的样子。"横竖他信了。"

"太刺激了,倒像《撒克逊劫后英雄略》里的蕊贝卡。"琵琶惴惴然道。第一次碰上,就这么浪漫地看待日本兵,似乎不应该。

"一会就过去了。"

"他长得什么样?多大年纪?"

"不知道。年纪不大。日本人都像一个模子打出来的。"

单薄衰弱的嗓子又像是回到了窗边那时。琵琶可以问个没完没了,这可是件大事,但她却打住了。说个不停只会降低这事的感觉,剥除戏剧及奇妙的元素——现代战争中多数的士兵都不曾同敌人面对面,遑论还要在意志之战中击退他。

这时日本兵已经进占了,女孩子走路都提心吊胆,眼观鼻鼻观心,生恐刺激了他们。他们倒也不看女孩子。总是三三两两巡逻,宿舍大礼堂上有架钢琴,他们会轮流用一根指头弹奏。样子就像矮胖红润的学童。

"他们奉命要注意军纪。"有个女孩子说。

另一个说:"他们开进城中的时候军纪已经好了。"

军纪好坏还分区,琵琶倒觉得好笑。她没问比比看见不看见那个追她上楼的日本兵,反正他们长得都一样。

"银行开了。"比比说,"要不要提钱?我要下山去。"

两人徒步下山。上次一伙人浩浩荡荡开到民防总部之后,这还是琵琶第一次到城里。圣马太学校矗立在眼前,物是人非的沧桑之感不禁油然而生。学校正面是混凝土的小希腊神庙,一直是地标,公共汽车到大学前的最后一站。

"看!"她惊呼道。

往廊柱的白净石阶上有一堆一堆的屎。

"看见了。"比比微侧过头去。

"日本兵拉的?"

"大概吧。现在到处都一样。"

比比太英国式了,笑不出来。琵琶却噗嗤一声笑了。中国古老的笑话有一半都脱不了排泄物。她不得不笑,虽然黄褐色的小丘在石阶上那么触目,似乎是最后的凄凉,文明的结束。廊柱阴影中铺石的地面也散落着稻草屑。还有马粪,倒是公众场合常见的。

"像是在这里养马。现在打仗原来还用马。"

"有几匹,不多。"比比说。

下山的路半途上有铁丝网路障,还有两个哨兵。

"我们得鞠躬吗?"琵琶低声道。

"就跟在上海的外白渡桥一样。"

"我没走过外白渡桥。"

"那你是走运。"

她们走向路障。琵琶小心不去看鞠躬的比比,自己也行了个中国人的礼,不过是点个头。日本兵石头一样回瞪她们。女人向男人行礼却被视为无物,整个是奇耻大辱,可是比比西化得更澈底,若不是和比比一起,她的感觉不会这么强烈。

她们通过了,有个日本兵却含糊地吼了一声,像是刻意加重的一声"哼"。她们停下脚步,回头望。他大吼大叫着问话。可能是问她们是谁。比比精明,迟疑不答,琵琶用英语回话,听见说日本人在学校里都学英文。

"我们是大学生。"

使用前征服者的语言会不会触怒他?

"哼?"非常响亮,而且含有疑意。

改用国语还是广东话?想起来了,日本人也是写汉字的。她做了个写字的手势。他将铅笔与便条纸给她。她写了"大学生"三个字。日本兵点点头,放她们过去了。日本皇军是热爱文化的。

城中的商业区似乎没有改变,就是车辆都不见了。许多人行色匆匆,倒像是天气太冷,必须快步走取暖。她忘了香港没有那么冷。有个人穿着棉呢唐衫长裤,伸长手脚躺在人行道上,循规守法的神气,仿佛在这里午睡名正言顺。

"别看。"比比说。

"死了吗?"琵琶愕然道。

"嗳。"

她没看。只留意到齐整的黑布鞋白袜子并拢朝天。不到两步之外,有个人伛偻着在小风炉上炸小黄饼,是种糯米面团,硬得像石头,不是平常店家贩卖的吃食。蹲坐在炉前的人全神贯注,看样子战前也许是银号里的职员,刻印章的师傅还是卖鞋的伙计。谁会买这种不消化的油炸饼?可是仗打了十八天,大家似乎连饭都忘了怎么吃了。就连琵琶都馋涎欲滴,虽然她知道不是好东西,可是黑黑的油锅里那黄澄澄、热嘶嘶的饼看着却又新鲜又刺激,又那么紧邻着死亡,像晚餐的最后一次召请。

人行道上有更多身体阻路,总是衣着朴素,仰天躺着,手脚并拢。匆忙经过的人群利落地闪过,正眼也不看一眼。她忽然有个稀奇古怪的想法,杠房来收过尸,却没把尸体运走。

汇丰银行是新建的大厦,琵琶见过它起造的鹰架,可是头一次听说还是在艾伦比先生的英文课上。他是牛津或剑桥的毕业生,到远东来实习。头发稍长,掳在耳后,把莎士比亚读得像老派的演员,孔雀展屏似的走着,一会又弯腰低头,对着前排的漂亮女生喃喃念着台词,念着念着又拔高了嗓子,喊了起来,一拳猛然砸在她课桌上。班上学生都吃吃窃笑。

"啊,金钱的神庙!"有次他激动地说,眼睛瞪得老大,轻声说,"你们没看见吗?新的汇丰银行?"

银行的外观琵琶倒觉得还好,像根长长的白管子。一对中国石狮仿佛放大了的北京狗。进到里面就不一样了,比她去过的地方都干净优雅,清一色的大理石,灯光像蒸馏出来的,人人都压低声音。可是今天一进门她却震了震。空气太难闻,几百人在这里睡过觉,而且关着门堵着窗。大理石地板污秽潮湿,也是一堆一堆的屎。两人顺着行员的牢笼移动,终于找到一个栅栏后有人的。满脸疲惫的混血行员挥手要她们到隔壁窗口排队。

比比只能提领部份的存款,琵琶把十一块一毛九全提了出来。

"留一块,不然你存摺没有了。"比比道。

琵琶但觉好笑,已经都世界末日了。

"不要紧,"她说,"我反正要回上海了。"

"怎么走?船都中断了。"

"占领区的人不是照样来来去去?"

"反正走不了。"

"你不是也想走?"

"我是想走,就是不晓得什么时候才走得成。"

"我连买船票的钱都没有。"

"我借给你。"

"我也在想还是得问你借。"

出了银行,琵琶道:"去看看张先生他们,我想问问他们上海的情况。"

"喔,你的亲戚啊。你不说他们在浅水湾?"

"可能回来了。"

"那就走吧,累不累?"

"不累,你呢?"

"我也不累。"

"我还不想回去。"

"是城里的关系。"比比说,"还是老样子,是不是?"

"是啊。我可以走一天。"

"我们两个是疯子。"

两人信步走到海边。有辆红色黄包车出来做生意,绿色的帆布顶收了起来。一个农夫正过马路,扁担挑着两篓子蔬菜。在天星码头站岗的日本兵上前去盘查,一言不发就扇了老农夫好几个嘴巴子。农夫也不吭声,说了反正也不懂,只是陪着笑脸。针织帽,蓝棉袄,腰上系着绳子,袖子又窄又长。古式的衣服与卑下的态度使他显老,其实他到底多大年纪看不出来。冷风呼呼地吹,阳光照耀着海面，堤岸照得花白，一刹那间所有东西都明晰可见，矮胖的年青日本兵的胳膊机械式动作，另一只手抓着支在地上的来福枪，农夫陪着笑脸，苹果样的腮颊两边一样红，眼神水一样，和和气气的，笑容也一样地温和。

"走吧。"比比说。

琵琶这才发觉自己愣磕磕地站着。耳光像是掴在她脸上，冬天的寒气里疼得更厉害。两人朝前走。她很气愤，却无话可说。她们朝德辅道走，从那儿顺着电车道到铜锣湾的张家。

"开着。"比比看见经过的一家百货公司开着，很是惊讶。"进去吧？"

"嗳。"

入口竖立了一块看板，贴了相片，还有手写的日文广告。琵琶看懂汉字的头条。

"说的是星加坡。"

"星加坡怎么样了？"

"也沦陷了。"

"我也听说了。"

看也不看一眼相片就走过去了。消息并不意外，只是麻木。难怪星加坡没有援军过来，香港会兵败如山倒。

百货公司是奉命营业的，维持一个正常的假象。幽暗的柜台半空着。店员这里一个那里一个，潜伏在暗处，没有一个是女孩子。顾客只有琵琶与比比。两人绕了一圈，脚步声哒哒响。另一头有艺术展，倒是新鲜。百货公司从来没有画展，这次展的是日本的古印刷。琵琶没见过，立时就被那种残酷的美吸引住，同毕尔斯莱的插画很像。她倒像是第一次看见了真正的古老东方，在近处看，每个细节都描画得一往情深，毫不避忌。一个女人搔头，两个女人撑开蚊帐，驼背的工人伛偻在鹰架上，眼里几乎闪动着贪婪的光芒，想把一桩困难的工作做得妥当。夸张的风格出于爱与时间，线条膨胀自它自身的重量。同那种有天赋的孩子玩钟，把零件拆解开，再组合起来的扭曲画风两样。

"了不起。"

"是啊，真漂亮。"

两人不得不压低声音，店里死一样地静，也死一样地冷。一两个男人穿着黑大衣拖着脚走过一排排的图片，愁容满面，距离很远。准是日本人。中国人不会想看日本的绘画。这几个日本人也是展出人，而不是观众。

到了街上之后，琵琶才冲口说："我真喜欢。比中国画美多了。"

"中国画更美，变化更多。"比比说。

"嗳，我知道日本画是跟我们学的，可是我们没有像这样的画。"

"他们的比较局限。"

"我们有意境，可是他们发展得更好。"

"有许多方面中国的艺术更精湛。"

"人物上可不行。我们受不了人，除非是点景人物。"

"你只是不爱大自然。"

"我知道这么喜欢他们的东西很坏。"她不需说出刚才受辱的老农夫来。

"喜欢他们的艺术并没有错，我只是觉得中国艺术更博大精深。"琵琶回顾那些临摹再临摹的文人山水画。

"你从哪里看出的优点？介绍中国艺术的外国书吗？"

"不是，我亲眼看过。"比比随意地做了个手势，"你们家里没有吗？"

"我什么也没看过。"

张氏夫妇回公寓了。是一栋老楼房，分层出租。张氏夫妇只用二手家具装潢，不想久留的意思。

"我们还正纳罕你怎么样了呢。"张夫人道。

"我打了电话，你们在浅水湾。"

"嗳呀，别提了。"她一只手摆了摆，反感似的，"还说有外国人在那儿，安全得多——"

"中立国的公民。"张先生打岔道。

"我们想日本人来了也得要顾个面子。结果呢？英国兵就在敞厅里架起了大炮往外打，日本人也架起了大炮往里打。那时候想回家来也来不及了，马路都封锁了。大家都到楼下来，守在食堂里，还算是最安全的地方。炮子儿朝这边射来，我们就逃到那边墙根，朝那边射来，就逃到这边。人人都贴着墙根站，像等着枪毙，我只不敢挑明了说。嗳呀。"她笑着叹气。

他们的广东老妈子送上茶来，长辫子拖在臀上。张先生问起大学堂的情况。

"嗳，你朋友会说中国话啊，"张夫人鸽子一样咕咕道，弯腰同琵琶咬耳朵，"好可爱的人。"

"我们两个都想回上海去。现在有船吗?"

"没有,我们也想回去。"

"等有船了还要麻烦告诉我们一声。"

"放心好了,现在也只有等了。你没事吧?有大学堂照应吧?"

"上海有没有信来?"张先生问道。

"没有,邮件还通吗?"琵琶道。

"沦陷区还是可以同重庆、上海这些地方通信。"张夫人道。

"欧战也同这里一样吗?"

"不一样,只有中国是这样。"张先生讥诮地笑道,"我们的邮局像是彼此心照不宣。"

"那我就写信给姑姑。"琵琶道。

"对了,说不定寄得到。"张夫人道,"上海一定担心死我们了。"

张夫人让两个女孩带了腐竹回去。

晚上宝拉·胡到她们的房间里来,一身的浅绿缎子开衩旗袍,搭了件玻璃纱披风。

"这样打扮行吗?"她问道,心里不踏实。

"很漂亮。"比比道。琵琶注意到她的声音又变得单薄悲哀。"你就是这身衣服去参加康宁汉堂的舞会?"她弯下腰,看得更仔细。

"是啊。你看披风能不能当面纱?"

"试试看就知道了。"

"丝带不够。"

"宝拉要结婚了。"比比同琵琶说。

"真的?跟叶先生?"

"还会有谁!"

"恭喜恭喜!"

宝拉微笑,含羞不语的样子,搭拉着眼皮,腮颊微微泛红,却又用她那种一板一眼的声口嗫嚅道:"我们想索性就结婚了吧。"

"丝带太短,可以用发夹。"

"不戴面纱算了。"

"注册结婚吗?这样好么?"

"只有衣服说不定倒更好。"

"可是你总想样子特别点吧。"

"反正颜色也不对,应该是白色的。"

"在这种时候不犯着那么讲究。"

"我还是不要面纱了。"

"这样吧,只遮到眼上。"

"搭上中国式礼服不奇怪么?"

"我倒觉得很俏皮。"

宝拉走后,比比同琵琶说:"我实在不懂为什么偏在这时候结婚。"

"你也不会懂。注册处开了吗?"

"再过几天一定开。"

"他们要住在哪里?"

"宿舍会拨一间房给他们,她就搬进来,不开派对什么的。"

琵琶觉得他们也是四周的凄凉的一部份。

"她说以后可以再补行婚礼。可是那就不一样了。"

269

"他们的父母不反对?"

"真不知道她爸爸会怎么说。去年夏天我见过她家里人。她爸爸是很厉害的律师,心机很重。所以宝拉也一样。"她厌恶地轻声道。

"他们知道叶先生么?"

"喔,他们倒是很高兴的。"

"是啊,海外华侨,又有钱。"

"可是他的橡胶园呢?星加坡陷落了,谁也不知道马来亚怎么了。"

"那她就是真的爱他。"

"她自己说没有爱情这东西。"

"她还是愿意嫁。"

"她是笨蛋。"比比不满地说。

"她可能觉得现在时局不平靖,单身的女孩子没有结了婚的安全。"

"最坏的时候都过了。她不是平平安安从伤兵站回来了嚜。"

"叶先生也同她在伤兵站?"

"是、是啊,怎么?"

"会不会是他们又不知道日本人来了会是什么情况,所以保险起见——"

"你是说她把自己给了他?"比比兴奋地道,"你真这么想?"

"她横竖是要嫁给他。"

比比瞪着她,噗嗤一声笑了起来,"难怪她这么急着结婚,省得他又改变主意。"

"你不说她是笨蛋。"

"还没那么笨。"

"至少她是聪明多了。"

"真聪明就不会沦落到今天这步田地了。"

宝拉结婚那天两个人值夜班。事前请比比帮他们打饭回来。要是新郎新娘排队等着打饭,免不了招惹一堆的玩笑胡闹。夫妻两个会在房间里进餐。他们在城里买了黄豆拌饭,可以在医院厨房加热。两人进来,比比与琵琶正忙着在护士的房间里卷绷带,做棉花球。

"你们的晚饭拿来了。快坐下吧。"比比道。

问过了去注册的事,她就无话可说了,只有傻笑。新婚夫妻坐下来,叶先生仍穿着大衣。两人的神情若有所待,垂眼看着地下,强抑着微笑,仿佛等待着判决,也不知是等律师宣读遗嘱前公布什么可喜的信息。宝拉换了一件灰呢旗袍、开襟羊毛衣。桌上台灯照着她的脸,剥了皮似的红润,哭了几个钟头的原故,哀愁与快乐由里向外,透了出来。

他们起身要走,比比端来两只盖住的盘子。

"别忘了粮票。"她将长木条还给了他们。长木条没上油漆,打了号码,每个人都靠这个领饭食。

他们走后琵琶与比比都不言语。琵琶知道比比也同她一样,突然觉得孤独。方才那一丁点的温暖与喜悦让残破的仓库更寒冷更冷清。

"香港竟然有这么冷。"琵琶说。

"听说是一八六〇年之后最冷的一个冬天。"比比说。

"我的指头生了冻疮了。"

"真希望有杯热咖啡。"

"我去把牛奶热一热吧?"

"等他们都睡了再说。"

她不愿病人看见。病人也同护士一样,一天两顿黄豆拌饭。病人都是穷苦人,在战争中受了伤,在这里免费治疗。值夜班的护士才额外分配一份牛奶和两片面包,没有黄油。要到厨房去热牛奶得走过长长一排病床。两人都不愿做,总是琵琶自告奋勇,觉得自己的心肠比较硬。

她直等到午夜过后,病人多半还是醒着,要不一闻到饭菜香就立刻清醒。病房前一向是饭堂,行军床都抵着木柱,图腾似的,没有枕头,黑漆漆的眼睛个个瞪得老大。她厚着脸皮走在病床间的通道上,木筏一样的房间灯光昏然。牛奶瓶捧在怀里,一边一个,像光着两只大乳房,晃来晃去,猥亵淫荡。目光若是有毒,那么些眼睛钉着看,牛奶一定也中毒了。

避风港一样的厨房里有炉灶,竟然还有煤气。煤气免费,日日夜夜都开着,省火柴。可是她得先把便宜的黄铜锅刷洗一遍,说是锅其实更像长柄勺,锅缘还割手。水龙头流出的水冷冰冰的,很难把油腻刷掉,反而两手冻得像红萝卜。谁还这么勤快,做红烧肉来就黄豆拌饭吃?学生还是医院的杂工?明天要煮医疗器材又得把锅子刷洗一遍。

牛奶一冒泡,她就拿离了炉火,一手夹着两个空瓶,尽量不碰得叮叮响,擎着锅子走过一长排的病床。这一刻最窘,缺了锅盖,热牛奶的香气由黄铜锅里飘散出去,色香热,几种感官合力在冰冷滞室的空气中耘出一条路。肮脏的军毯,没有床单的病床,每根柱子都有个头钉着看。

回到护理站她将牛奶倒进玻璃杯,搭着面包吃。病人似乎坐卧不宁。咳嗽的,呢喃的,床铺吱嘎响。尽管愤懑,没有一个喊护士。生蚀烂症的病人是最没有骨气的,过不了多久就哀声叫唤了起来:

"姑娘啊!姑娘啊!"

"我去。"琵琶道。

她走向那张气味最甜腻的病床。伤口生疽了。单薄的逗趣的脸在一蓬黑发下扭出一抹笑,仿佛痒丝丝抓捞不着。

"姑娘啊!姑娘啊!"他还在大声唱诵,悠长的,有腔有调,半闭着眼,任自己给搔痒。

她立在他床前,"要什么?"

他一会不言语,像是吓着了,仍闭着眼。还许没想到会来得这么快。可是琵琶心里有愧,觉得他是吓着了,而她自己的声音草率残忍,在床房里回响。

"屎乒。"他道。

她走向门口,喊了声:"屎乒!"转身便走,医院杂工这才拿着龟裂的搪磁便盆进来。规矩是护士不做这些事。她们是女大学生,而这些是穷人。"谁知道,保不定谁是劫匪呢。"有个女孩子说过。香港的穷人尤其可怜,有句俗话说:"笑贫不笑娼。"

上海战地医院就不一样,女学生照料伤兵。琵琶也愿意香港有这样的精神，古道热肠的大波涛横扫过来，连她也卷进去，使她开开心心地端便盆清便盆。实在说她不知道该怎么举止。一定有办法能既亲切又高雅，同时观察社会阶层百态，可惜她做不到。

"他要什么？"比比问道。

"屎乒。"

"他不是真要，杂工在埋怨了。"比比道，"他痛。"

过不几分钟，他又唱了：

"姑娘啊！姑娘啊！"

轻声的，认命的，带着叹息，没有期望，只是用甜美的次中音不屈不挠地呼唤着一个女人。

两个女孩自管自坐着。末了比比立起身来，出去了。琵琶听见她问："要什么？"

十八

琵琶倒宁愿值夜班,读书或绘画的时间多。坏只坏在六点下班,十点便得起床吃早饭。而且才上床,刚睡着,就听见维伦妮嘉在隔壁房里尖着嗓子喊:

"噢!不行!查理,住手!真的。好讨厌耶,查理!住手。嘿,不行。我不!"

像是冷冰冰的手伸进了热呼呼的毯子里。查理·冯一点声音也没出。他是槟榔屿来的,五官柔和,很漂亮,同维伦妮嘉在同一个伤兵站,另一个男生是印度人。听见这摧折人神经的惨声长号,琵琶与比比都没吭声,眼色也没使一个。等只有她们俩了,比比便道:

"维伦妮嘉的胸部开始发育了,以前跟你一样平。"

"我倒没留意。"

"我就想了:女孩子恋爱了,像朵花似的开了,以前胸脯平平的,现在也发育了，时机正好，就在最需要吸引人的时候。大自然是不是很奇妙？"

琵琶看过书，不免疑心比比是倒因为果。可是比比心荡神驰地看着她，她也只能微笑，喃喃称是。

宿舍楼梯口上有一堆丢弃的书，始终没人清理。琵琶在里头挖宝，多半是教科书，有中文的，《孔子》《老子》《孟子》。她想找《易经》，据说是公元前十二世纪周文王所作，当时他囚于羑里，已是垂垂老矣，自信不久便会遭纣王毒手。这是一本哲学书，论阴阳、明暗、男女，彼此间的消长兴衰，以八卦来卜算运势，刻之于龟甲烧灼之。她还没读过。五经里属《易经》最幽秘玄奥，学校也不教，因为晦涩难懂，也因为提到性。《老子》也不在她的课外书之列。只读过引文，终于让她找着了一本。《老子》是乱世的贤哲，而中国历史上总是乱世多于治世。孔子学说就只有在较太平的岁月才实用。孔夫子自己就说：

"仓廪实则知礼节。"[①]

以前不明其意她就会背《论语》《孟子》。她把书带回房。群魔乱舞的世界使她亟渴望能找到纪律或秩序，虽然回不到过去了。过去也未见得有秩序。事实是她父亲的屋里也是同样地没有王法。孔子遥不可及了，声气不再训诫，变得甜美怀旧。

"孔子说的是哪里的方言？有人知道么？"她问过周教授。

老教授迟迟不答，这片刻的犹豫反倒赢得琵琶的尊重与信心。

[①] 此语应出自《管子》"牧民"篇，而非孔子语。

"广东话。"他道,令人诧异,"他说的是中原的古音,发音非常接近现在的广东话。"

他自己的广东话说得很糟,常拿来逗学生笑。他也请男生在课余吃花生米,很受男孩子的爱戴,不过当然不请女孩子。有一次吃茶嚼花生米,传出来他与布雷斯代先生一块到广东,晚上宿在尼姑庵里。他是前清的秀才,科举考试废止前中的。

"以前常说由内而外。'中学为体,西学为用。'轮到你们这代正好反过来。"他在课堂上说,"生在香港或是海外,你们是以西学为体,所以是由外而内。嘿嘿嘿嘿!"他笑道,这是他最喜欢的比喻,人人也跟着笑。

琵琶想:我知道里面有什么。什么也没有。持不同论调的人会这么说因为他的生活完全仰仗它。打完了,外头也什么都不剩。我们以为另一边还有东西,只是因为中间隔了一道墙。

孔子让她想不通的地方在对礼的讲究,这么一个中庸的人真是怪异。但她渐渐明白礼对生活与统治的重要,宰治着人们,无论是家庭、部族、王国或民族。她想:只要美,我倒不介意压迫。你习惯的美有一种恰如其分,许多人看成德行。我们受压迫惯了,无论是在盛世或是乱世,而那只压迫的手总是落在女人的身上重些。这样的憧憬就是美的一部份,不就是自压迫来的?

子曰:"礼失而求诸野。"

穷乡僻壤可能还保存着礼。日本曾是海外一个蛮夷之邦,岛民学了我们的东西,比我们自己保存得还好,而且还继续附骥,我们却变成了一个失去了礼的国家。她记得临行前姑姑与她握手,感觉那么滑稽。现在的鞠躬也是舶来品。中国的鞠躬要加上手与臂的动作，而且男女有别。现在没有人做了。连新式的鞠躬都做得漫不经心、忸怩不安，微微侧向一边，错过致敬的对象。除了婚礼、丧礼、演讲等场合，也几乎没有人鞠躬。别的场合做来显得矫情，像中产阶级。我们也嘲笑欧洲人的僵硬的深深的鞠躬与日本人的九十度鞠躬。磕头的还是有，虽然越来越少。穿着紧身的旗袍与西装磕头不够优雅。琵琶倒不介意。

"自己过生日还得跟每个人磕头，觉得不觉得委屈？"表大妈有次跟她说。

"我不介意，我喜欢磕头。"

表大妈笑道："这倒新鲜，她喜欢磕头。"

她也在这堆丢弃的书里找到颜料与毛笔，还有一大卷白色厚纸，可能是某个工程科的学生不要的，纸张太滑不适合绘画，很像是钉在麻将桌上的那种纸。倒是水彩可用。她将珍视的素描移植到大纸上，舍不得裁割，一个个图案挨得很紧，节省空间。有一张画只有蓝紫两种色调，使她想起了李义山的一首诗，她一向很喜欢：

"沧海月明珠有泪，蓝田日暖玉生烟。"

她常做一种眼球运动，钉着房间或是有霓虹的街道看，然后说：唐朝人眼里是什么样子？于是场景改换，线条与区块重新排列组合，出现了不同的图案，像是视觉的幻象。这时是个中年的清朝人。图案又换了。可是绘画时她不假思索就画了下来。比比说她喜欢。

"我一直喜欢这种东西。"她又加上这句话。

"哪种东西？"琵琶问道。

"病态的东西啊。"

"这个哪叫病态。"

"我喜欢，真的。"比比再三保证，"我以前不喜欢你的画，老要你别画了，记得吗？我是觉得别画的好。"

"记得，我也很高兴不画了。"

比比将大张的画钉到墙上，晚上灯火管制躺在床上拿手电筒照着看。脸孔在灯光下活了起来。一张一张地照，仿佛湍流行船般颠簸刺激。

"恐怖吧？"她说。

"是啊。"

"好像睡在庙里，墙上有地狱的壁画。"

"我可以看上一整晚。"

"我说啊，我们疯了。"

学生都得上日文课。有个庞大笨重的俄国人每周来两次，教他们日文。没人当一回事，男生尤其招摇似的不专心，表示来上课是非情愿的。琵琶却认为目前该把握时机学习。她极想用功，算是弥补她欠布雷斯代先生的。俄国人知道没人喜欢他，学生不用功也不追究。要造句，他会停下来思考，手里握着粉笔，一般都会写句"这是先生的外套"，指着自己的外套。"这是先生的皮鞋"，指着自己的皮鞋。

"他可能没穿过皮鞋。"比比道。

"不知道他以前是做什么的。"琵琶道。

"他是哈尔滨来的,所以才懂日文。"

俄文老师信步上楼,敲了她们的房门。

"晚上好。"他以英语道。

"晚上好。"比比道。

琵琶听出了比比语音中的凄凉,这次倒少了冷淡。

他进来,四下打量。指着墙上的画问琵琶,因为琵琶正在画画:

"你——这个?"

"是啊。"

"喔。嗯!"他站着看画,无事可做的原故。两个女孩子在他背后笑着互望了一眼。

"不坐么?"比比移到她的床,让出椅子给他。

"今天不上班?"他问道。

"喔,我们下班了。"比比道。

"喔,嗳。"

"过来这里得走很远吗?"比比问道,"你怎么来?"

"喔,嗳,很远。"

"现在没有公共汽车了。"

"没有了。"

"你有汽车?"

"没汽油,有车也没用。"

"那你怎么来的?走路?"她轻笑道。

"不是,我跟着人来的。"他忙道。

"喔。"

一定是搭日本军车来的。

顿了顿，比比又搭讪着找话说。

"你在哪里上班？除了在这里教书以外？"

"喔，嗳，上班。"

"你做什么事？教书？"

"是，是，教书。"

"教日文？"

"嗳，嗳。"他嗫嚅道。

比比没往下问。

他伸手从书桌上拿了一幅加框的画，是琵琶给比比画的人像，只穿一件衬裙，画在信纸簿的厚纸板封面上，与她的皮肤一样是金黄芥末色。比比爱自己的肤色。只要看到琵琶没穿长袜就会用一只指头在她白得泛青紫的腿上戳一下，撇着国语，反感地说："死人肉。"她很爱这幅画，在楼梯口那堆垃圾里找了个玻璃框，镶了窄金边的，裱起来，以免蜡笔褪色。画像很传神，线条分明，一只眼低垂着，吊眼梢，漆黑的眼珠，蓓蕾似的鼻子，短发刚长长像顶羽毛帽，乳房半包在白色圆锥里，很尖挺，呈四十五度角；肘上有个窝，有印度人的黑斑。

"这是你？"他问道。

两个女孩语无伦次。

"像我么？"比比问道。

"很好。你吗？"他朝琵琶点头，"嗯！你很好。卖吗？"

两人互视，笑了起来。

"你要买么？"比比问道。

"我要买。"他抗声道，三个字连成了一串，"卖多少钱？"

比比掉过脸去看琵琶，忍笑把嘴唇咬肿了。

"不知道。"她转过头看他，"我们没想过要卖。咦，另一只针呢？琵琶，看见不看见我另一只棒针？你的纸底下。不用了，我找着了。"他得站起来让比比伸手到他后面。

然后他又在椅子上坐下来，椅子嫌小了点，伛偻着研究搁在膝上的画。苍白的头由侧面看比较宽。

"你还在哪儿教书？"

"嗯？"

"你说还在别的地方教书？"

"嗳，我别的地方上班。"他嗫嚅道。为了撇下这个话题，他很特意地问道："你家在哪里？"

"上海。"

"你朋友呢？"

"她也是上海来的。"

"喔！嗯！都是上海来的。"

"你是哈尔滨来的？"

"嗳，我很多地方。"他突然拿着画挥了挥，"卖多少钱？"

比比笑道："他真想买呢。"

"多少钱？"他放低了声音，讲价的声口。

比比最是爱讲价，"你肯出多少？"

"五块。"他张开五根指头。"框不要。"又一句。

"框有什么不好？你不喜欢？"

"不是，不是，我有了。这个你拿。我不想。"他摇头，学中国人一样摆手，"我有很多。很多。"

琵琶看见无数的洛可可式框全家福照片，像她的俄国钢琴老师的家里的，而其中一张祖先的照片换上了半裸的比比。她倒觉得他换了做生意的态度，可见得是放弃了藉着画像来赢得比比的芳心。现在他只想留下画像当纪念品。

"你卖不卖？"比比问琵琶。

"是你的。我无所谓。"

"是你画的，不想留着？"

"五块，框不要。"他坚定地再说一次。

"你看呢？"

"不要。"

"抱歉，我们不想卖。"比比看着地下，忙嗫嚅道。她去买东西挑拣过所有的货，一样也没买，从店伙面前走过就是这种神气。

他又坐了一会才走。女孩子兴高采烈，艺术家与模特儿。

"还是收起来吧。"比比道，"日本兵随时都会进来。"

日本兵都是两个两个进来。女孩子看见也不招呼，自管忙自己的事，总小心不能露出不悦的神色，不能给他们藉口找麻烦。琵琶拿别的书把日语教科书盖住，不想让日本兵看见，找她说话。偶尔有日本兵进来，坐在床上说笑。琵琶听出他们谈的不是比比或她，连正眼也不看她们，使她想起上海家里的园子里养的一对鹅，她无论穿过鹅的路径多少次，那对鹅始终不看见，保持住一个物种被迫与另一个物种同居的尊严。也奇怪,日本人似乎是截然不同的动物,虽然看起来像中国人,就是脸色更红润、身量更结实。而白俄就一点也不神秘。年青俄国人在中国长大跟她很像,除了更西化、一无所有、老旧的威势破布一样披着挂着,自己也丢脸,挡不住寒冷。

日本人的全然陌生使她们无法预测。两个日本人,双胞胎一样,轻松地坐在小床上,由身上的军服至卡其绑腿散发出冷冻过的汗臭味。日本人倒许是以自己的方式消磨时间,可总让人觉得他们随时可能会施暴。

头一次日本兵俯身向琵琶说话,吓了她一跳。他从她桌上拿了支笔。

"能给我吗?"

她不确定是否是这个意思,只见他做样子把铅笔往口袋塞。她点点头。他便放进了口袋里。两个日本兵都站起来,像听见了命令,走了出去。

有天穿过草坪,看见一个学生向两个日本兵走去。她认出是潘,比比前一向的男朋友。前额上还是挂着一绺头发,娃娃生的脸孔冻得雪白,两手插进黑大衣口袋里。日本兵停在沥青路上,看着他过来。她只觉潘会从口袋掏出枪来,射杀日本兵,心念甫动,就听他用日语开口,说得很快,眼睛也眨得很快。她不记得潘有这种习惯,可能是短短时间内学新语言的原故。真是了不得。他们的日文课上得很慢。他一本正经地说着,日本兵单脚支地,回他的话,一派轻松,仍是提防着。很难说潘跟他们究竟有多熟。

有天傍晚她又看见一次。人人都在绕圈子等着进食堂，食堂前一向可能是运动器材仓库，现在空落落的。大的解剖罐搁在架上，浸泡着今晚要吃的黄豆。

"喂，比比。这给你。"他给了她一块黄油。

她拘谨地笑笑，声音变得小而沙哑，"咦，这是做什么？"

"黄油。"

"你自己留着吃吧。"

"我还有呢。"

"得了，你打哪儿弄。"

"真的，我弄得到。"

"你自己留着吧。"

"我还有，真的。我会说点日语，帮日本兵买东西。"

"正嘢，上等货。"附近的一个男生喃喃道。

别人都吃吃窃笑。潘不理他们，走了出去。不说日语他的眼睛也不抽动。

"不留下来吃饭？"一个男生道。

"人家才不吃苦力粥呢。"另一个道，"在城里吃，这会正是做生意的时段。"

话说得一截一截的，海峡殖民地的口音又重，琵琶始终不确定听对了几句。"正嘢"是很普通的广东话，让他们说起来却使她想起了本地报纸上的连载小说，说的是没有病的漂亮妓女。

男孩子不再往下说，女孩子在面前还说了这么多使他们有点难为情。他们一足支地转圈，双手插在口袋里，高耸着肩抵抗寒冷。

琵琶转头看着窗外。有人在蒙上灰尘的起雾的玻璃上拿手指写了"甜蜜的家",昏暗的电灯一照,几个字格外明晰。

比比在跟穿蓝绿色运动外套的男生说话。琵琶认出他的外套,因为比比老开玩笑地问他要。

"颜色是不是真漂亮?"她掉过脸来问琵琶。

"是漂亮。"琵琶道。

"看见不看见我试穿?穿我身上真好看,你说是不是?"她转过头去问面色愉快的男生。

他怯怯笑道:"是啊。"

"你真该给我的。我顶喜欢这颜色,这么深的颜色又很少见。你见没见过这样的外套?"她问琵琶。

"没见过。"

"也很暖和。你摸摸。"琵琶小心翼翼地摸了摸她拉出来的衣料。"你很暖和吧?嗳,要是你哪天想丢,别忘了我。有了这衣服我就冻不死了。"

他脸上竟出现异样的担忧,似乎有话要说。他要把衣服给她,琵琶震了震。不应当,比比的衣服那么多,而他显然只有这一件。

他没作声,冲动的一刻过去了。

"嗳,工作怎么样?还在般咸道的门诊?"比比问道。

比比喜欢他,只是除了外套之外无他话可说。琵琶倒觉得比比是在跟他调情,贪得无厌的本能与其他本能一块发作,自己不知道。不然还有什么乐趣?人人在混浊的灯光下转来转去,像是粗酿的酒里的分子,唯有最初始的生命出现。混沌初开,男与女的力量,阴与阳的力量。琵琶不记得见过咪咪·蔡,邋遢高大的女孩子,头发鬈缩像怎么也拉不直,身量像奶奶。可是眼前她却忽然冒了出来,真个的作威作福起来,倚着窗台打毛衣。一个男孩子说着:

"嘿,真的要发薪水了吗?"

"谁说的?"另一个反问道,又是他们那种爱打岔的习气。

"查理说是听T. F.说的。他叫查理没错吧?"

"T. F.人呢?"

"喂,T. F.人呢?"

末一句是对咪咪·蔡说的,她也同T. F.一样是莫医生的同乡,属于内部圈子的人。那个男生情急之下一张脸直伸到她面前。咪咪那张发面一样的圆脸上两条细缝的眼睛一瞪。男孩子给瞪得手足无措,低笑了一声,溜走了,唯恐好友取笑。

"帮我拿着。"比比同琵琶说,"也有你的份。"

"别是黄油拌饭吧。"

"有什么不好?近东的人都是这么吃的。"

"嗳,比比。"咪咪·蔡招呼她,也赏了个久久的瞪视。

"你打的什么?"比比俯身去看。

房间另一头方才那个男孩子摇着头,咕哝什么否认的话。

"酸葡萄,man。"他一个朋友道,"你以为是什么?大老婆啊。"

"大老婆,那谁是小老婆?"

"你是死过去了啊,man?你不知道?"

"不知道啊,谁是小老婆?"

"猜啊,同你们一个地方的。"

"同我们一个地方?不会吧,man。跟我一样吉隆坡来的?"

"你不行,man。不够漂亮。"

"喔,知道了,知道是谁了。"

"大老婆,小老婆,这儿又来个不大不小中老婆①。"

"不犯着中老婆,他自己会接生。"有人还来得及嘀咕这么一句。

一个矮小的女生走进来。脸别了进去,戴着黑丝边眼镜,朝咪咪过去,悄悄问她,倒像低沉的犬吠:

"钥匙呢?"

咪咪又把神秘的眼神转到她身上,这次兴许意味着迷惑,矢口否认,或警告她严守秘密。不论是什么,她都不理解。

"库房的钥匙。"对方仍是追问,"莫医生要。"

咪咪不动如山,依旧瞪着她,只可惜眼睛太小,效果不彰。

"是不是 T. F. 拿了?"她再问道。

咪咪捡起了线球,揣进开襟毛衣口袋里,走开了,可能是到莫医生的办公室去。

"谁看见 T. F. 了?"另一个女生还在逢人便问。宝拉与叶先生进来了。宝拉一进来就找比比与琵琶,挑衅似的冲口便说:

"听说了吗?上海陷落了。"

"租界吗?"比比问道。

"那还用说,其他地方早就沦陷了。"

"什么时候的事?"

---

①原文是 midwife,意为接生婆。

"就跟这里一样的时间。"

琵琶像是头上响了个焦雷。上海陷落比星加坡陷落要严重千倍，非仅是因为那里是家。她的家人同住在上海的每一个人一样，那里是生活的基地。上海在政治上免疫，被动、娇媚、圆滑，永恒不灭的城市。她常听别人说：上海就是上海。这一陷落地理变动了，海岸陆沉了，世界倾覆了。

"打得厉害吗？"比比说着。

"不知道。"宝拉打鼻子出气。

"说不定成废墟了。"琵琶说，看见姑姑在公寓的残骸里东戳西戳，找寻七巧板桌子的碎片。

"谁知道？"宝拉瞪着空中，颧骨红通通的，像冻疮。

她闭着口长叹了声。

"也不知道会怎么样。"她说。

琵琶当晚又写信给姑姑。上海香港都成了日军占领区快两个月了，怎么会没有信来？唯一安慰的是张家夫妇也没有上海的消息。倒不是真以为姑姑会发生不幸。珊瑚总是能逢凶化吉。她手边还有姑姑的两封信。一封还附了上海报纸的剪报，珊瑚说她会觉得很有趣，说的是香港的万金油花园与山顶缆车与维多利亚大学，"东方最奢华的大学，贵族气十足，图书馆可以摇铃叫咖啡"。珊瑚可能没注意背面的文章，一个专栏作家写一种叫碧螺春的茶：

"碧螺春产于洞庭山。采茶姑娘多半是处女，身穿围裙，胸口有口袋，采了茶就往心口放，此所以碧螺春有处女酥胸的醉人香气。"

琵琶再看还是笑。又来了,中华民族对处女的偏好。她颇自满,却非关个人,即使她并没有醉人的酥胸。

珊瑚信上说近来心情倒好。是在她写信告诉露有了情人之后。另一封信早一些,在露刚出国之后。

"我刚把公寓拾掇好。"她写道,"到南京去看你钱婶婶,在夫子庙买了假古董。想想也真好笑,我自己的真古董都卖了,倒去买假古董。可是我喜欢这些碗盘的颜色形状,搁在桌上,坐着看,渐渐享受起我半满的生活了。"

末一句看得琵琶缩了缩。平淡随兴,姑姑平常的声口,却是她头一次提到不快乐,至少是琵琶第一次听见。即使后来知道了她母亲与姑姑间的事,一听见了便暂停判断,然后温馨的童年印象便又悄悄回来。女人要时髦还得有男人做伴,当配件也好。她心里预备好了,她母亲要嫁给汉宁斯,姑姑嫁给她的新朋友,可是没有进一步消息,也不意外。在她心底她们不会变,不会老,不会在意生活的基本琐事。即使亲眼看见姑姑早上靠闹钟叫醒,周日总睡懒觉,也不把珊瑚的工作当成是生活的挣扎,而更像是表现她的时髦。回去后她想跟姑姑同住,却完全不知道珊瑚高兴不高兴收容她,她似乎很快乐终于自己一个人了。住哪儿不是问题,要紧的是有珊瑚的消息,有上海的消息。

熄灯后她同比比说:"我还是想回去。"

"回去恐怕也什么都没有了。"

"只要人还是一样就一样,而且他们不会走,因为上海以外的地方更坏。"

"希望我家里都平安。"

"你不想回去找他们？"

"想是想，可要是他们过得不好，我不想加重他们的负担。"

"也真好笑，我在上海没有家，我姑姑其实不算，可我还是很想回去。"

"回去了要做什么？"

"我想靠卖画赚钱。"要是能靠卖画赚钱，她会爱画画几乎像爱活着一样。

"琵琶！现在哪是卖画的时候。"

"我知道，总得试试。在这里做什么都没用。"茹西带她去看过岭南派画展。

"上海和广州都是日本占领了。"

"我只是觉得上海会两样。"

"嗳，上海一向运气好，直到现在。"

"我说过不说过卖画给报社？"

"卖了十块。"

"我总还有你可以画，总会有人想买的。"

"五块钱，框还不要。"

"等我出了名了，可以抬高价钱。"

比比不言语，默然了一会方道："我跟你一块走。"

再说话，语音在漆黑中很悲哀：

"听上去真的奇怪，可是我说我们家很快乐是真话，更奇怪的是我不想回去。"

291

"为什么？我不懂。"

"因为我知道又会是老样子。"比比烦躁地说道，仿佛是困兽给逼到了角落。

"老样子是什么意思？"

"你不知道，你没到过我们家。嗳，你去了一定顶喜欢，顶喜欢我爸妈。我也知道我会很快乐，可就是不想回去。"

"是人太多的原故？"琵琶问道，想像出一个印度大家庭。

"不是，不是。"

琵琶还是不懂，除非是因为她宁可自己一个，才能长大成人。可是哪能呢？而且还在这里？在这里他们一无所有。她不会是爱上了哪个男孩子吧？不会是蓝绿外套吧？

"你宁可留在这里？"

"嗳，我不介意留在这里。我坏透了，不在乎地方，我反正永远都是快乐的。"

"可是谁也不知道能持续多久。我们现在靠的是救济。"

"我知道。"

"随时都可能解散。"

"我知道。维伦妮嘉真傻，跟查理那样。我们人一走，那种事还不是就完了。他根本不会娶她。"

"她好像是恋爱了。"

"因为她想恋爱。刚开始她喜欢的是杜达，伤兵站的另一个男生。他只跟她闹着玩。印度男孩子都这样，都回家去结婚。"

"在这里找不到印度女孩子吗？"琵琶道，没把比比算进去，从不见她跟印度男生在一起。

"他们只跟家里挑的女孩结婚。不上学堂的女孩。"

"你今天听见不听见男生说什么？潘给你黄油的时候？"

"没听见，说了什么？"比比道，压抑着兴奋，以为会听见说她的话。

"听他们的意思好像是他带日本兵去嫖。"

"我不意外。"她冷冷地道。

"他认识妓女？"

"他们全认识。那些马来男生都坏。"

"他们还笑咪咪·蔡。说什么大老婆、小老婆的。"

"他们是吃醋。咪咪跟她那一帮管仓库，罐头肉、罐头水果都归她们管。"

"你说得我好饿。真希望是在上夜班。"

"来点牛奶面包也好。"

两人设法入睡。

"知道林先生么？"比比轻声道，"教化学的。"

"我跟你说，打仗的时候我还在他手底下做事呢。"

"他到重庆了。"

"什么？"

"别说出去。日本人一进来，第二天他就带着老婆逃走了。"

"真的？怎么走的？"

"山上有路。得雇向导。"

琵琶轻轻吹声口哨。

"他人不错,男生好喜欢他。"

"我也喜欢他们夫妇俩。"

"可别说出去了。有些男生想走路到重庆去。"

"走路!"

"林先生他们就是走去的,而且平安抵达了,传了话回来。男生找我跟他们一起走,我跟他们说除非也带着你,不然我不去。他们答应了。"

"我不想去。"琵琶立时道。

"嗳呀,你又没那么娇弱。我会帮你,男生也会帮你。"

"我不是畏难,是真的不想去。"

"为什么?难道你宁愿让日本人统治?"

"不是,我只是不想到重庆去。"

琵琶最气别人扣她一顶大帽子要她闭嘴。吃过后母那套近便的规矩的苦头之后,她就恨透了辩理,她总是退让,找不出理由来解释自己的偏好,更遑论舌战群雄。也只剩下顽固了。日本人蚕食鲸吞,爱国心也成了道德压力,她从小在离群索居的家里长大,也没能躲得开。时代要求人人奉献牺牲。对于普世认为神圣的东西,她总直觉反感,像是上学堂第一天就必须向孔子像磕头。爱国心也是她没办法相信的一个宗教。和一切宗教一样,它也是好东西,可是为它死的人加起来比所有圣战死的人还要多。她也不是和平主义者,只是太喜欢活着。留得青山在,不怕没柴烧。一个国家可以百战百胜,最后仍衰亡,因为原气尽失。道家面对灾祸的阴柔态度,损之而益,以输为赢,从学理渗入了平民百姓的思想。这种怀疑论与退让说不定帮中国积攒了大量的活力，尽管几百年来人民像甘蔗一样被榨干了。

可是在国家主义的时代里一个民族没有爱国心要如何自敬自重？不犯着说我们在二世纪经历过一次，八世纪又一次，现在也走在时代的尖端。国家主义方兴未艾。拥护的人热爱它，不拥护的人渴望它。现代人谁也免不了。不起而自卫的耻辱到头来必定会夺走我们这个民族的什么。日本人来了怎么办？效法鸦片战争时的两广总督叶名琛？英军攻打广东，外面烽烟四起，叶名琛照读他的佛经。广州城破，他身着朝服端坐静候英军大驾。被俘后解往印度，几年后谢世，始终不发一语。当时的中国人这么讽刺他："不战不守不降不走。"

琵琶不知道。从没坐下来细想过。自认为想通了的人十有八九是错的。还是悬在那里吧。骨子里她是对重庆没有信心，即使南京政府仍未撤退。孙逸仙说"中华民国"必须经历三阶段人民对民主才有预备：军政时期，训政时期，宪政时期。琵琶十二三岁的时候听见了，那时就不信。孙逸仙当然有他的道理，局势却不会照着走。到今天"民国"三十年了，还没有走出军政时期的迹象。即使没对日抗战，国家仍是由军事委员长统治。谁也不愿意放弃既有的权益，单看她的父母亲就知道了。

"有名的大学都迁到内地去了。"比比道，"他们会让我们入学。听说只要一去，什么事都有人照应。"

比比精明，有便宜一定要占。

"学生都去了，他们要怎么照顾？"琵琶道。

"林先生会找人照应我们，帮我们进大学。说不定还不用折一年呢。"

"莲叶都说到了那儿没办法念书。"

"又不是整天轰炸，人家还不是照样住在那里。"

"我怕的不是轰炸，是到处都是政治，爱国精神，爱国口号，我最恨这些。"

"爱国可跟我不相干，这儿根本不是我的国家。"

"你还是想去。"

"我只觉得想把大学念完就应该上那儿去，连学费都免了。"

"到那里也是靠救济，我只想回家去赚钱。"

顿了顿，比比方道："放心，我跟你一块回上海。"

两人默然，终于睡了。琵琶自管因自卫而愤怒，倒没纳闷比比想跟男生到重庆的真正原因，也不知她是不是觉得人生就是如此，或许她可以在重庆谈恋爱。

十九

张氏夫妇也不知道上海的情况。

"奇怪,到现在还不见有信来。"张夫人道,"船都通了,难不成不带信?"

"有船了吗?"琵琶惊呼道。

"不多,而且挤得很。"

"买得到船票吗?"

"不犯着去跟人挤。你知道排着等票的人有多少?"

"至少把名字写上去等啊。"

"自然是可以。"张先生冷笑道,"黑市猖獗,哪里知道什么时候轮到你。"

"坐船也不安全。"他太太道。

"有轰炸?"

"还有水雷。"张先生道。

他太太的头动了动,像说的是隔室的人,"听说梅兰芳坐船到上海,船沉了。"

"梅兰芳死了?"他是京戏名伶,三十年来在舞台中扮演女人,在中国最遥远的角落仍是最娇美的女人,也是最漂亮的男人。

"是谣传。其实人在这里。"张夫人低声道,下巴勾了勾,微眨了下眼睛。

"原来他在香港。"琵琶道。

"他在这里隐居。"张先生道。

"现在给日本人抓了。"他太太道。

"怎么会?他又不是政治人物。"

"这种时候有名的人总是头一个倒霉。"张夫人道,"树大招风啊。"

"大家都知道他爱国。"张先生道,"他留起了胡子,表示不演戏了。"

"梅兰芳留胡子!——要等多久才能上船?"

"放心,困在这里的不止我们。"张夫人道。

"再等等还许船会更多。"张先生道。

他太太道:"还有一条路,走韶关。我们还拿不定主意。远多了。"

"是搭火车么?"

"是啊,到广东换车。"

"会不会比较贵?"

"倒差不了多少,就是不知道在广东得等多久。"

琵琶默然。比比的钱可能不够两个人的食宿费用等等,她又不愿问张氏夫妇借钱。

"我们还没决定怎么走。"张夫人道。

"等决定了，告诉我一声好吗？"

"那还用说。"

"你朋友呢？那个印度女孩子？"张先生道。

"是啊，她怎么样？我们很喜欢她，你没跟她说张先生的事吧？"

"没有。"回是这么回，琵琶并不明所以。

"我知道你不会说。"张夫人道，"只是随口问问。我们跟重庆没联络了，他在政府工作是好多年前的事了，人家还是知道他的名字，凡事小心点好。"

"我谁也没说。比比只知道我们是亲戚。"

"那就好，我也不会跟外人说。你知道我们认识的这个人怎么样吗？一个薛先生？"她放低了声音，俯身靠近，"他早就辞了重庆政府的工作了。日本人一进九龙就闯进他家里，枪毙了他，还有他老婆儿子，又强奸了他女儿跟媳妇，把她们关在车库里。姑嫂两个人逃了出来，什么也没有了。家里什么也没留下。"

她就事论事的声口，像在抱怨有个朋友给了她的仆人太多酒钱，也不定是在别的小处上不留心。洪钟似的嗓子同她圆墩墩的身材相辉映，不疾不徐，一句句道来，抛上天的球往下掉，砰砰砰往楼下滚。

"日本人是怎么找出他们的？"琵琶问道。

"准定是有人带路。那地方的流氓混混，就是这里说的黑衫，趁火打劫的同一伙人。就是他们把屋里的东西都洗劫一空。铜锣湾这里也是。我们家的老妈子很可靠,幸好有她看房子。"

"那对姑嫂后来怎么了?"

"我不该说的,告诉你没关系。她们来借钱,想到重庆去。所以我们才知道的。"

故事说完了,她仍瞪着琵琶好半晌。张先生只是面色严峻。琵琶看得出他们必定也为自己的安危操心。她想,要不是为我母亲,他们也不会困在香港。本来他们就预备到重庆去的。

不能把薛先生一家的事告诉比比,她心上像压了块大石头。校园里总有满脸无辜的日本兵一对一对地走来走去。闯入重庆官员家奸淫掳掠,杀人无算,在他们是封建武士劫掠城池吗?倒像他们还需要藉口似的。类似的事件必然还有几百件,只是她不知道。他们的狂欢已经结束了,摇身变为校园警察了。

她决定问莫医生有没有办法帮她们弄到船票。既然他主持救济学生,遣返不也是他的职责?他住在办公室,医院病房后面的套房。过道上第一扇敞开的门往里看,是个大房间,才下午就半明半暗。舒适破旧的大小沙发椅有种住家的气氛。咪咪·蔡在摆餐具,抬眼瞭了一眼,不在意,回头忙着自己的事。还是安洁琳·吴从暗处出来。

"嗨,琵琶。"她说,惊怕的样子。

琵琶荒谬地觉得她是从过去冒出来的鬼魂,来魔魇她。她在这里工作?

"嗨,安洁琳。莫医生在吗?"

安洁琳紧张地转头去问咪咪。琵琶知道咪咪,不看也知道她那张肉感的脸上只会有最不起眼的动作，传达出一个难以察觉的信息。安洁琳惘然绕了房里半圈方道：

"等一下，琵琶。"

她从另一扇门进去，随手带上了门。咪咪特意背对着入侵者，进了餐具室，抑或是衣柜里整理架子。琵琶趁这时候四下张望。有底座的餐桌铺了深绿色桌布，布边镶着绒球，桌上搁了一个蛋糕，摆在盘子里，底下的花边纸没拿掉，可见是店里买的。香港还有这些东西？也难怪大家看着这些人眼红，这些人也真像一帮土匪。她不想让人看见自己订的蛋糕。心里排练着要对莫医生说的话，做梦似的舞台恐惧，又让这块洛可可式糖衣蛋糕加深了不少。

那个给叫做中老婆的女生进来了，一看到琵琶，凹面锣似的脸哐的一声给惊愕敲了一下。琵琶听见她自言自语：她来做什么？是什么空钻进来的？中老婆环视空荡的房间找寻启示，似乎怅然若失，就跟童话里的熊回家来说："谁把我的麦片粥吃了？"也不知是"谁坐了我的椅子？"然后她听见了餐具室里有人，赶紧进去了。琵琶不听见说话声。不一会她出来了，态度自信，不理睬琵琶，自管整理房间。

琵琶才想要坐，管他失礼不失礼，安洁琳就进来了。

"莫医生现在有空了，琵琶。"她道，带着怨苦的神色。

琵琶进了小办公室。桌上亮着台灯。

"有什么事？"莫医生抬起头。肤色白净，国字脸，金丝边眼镜，仪表堂堂。坐着看不出身量矮小。

他等着琵琶开口，一听完立时道："抱歉，我帮不上忙。"

301

"请你试试,我们会很感激,只有我们两个人。"

"抱歉,我不知道怎么——"他笑了两声,又嗫嚅着说完,"帮你们弄到船票。"

"我不该来麻烦你,只是救济工作是帮我们的——"

"能帮我当然帮,可是我无能为力。"

"可是——我们要是能回家,救济学生会不也有好处,少了几张嘴吃饭?"

他倒是听得仔细,像是要掩藏烦恶。没有下文了,他满意地再说一遍:

"很抱歉,我无能为力。"

琵琶出去了。安洁琳躲了起来。咪咪与中老婆在房间忙着,背对着她,并未放下防卫。

她告诉了比比,比比道:"是我就不去找他。"

"为什么?"

"就是不找他。"

"他是讨厌,可是又没有另一个主持的人。"

"他又怎么能帮我们弄到船票?"

"他有关系。日本人认识他,他代表大学,再说他们不是要对学生好吗?"

"就算他有关系也不会用在这种事情上。"

"我跟他说弄走我们有好处,少几张嘴吃饭。"

"我们可没吃他的,是他靠我们吃饭,越多越好。"

"我倒没想到这一层。"

"你在那儿看见了谁?"

"咪咪·蔡同另一个女孩子,还有安洁琳。"

"安洁琳也在那儿?"

"嗳,我不知道她在那里工作。"

"流言满天飞,你应该听过。"

"喔,小老婆说的是她?"

"他们就爱嚼这种舌根。还有什么'莫医生的后宫'。"

"后宫里的安洁琳。"琵琶笑道,"我倒是能想像他怎么打扮她,她真是个木头美人。"

"你说她美?"比比诧异道。她从来绝口不说人美丑。

"是啊,根据中国人当代的审美标准。"

"她倒是块木头,可是你看她会肯委屈自己跟着莫医生?"比比气吼吼地抛下这个问题。

"我不知道,她那么一本正经的。"

"还有维伦妮嘉。男生真坏,那样说她。"比比无奈地嗤笑道。

"你看维伦妮嘉跟查理·冯真有那回事吗?"

"谁知道。"比比没好气地说。

前天傍晚她们才在维伦妮嘉房里聊天。维伦妮嘉同查理背对着墙,依偎着坐着,四条腿收起来搁在床上,维伦妮嘉脱掉了鞋。琵琶想起了小山似的冬衣顶上两张宁静年青的脸,只露出一只穿着袜子的脚,像是通往深山核心的小径,而他的手握着那只脚。琵琶当时颇震动,也有点局促不安,寒冷中感觉到肢体接触的暖暖的轻颤。谁说话她就直钉着谁的脸看,小心翼翼从这张脸换到那张脸,避开那只手与那只脚。

"我就是不相信他们会那么傻。"比比说。

"谁你也不信。"琵琶说,"将来你丈夫会发现骗你很容易。"

"不见得。"比比说,不觉得好笑,"我要是看见你跟我先生在一张床上,我也会疑心。"

"我倒有个结论,自己有这些事的人疑心人,没有这些事的人不疑心人。"

"那你自己心里头有这些事吗?"

"没有。我疑心也是因为从来不惯怀疑人家,而且每次都是我自己弄错。就算现在你问我,我也觉得末后说不定什么事也没有。"

"安洁琳大概也是一样,她太需要有个人了,年纪大一点的。她哥哥的原故。他们也接纳她,当她是一家人。"

"奇怪的是咪咪·蔡不像吃醋的样子。"

"她就跟真正旧社会的姨太太一样,帮他找别的女人。"

"另一个女孩子,也是姨太太?"

"她倒像汤盘跨在两只玻璃杯上。"

"我要把这句话写下来。"

"你什么都记。"比比快乐地说。

"说不定我还想画她。"

"你真是来者不拒,跟个痰盂一样。"

"我的练习簿呢?"

"我刚才怎么说来着?"

"嗳呀,我忘了。你怎么说的?"

"我哪想得起来？我们是在说什么？"

"说安洁琳跟维伦妮嘉。"

"嗳，我说了什么来着？一定是很精彩的话。"比比说。

"看吧，不记下来马上就忘了。"

墨黑的健忘一直等在那里，等着什么掉下来，一点声响也没有。就差那么一点就抓着的东西立刻滚落了边缘。身边有这么一个虚无的深渊，随时捕捉住一生中可能浪费遗失的点点滴滴，委实恐怖。她必得回上海，太迟了只怕后悔。她在这里虽然努力习画，还是知道不行。但即使担心感觉也不算坏，她这一生总觉得得做点什么却不知道该做什么，比起来，那种模糊的压力感更坏。她母亲与姑姑说过在中国学画没有前途。她并不以为上海会像巴黎。还是要回去，看该做什么。画传统仕女图，一根一根头发细描。什么都好，只要能开始。也不知道能怎么开始，不愿摸索太久自信里那块变硬的微小核心，那核心隐遁在心里多年，唯恐毁了它。

莫医生带日本官员走过校园，是来巡视医院的。一群四人，包括莫医生个子都矮，清一色的黑大衣，步履轻捷，挨得很近。她在远处看了一会，然后硬起头皮上前去。

"打扰了，可以说几句话吗？"她以国语向最近的日本人道。

"什么事？"他以英语回答，她也改用英语。

"我是上海来的学生。不知道能不能帮我回家，现在很难买船票。"

"哈哈，"他道，态度庄重，"你是上海人。"

他还是喜欢讲国语，琵琶也就再以国语说一次。他一停步其他人也停了下来。莫医生并没有认出她的表情，一径摆出笑脸来，但她看得出他费力地想着可能不会说的方言。日本人终于点头，一手探入大衣，取出一张名片，给了她，微一鞠躬。

"请到办公室来找我。"

他们走开了。琵琶看着名片，沮丧地发现地址是日军总部，还以为是使馆或外交的分处。

"你要去吗？"比比问道。

"总要试一试，不然绝买不到票。"

"你要去我不会拦你，要我就不去。"

琵琶默然片刻，衡量着风险。"我觉得不会有事。"她道，"总部是官方的机构，得顾脸面，不像乱军中撞上日本兵。"

"问题是不幸撞上了日本兵，发生了什么都不会有人怪你。这可两样。别人会说话。"

她没去，留着名片。

俗话说归心似箭，流矢一样直溜溜往前飞，绝不左顾右盼。上海就是她的家，因为她没有家。对那些无依无靠的人，祖国的意义更深重。

白天在医院没有意义。黎明即起，接替夜班，头昏眼花跟着比比给每一张病床的病人量体温，比比量，她记录。回到护士的房间在台灯下伏案做画表，之字形线条与曲线，与算术课的鸡蛋价格一样地纯属假设性。

医生来巡房。这些天总不见莫医生，他交给了从玛丽皇后医院来的年青医生。她们推着工具车跟着他。另一个女孩，高年级的医科学生，传递器材。杂工从没有一次挑对时间，偏偏在医生巡房时送早餐。两双筷子、两碗饭浇上黄豆牛肉酱搁在病床间的小柜上。病人绝不肯耽误了吃饭,不想让饭凉了。有个病人把碗举到嘴边,动着筷子,一头让医生换他臂上的绷带。比比同另一个女孩挤过去看。琵琶没有她们的临床兴趣,也挤上去。那人转过来转过去,微笑看着自己的伤势,得意而又温柔,仿佛看着自己的孩子。晨光触着他背后漆着绯红油漆的多节疤的柱子,也触着他剪短的头发下坚强的长脸。而他忙着把饭扒进嘴里,圣母似的笑脸始终不变。饭煮得过硬,捱得像小山一样高,掺着稗子与嗑牙的沙石,扎实的安慰吞下肚,混合了红溴汞擦在新生的鲜肉上的灼痛,裸裎的背与肩膀上顶着的清晨寒冷,松脱的绷带像蛾拍打着翅膀,他看着伤口的怜爱目光,在在使她五味杂陈,喉头像硬块堵住了。

从四月开始,护士除了食宿之外还给付了大米与炼乳。

"可以拿去卖,你知道。"比比说。

"好啊,我们需要钱。"

"我去打听到哪里卖。"

"你看,"琵琶迟疑地说,"有没有办法攒够钱买黑市的船票?"

"我不买黑市的船票,疯了。"

"其实我也一样。"

"到底要多少钱?"

"不知道。"

"在这里做上十年也赚不到。"

她们两人一月的薪水是一袋十斤白米与一大盒炼乳。比比打听之后回来说:

"总共二十五块钱,我们得自己送去。"

"送到哪?"

"湾仔。"

"那不是很远?"

"大概吧,没去过。"

"我们得自己送?"

"抱得动吗?试试看。"

"行,抱得动。"

"我们可以跑两趟,轮流抱。——嗳,要卖吗?"

"要。"

第二天两人一道出门。琵琶抱着米袋,拿旧外套包住。

"听人家说什么战争小孩,这样子可真像是把婴儿走私出去。"比比说。

走到半路上的路障,琵琶想起挑着蔬菜到城里贩卖的老农夫挨打的事。这可是黑市米。万一盘问,就说是送去给朋友,两人得先套好,免得出纰漏。她看见哨兵钉着她的包袱。她们鞠躬通过了。哨兵也没叫她们回去。

"我来抱吧。"

"没关系。我累了会说。"

比比提供了头脑与关系,她想要公平,而不仅是付出劳力。米袋刚抱觉得重,也不至于支撑不了。甩在肩上扛着更好。换个姿势都是至福。可是调整姿势很难,每次琵琶调整,比比至多口头上说接手。兴许琵琶放下米袋,比比绝对会抱起来。她搂着米,腰往后挺，脚步踉跄，街道模糊了。她的脸往下拉搭，脚也没感觉。

"我们迷路了。"比比紧张地轻笑道，"可别走错了地方。"

"千万不要，再抱回去就糟了。"

农人就是这么逐渐地安分守己的吗？做最粗重的活，仍感觉卑微，负债累累？末后她还是得让比比抱着走几条街，幸喜是最后一段路了。

店铺很小，漆黑的内部空洞洞的，现在的店都一样，很难说卖什么，这地方倒散发出谷子的气味。有个人拿秤杆秤过米，打开袋子看了一眼，付了比比十块钱，立刻便把她们赶出店去，怕有人发现了他们的交易。

湾仔这地方是贫民区，提到时总少不了意有所指的嗤笑。琵琶向周围张张望望，太累了，也没留意到底是什么样子。两条胳膊软软地垂着，像在失重状态中飘浮，有只小动物在小口小口地啜着似的不舒服。快到城里她倒也复原了。她们就像矿工从矿坑里出来，呼吸了新鲜空气。两人闲步到拱廊下的时髦商店，冷冷清清的。没什么可看，两件便宜洋装陈列在灰濛濛又没灯光的橱窗里，她们两个还是看了许久。要卖给谁？日本兵的女人？这一向也只有她们会买洋装。特为依照日本风格做的俗气洋装？也不知是存货里的俗气剩货？

店里的女人见她们两个贪心地瞪着看，便走到门口，用广东话说：

"买什么？"

"随便看看。"比比说。

"进来嘛,里面还有。"

"不用了。"

她上下端相她们。最近女孩子都尽量深居简出,除非是赚日本兵钱的,轻易不会到城里。

"进来嘛。你们这样的年青女孩应该穿漂亮衣服,哪能穿这个。"她两根指头捏起琵琶肩上的衣服。

琵琶只是笑。

"她喜欢中国旗袍。"比比说。

"她穿洋装会很漂亮。"

"大概吧,这些可不行。"

两人走了。

"哪有这么做生意的。"比比说。

"上海就不这样。"

她忽有所悟,香港人在各方面都粗鲁得多。同许多华侨一样他们也是沿岸的南方人,比其他地方的中国人要诚实,却更不讨人喜欢。香港人被迫臣服于英国人,他们也将被迫的神气摆在表面上。现在只是再适应一个新的主人。上海人就讲究手腕多了,也不那么讨厌。上海是比较古老的民族,也是比较古老的邪恶。

"要不要去逛小摊子?"比比说。

"好。"

"反正都出来了。"

中环街市外的小巷里是个集市。买东西的人在一个个小摊子上穿梭,盒子堆得很高,各种衣料齐全。巷子是往下的斜坡,陡然落到海里，裂出一道深蓝的缝隙。丁字形的蓝海横陈在城市上方，与湛蓝的天空接成一线。绫罗绸缎衬得更鲜艳，人群更大更快乐。

"怎么这么多人？"琵琶道。

"店里却没生意。"

"大家一定都在省俭。"

"这里是便宜，不小心也会吃亏上当。"

比比停下来看一块钴蓝丝料，像是渲染的，"给你做衣裳一定好看。"

"颜色很漂亮。"

"不知道掉不掉色。甩唔甩色啊？"她问摊贩。

"唔甩色。"他头一歪，草草地说。

比比还是疑心，在手里团绉了。琵琶也摸了摸，也觉得像是渲染的。

"黏手。"

"应该没关系。我也不晓得。"比比说。

"要是能有杯水就好了。"

"他们才不会给你。"

"买不买啊，大姑？"摊贩问道。

"我怕掉色。"比比撒娇抱怨的口吻，腻声拖得老长。

"唔甩色。"他说。

"不知道。"她同琵琶说。

她又前前后后看了看，末了沾唾沫抹在布上，猛揉了一阵。

琵琶像给针戳了一下，偷偷看了摊贩一眼，他倒没作声。比比检查手指，他脸上也毫无表情。

"应该是可以。"她说。

琵琶买的布够做一件洋装。到另一个摊子两人看中了同样的花色，玫瑰红地子上，密点渲染出淡粉红花朵小绿叶。

"好漂亮。"比比说。

"我没见过这种布。"

"看，还有一种。"

同样的花色，只是紫地子。另一匹是绿地子。琵琶绕了摊子一圈，找到了黑地的。全都是密密地画上花草。是谁做的？为谁做的？听说乡下人不再制作中国人自己瞧不起的土布。琵琶原以为只有蓝白两色。会不会是日本人学了去，仿作的？密点图案可能会褪色，料子却很厚，穿上一辈子也穿不破，夏天穿又太热。这块布有点朴拙，不像是日本货。

"掉色不掉色？"

"不掉。看背面。"比比说。

"我喜欢紫色的。"

"绿的也好看。"

"嗳，我也喜欢绿的。"

"我们看的第一块呢？"

"粉红的。我还是最喜欢那个。"

"黑的也很耐看。"

"我不能每样都买。"

"每个的花色都不一样。"

"我在想这跟随身带着画走最接近了。"

"你需要颜色。"

"你不要?"

"你比较合适。"

"真后悔买了那块蓝布。"

挑拣了半天取决不下,好容易割舍了黑地的,其他全买了。

"我就说我们疯了。"比比说。

第二天又回来买黑色的。第一次买东西的喜悦钻进了琵琶的脑子里,像是从没有过东西。在家里样样都是买来给她,要不就是家里有了。那样子就像是男人家里帮他讨了媳妇,他倒也是欢喜,可是跟自己讨的就是两样。可是从她母亲那里得到的东西却使她郁郁不乐,如有重担。离开上海前夕,是她母亲给她理行李,告诉她什么东西搁在哪,说了一遍又一遍。等琵琶最后一次在家洗澡,她自己往脸上擦乳液,又再三说:

"都在这了。掉了什么,就再没有了。"

琵琶躺在温热的水里,迷濛地漂浮在自己眼前。她很愿意只身走了,不要那冷冷无欢的嫁妆。她想出来,可是站在垫子上擦干身体,手肘可能会戳到她母亲。耳朵里已经听见忿忿的小小喊声。

"满意了吧?"比比问道,看着黑布包好,交到琵琶手里。

"满意了。"

"除非等衣服全做好,不然你没有安宁的日子了。"

"我要等回上海了再做。"

"你需要衣服。"

"在这里不需要。我们出门都得换上最旧的衣服。"

在小摊间穿梭,竟看见了陈莲叶。跟她在一起的男人一定是童先生。单看见他是认不出来的。她们招呼了一声。

"嗳。"莲叶还是梳着两条黄沙莽莽的辫子,苍黄的脸上掠过一丝诡秘的笑容。

"你好吗?"比比说。

"很好,你们呢?"

莲叶向来穿的蓝布外套被她的肚子一分为二。琵琶只觉得要诧笑,强忍了下来,竭力把眼睛钉在莲叶的脸上,连比比说话也不敢看,唯恐迎上比比的目光会煞不住要笑出声来。可是她的肚子既大又长,像昆虫的腹部,尽管不看它,那蓝色也浸润到眼底,直往上泛。

"去过宿舍吗?"比比说。

"去了,拿我的东西。你的东西拿回来了?"

"嗳,幸好没丢。"

童先生靠后站着,没开口,一半留神她们谈话,一半注意四周。莲叶并没同她们介绍,在中国的礼节也属寻常。说了两句就点头作别,比比与琵琶朝相反方向走了。比比鼓起腮帮子像含着一口水似的。到了街尾,方激动地说:

"你看见了?"

"怎么能不看见!"

"我们才说什么战争小孩呢。"

"他们不知道是不是还跟他的父母住在一块?"

"我问都不敢问。"

"他的父母说不定很高兴呢,尤其是快抱孙子了。"

"他们不会反对?"

"要反对也是莲叶家里反对。"

"她不成了他的小妾?"

"现在不叫妾了。"

他们俩就像一般的夫妻,比比与琵琶就一点也不疑心两人的结合只是权宜之计。眼前不再有长长的肚子从外套上往外探,两人也能为饱经苦难的爱情表示同情了。

"他反正不能离婚。"比比说,"他太太在哪?"

"山西。"

"音讯断绝了。"

"他们怎么没到重庆去,到那就是抗战夫人了。"

"肚子这么大,走不了。"

"说不定还为了钱,安置老人家也是个问题。"

"就算要走也不会告诉我们。"

两人经过了戏院。一群人往里流动。

"看过粤剧没有?"比比问道。

"没看过。"

"嗳,我以前天天晚上去看戏,我的广东阿妈带我去的。"

"好看么?"

"我喜欢看。要不要看?"

"都可以。"

"那就进去吧。"

"好。"

"我们两个花钱就跟喝醉了的水兵一样。"

"那钱还够不够买船票?"

"反正买不到。"

"有一天买得到了,我们却没钱,这玩笑就太残忍了。"

"我们的钱够。"比比喃喃说,神色高深莫测。

粤剧并不精彩。与京剧相比粗糙浮华了,琵琶没看懂,也听不懂其中的笑话。可是她仍极享受,尽情掬饮剧院里的各种嘈杂,观众嗑瓜子、咳嗽、吐痰,舒舒服服地回到正常的时光与古老的地点。这是她头一次以观光客的外人眼光来看中国,从比比那学的,她一辈子都是以外国人的身分住在中国。也是头一次她爱自己的国家,超然物外,只有纯然的喜悦。

二十

比比与琵琶到户外把晾在篱笆上的干净绷带收进来。两人值夜班，现在天色仍亮。白昼长了，气候也暖了。木槿花丛下虫声唧唧，大朵红花漫不经心地围住了她们。四号病人靠着砖墙，吃光一个罐头，女孩子沿着篱笆收绷带，他连头也不抬。一见是个男孩子走过，马上慢吞吞跟在后面，跟到楼房的另一边。病人里只有四号还能走动。他的个子高，微有些伛偻，白色粗布病院制服，短袖，在手肘上往外凸。还有几个人跟他一样，高瘦，短发，五官端正，比较认得他是因为他常在附近。琵琶见过他帮其他病人拿水，帮这张床的人捎东西到那张床。高耸着肩膀的烟鬼颓废像在他倒显得傲慢，因为他的身量。睡衣与拖鞋让他看起来有气无力，不过也许只是广东人的通病。

他似乎是部署在医院里。旧病房套房的前门就在转角，现在是莫医生住着。她听见他们说话，几句就没了。说不定是上了台阶进屋去了。

突然男孩子的声音响了起来：

"冇！冇！冇呀！"

没有？

"冇！"广东人吼叫化子的声口。又说了几句，后来一想像说的是"五块钱也没有，"也不知是"一块钱也没有。"只听见空罐头掼在地上的声音，滚在沥青路上，终于歇住了，夏日黄昏异样的黄光，标签上的黄色凤梨片也异样地清晰鲜亮。她看着比比，笑了起来。

"他疯了。"比比说，"就是他偷的剪刀。趁医生忙着隔壁床，从车上摸走了。"

"凤梨不是偷的吧，不然也不会在这吃？"

"宝拉在城里看见他买叉烧。他每天都上城去帮别的病人买东西。穿那件病院制服，一里外都看得见。"

"病人还买叉烧！"

"我不懂的是怎么不让他出院。"

"他们都是莫医生的饭票，你自己说的。"

"宝拉说要留神护士房里的东西，弯盆，搪磁缸，我们自己的东西。别把毛衣乱搁。"

她们进了病房，四号也刚拖着脚从最靠近他的病床的法式落地窗穿过，舒服地躺下来，一只腿架着另一只腿。天气暖了，法式落地窗整天开着。灯火管制，玻璃漆成深蓝色。有人拿指甲刮出图案，白色的线条，小小的人伸长棍子一样的胳膊腿。琵琶想衬着墨黑的夜，盈耳的热带夏日声响，敞开的蓝色玻璃窗上的人真像恶鬼。像从前下咒用的纸人。谁画的？早就有了只是她一向没注意？病人躺在床上够不着落地窗，难道又是四号？

天气热，坏疽的气味更浓，布帘一样挂在床边。他的左右邻床默默受苦，他们也不是来这里享福的，也不急着回家。现在一天能吃上两顿饭并不容易。午夜时分琵琶去热牛奶，杂工把法式落地窗都关上了。病房像大统舱。肮脏的军毯的味道格外地反胃，弥漫了整个病房。冬天的味道冷冽冽的，凝结成一团，不是到处弥漫。走过长蚀烂症的病人，她总是憋住气。蜡黄的脸歪在枕头上，浓密的黑眉毛往下吊，像个小丑，眼睛半闭着，嘴巴略敞，做梦似的笑。他老叫个不停，仿佛在甜蜜地喟然唤着某个女人，既是母亲又是情人，却铁石心肠，总也不来：

"姑娘啊！姑娘啊！"

他喊他的，没人再留意了。反正他什么也不要。

琵琶才进厨房就看见有人，是个印度人。她猜就是比比提过的杜达，同维伦妮嘉与查理在同一个伤兵站的。他拿自己的炒锅在煎薄饼，从大汽油罐里舀了点表面有颗粒的油出来，抹在锅里，汽油罐的漏斗还在。

她拿了铜锅，刷洗过再倒牛奶。不明白牛奶怎么会这么久才热。火已经开得最大了。她钉着火看，竟还是看清了杜达的长相，真漂亮，侧影挺拔，发线低，眼眉睫毛浓而密，烟熏的肤色衬得一双绿眼非常淡。他是大人，不再是男孩子。她因为比比习惯了印度人，可是比比在中国长大又在英国学校念书，并不是典型的印度人。放学后回宿舍她总经过印度人的营房。透过铁丝网篱笆能看见洗好的衣服挂在棕色营房窗上晾干，有时看见一个印度兵在床上打盹，双手枕在头下。扩音器扬起电台的印度音乐。整个山坡杜鹃花不是盛开怒放就是簌簌落个不停，像濛濛的红雨，而异样的一扭一扭的音乐震响了空荡的山峦。可是最让她困惑的也同日本人一样。印度人与日本人都沉迷过去。中国人方自漫长的梦中清醒，觉得怅然若失，口干舌燥，印度人似乎仍深陷在某个漫无边际的噩梦的苦痛里，手脚抽搐，在睡梦中奔逃。

她把两眼钉着蓝色莲花似的煤气火焰上的黄铜锅，等着第一批泡沫在牛奶的白边上出现。等得太久，旁边又是陌生人，越发地难堪。她一眼也不看他，只偷眼看他怎么抛甩薄饼，而他竟笑了，嘲弄地张开双臂走过来，使她既震惊又气愤。她往后退，闪身躲避，淡淡笑着，以免显得傻气。他还是逼近。她后退，侧跨一步，无奈跳起了笨拙的舞蹈，感觉像受困的呆子，就像走路的时候闪到一边去让人，对方也闪向一边，两人都移到同一边，还是挡住了去路。

"我不是要吻你。"他说，仿佛就没关系了。

他的外形更偏向西方的亚洲人，笑起来像不怀好意。在她腮颊上抹了一把。琵琶躲开，却听见牛奶沸滚，只得再回来。被他捉住了。

"其实你很漂亮。"

他的意思是久看了才觉得她漂亮，可是她太忙着挣脱，不及细想。他的胳膊就像铁箍箍住了她，呢外套飘出微微的霉味，想不出是什么气味，最像的是比比的睡袋味，因为他们同是印度人。他俯下头，拿鼻子磨蹭她的脸颊。用力一推，她挣脱了，侧身往炉上靠。他赶忙攫住她一只手，怕她跌在火上，而她抓起黄铜锅，把手烫得慌。他向后退,提防她把一锅热牛奶泼他身上,但她只是拿起滴答的锅子,快步出去了。

经过一长列的病床带起一阵骚动,烧煳的牛奶的烘烤味连死人都叫得醒。她厚起脸皮坚定地向前走,绕过白色布帘,进了小办公室。比比坐在灯下看书。琵琶觉得仿佛去了一个钟头。她将牛奶倒出来,只够一杯。

"我喝过了。"

"我明天也就喝冷的。"

"对,冷的味道比较好。"

"天气也跟夏天差不多了。"

琵琶带着书坐下,让雷一样响的快乐笼罩住头脑。心涨得要爆裂了,像捧着一杯甜滋滋的饮料,拿着根汤匙徐徐搅动,越搅越稠。在他是不值一提的小事。明眼人一看便知,即使她不记得比比说过的话,印度男孩子都回家娶家里给选的女孩子。她觉得真正的爱是没有出路的,不会有婚姻,不会有一生一世的扶持,一无所求,甚至不求陪伴。此时此刻,她暂时与人生疏离,两个人都暂时活在自己的体系之外。她从不认为活在哪个体系下。其实就连这里这些情况下,体系仍在。多半的女孩子回避男孩子,男孩子也不来打扰。这时代的中国人什么也不信,只信新婚之夜新娘必须是完璧。绕着这个信条的惯例仍旧屹立不摇。

外头有脚步声。有个人绕过了布帘。是杜达。琵琶自顾低头看书,却感觉到他的目光。

"嗨。"比比道。

"嗨。"他把汽油罐搁在桌上。

比比站起来,"什么东西?"

"我还剩了点油。"

"你要拿它做什么?"

"也许可以给你们用。"

"汽油?"

"不是,是椰子油。"

"喔。我还纳罕你到哪弄汽油呢。你怎么不留着自己用?"

"这是剩的,还有一点面粉。"

"咦,"比比笑道,"你自己不留着?"

"我没有用。"他伸手去拉她的脖链,"这是什么?玉?"

"不不,不是玉,我不知道,什么石头吧。"她的回答只是忸怩的抗声,仿佛粗割的绿珠子是她的辫子,被他揪在手里。一只手悬在空中,保护喉咙似的,却带笑把头往后躲,半闭着眼睛。

"什么东西?不会是化学的吧?"他好奇地说,仍俯身看着在把玩的珠子。

"不,不,是半宝石,我也不知道究竟是什么。"

"看着倒像玉。"

"不,不是玉。我不知道是什么,石英之类的吧。"她的声音沙哑悲哀。所有障碍已随着断壁颓垣倾圮,她却还得力阻他。

他松手,珠子叮叮轻响,然后走了出去,转头挥了挥手,却不看琵琶。

"这些东西要怎么办?"比比说。

"不知道。你会弄？"

"我们可以做饼干。去问莉拉有没有锡箔纸还是烤盘。"

"还是你自己去吧，免得拿错了。"

"她知道。喔，顺便问她要糖。"

"不犯着今天晚上就做，太晚了。"

"晚上最好，人少。"

比比总是要她跑腿。黑漆漆的她不想出去，好像杜达还等在外头。可是他怎么能知道她会在这个时候出去？况且他还在生她的气。

她关上了前门，打开手电筒照台阶。心里一慌，发现不是只有她一个人。手电筒打开随又关上。她依稀看出有人进进出出，一辆黑黝黝的卡车停在侧门口。准是日本军车，只有军队弄得到汽油，却又觉得送进耳朵的只言片语说的是英文。等她和莉拉一块回来，军车仍在。

"他们在做什么？"她把心里的纳罕说了出来。

莉拉一扯她一只胳膊，低声道："把灯关掉。"

两人摸黑上了前门台阶。原来是日本人。半夜三更来干吗？搬什么上卡车？脑中掠过了大屠杀，搬运尸体。时明时灭的手电筒给移动的阴影挡住了。偶尔有人打鼻孔里哼一声还是轻喊一声，提点挑夫方向。她还是觉得是海峡殖民地的英语口音。难不成还有学生帮忙？

到了厨房里她方问道："这么晚了他们来做什么？"

"别说话，我们不应该知道。"莉拉嗫嚅着和面。

"怎么？他们到底是在做什么？"

莉拉且自先张望了四下一遍,"是那些男生。把东西弄出去卖。"

"什么东西?"

"米呀,罐头,有什么卖什么。"

"莫医生知道?"

"不然卡车是哪弄来的?"

琵琶默然了一会,又好气又好笑,"我都不知道。"

"可别说出去,跟我们不相干。"

"说得是。反正是日军的东西。"

"其实已经有一段时间了。"

"一定有很多人知道。"

"不知道。也许吧,没听见有人说什么。"

莉拉弯腰点燃烤炉,辫子垂在丰满的胸部边。跃出的火焰将她有如希罗雕像的脸照得红艳艳的。她也是印度人,琵琶却一点也不觉得她神秘,可能她是基督徒的原故。主要是因为她是女孩子。她是马来亚来的,琵琶相信她说过是哪里,不愿再问一次。杜达也是马来人?这两人都说海峡殖民地英语,可是琵琶相信印度人也是同样的语音。说不定马来亚的英语是从印度那里传过来的。

莉拉关上烤炉,两人安顿下来等。

"不知道会烤出什么来。"莉拉谦虚地说着,"以前没做过。"

"你用过椰子油?"

"没有,没用过。"

"我还以为是炖汤用的。"

"说不定不能吃。"

"不要紧。倒是你辛苦了。"

"谈不上辛苦,我就怕烤出来不知道成了什么。比比呢?她不来?"

"她说一会就过来。"

"可惜她不在,说不定她知道怎么做。"

两个马来男孩子进来把剩饭炒了,明天带去上班。站在炉前的一身西装,无动于衷地做炒饭。另一个戴着玳瑁框眼镜,拿着饭盒等着。烤炉渐渐飘散出香气,他们一点好奇的样子也没有。男孩子已过了男女同宿舍的兴奋期,新鲜感逐渐没了,该发生的都发生了,就跟查理与维伦妮嘉一样。其他人分成了几个小团体,不与别人来往。身无长物,没有女朋友,也不能靠走私捞钱。卡车轰隆隆开走,寂静的厨房听得分外清楚。戴眼镜的男生以福建话咕哝了两句,另一个笑得像菩萨,使力将饭压平,翻锅,一派专家的架式。琵琶觉得他们知道是怎么回事。烤饼干的气味香浓,弥漫了整个小厨房,像无线电唱得很大声。仍是没有人作声。莉拉抱臂靠着水槽,谁也不看。半夜三点在厨房里,旁边的人隐然怀着敌意,琵琶只觉异样,像是梦里。

莉拉等到男生走了方检查烤炉。

"什么时候放进去的?真该带着钟。"

"要不要我去办公室拿?"

"算了。比比什么时候过来?"

"她可能觉得应该有人在外头看着。"

"真希望她在,我以前没做过。"

她刚取出饼干,比比也进来了。

"你跑哪去了?"莉拉道,"一块也不留给你。"

"十一号死了。"比比道。

"谁?生蚀烂症的?"莉拉道。

"是他。"

"他不总是老样子么!叫个不停。"

"是啊,刚刚死的。"

"要不要去帮忙?"莉拉低声道。

"不用,都完了。"比比冷然嗫嚅道。

琵琶想不出能说什么。比比一定忙着照料。

"一定有什么是我们能做的吧?"莉拉道。

"都完了,他们都收拾走了。"

莉拉看着她,眼神焦虑。"床单呢?"她低声道。

"都拿走了。"

有一会谁也不作声。公鸡啼了。琵琶感觉一阵空洞的疼痛,仿佛哪里没塞住,风吹了过去。怅然之外还是有解脱感,庆幸都完了,而她正好错过。

"喔,你烤了饼干。"比比道。

"小心,还烫着。"莉拉道。

"好吃。"比比大声咀嚼着。

"味道真好。"琵琶嗫嚅道。

饼干又热又脆,虽然带点肥皂味。厨房里不看见晨曦,但听得见公鸡在报晓。

二十一

琵琶又去找张氏夫妇问船票的事。趟趟白跑,却又别无他途。揿了铃,没有人应门。她走了老远的路,不想就这么回去,便坐在台阶上等,一等等到天都黑了。好容易他们的广东阿妈回来了,让她进去。

"先生太太不在这,搬到香港饭店了。"

香港饭店——战前还叫做浅水湾饭店。这时搬是为什么?香港饭店不是给日军征用了?她见过日本人进进出出,还有哨兵。

"为什么?你知道吗?"她问道。

"是日本人。"阿妈低声道,"有日本人来,说先生到香港饭店比较安全。太太是这么告诉我的,要我留下来看家。"

"日本人同他们一块走的?"

"是啊,坐他们的汽车走的。"

一见琵琶惊呆了的表情,又道:"日本人很客气。太太要我别担心,说没事。谁知道啊,我们下人是不知道的。"

即使她想打听先生的下落,告诉琵琶日本人为什么要找他,她也很快便放弃了,琵琶的广东话说得实在糟。

琵琶泄了气地回去了。日本人似乎要他做傀儡。押到香港饭店,那应该是奉为上宾,可是现在还在不在?会不会出事?虽然在外交界国际知名,可是都四十年前的事了,人又上了年纪,总不会还杀吧?日本人的事难讲。

直到现在她才明白一直把张氏夫妇当作最后的倚靠。别的方法要是行不通,她可能会请夫妇俩带她与比比一块走广东那条线。她知道亲戚不可靠,不像朋友,珊瑚姑姑总这么说。但也有俗话说患难见真情。这下子他们走了,她和家的最后牵系也断了。

她总想到杜达。有天排队打饭遇见,他一直回避着不看她,好两次她看见他坐在食堂的斜对过看着她。不可思议的是她在人丛里能立刻找出他来。事情过了,并没有什么,她始终知道,证明她对了,也总觉受了侮辱似的。害怕他会过来,又怕不过来,结果变得怕他。她真希望自己不在这里。

也奇怪,黑魆魆的走这段斜坡路她觉得好些了,笃定些了。有这效果是因为有次在这里看见一条蛇:她下了课走回来,冷不防看着一只小蛇的脸,在路旁及踝高的草丛里昂起了头。她瞪了半天确认。是不是大叫了声她自己也不听见。转身一跑,恐怖像气球飘在她肩膀上方,在后方扩展,占据了所有空间,快得她退不出来。老妈子总告诉她看见狗千万别跑,一跑它就追。更坏的是还往后看。走夜路的人可绝不能往后看,看一眼就会吓死。童年的恐怖都蹑着她的脚后跟，跟着她得得地踩着台阶，三两步一跳，轻盈得像在梦中。

那以后她就避走这条小路，今晚却又不得不走，好容易才不再战战兢兢地察看有没有蛇。一旦宁定了，倒喜欢起山上的景色了。打仗以后她倒历练出来了，在灯火管制中上山也不会胡思乱想。走石阶跟走自家后院一样驾轻就熟，几乎不犯着打开手电筒。晚上这条路上还没遇见过人。山是你一个人的，你也理所当然，山变得非常渺小，非常能鼓舞人心。她正要走完笔直的石阶，心头有微微的愉快，觉得石阶一次比一次短。忽然脚缠着什么，立时就有东西顺着腿爬了上来。她两脚乱踢，退了一阶，头一波的震惊扑灭了所有的知觉，自己也不知是出了什么事。

打开手电筒像是费了很久的时间。地上有一堆白白的东西，也不知是衣服是包袱布。腿上的酥痒的地方越来越多。她撩高旗袍，看见了蚂蚁，吓得乱拍，全身都起鸡皮疙瘩。到底是什么东西？她小心翼翼掀起地上的布。是件上衣，掉出几块叉烧。包叉烧的油腻腻的纸也在里头，黑抹抹的，爬满了香港的大蚂蚁。上衣上有医院的蓝戳章。她立刻想到四号。人呢？

她拿着手电筒四下照。地上仍可见小块的红色叉烧。不知怎么，她觉得杜鹃与木槿花丛后，松树与柏树林间，起伏的草坪后的教授的荒废房舍窗户，山肩高处的废弃印度兵营，窸窸窣窣的黑暗里，每个地方都躲着人，监视着她。她紧张地关掉手电筒，随后又打开来，免得踩了上衣，又招得蚂蚁爬上来，快步走开去。

她笔直回医院，看四号是否平安在床上。值班的是维伦妮嘉。

"没有,还没回来。"她道,"他的胆子越来越大了。"

"我回来路上看见很奇怪的东西。小路地上有件病院制服,还有一包叉烧,掉得满地都是。"

"倒像是他干的。"维伦妮嘉道。

"他可能出事了。"

"喝醉了?"她喃喃道。

"可是没看见人。"

"会不会倒在草丛里?"

"那里没人,我也没到处找,我吓坏了。你看会不会是有人抢了他,还是杀了他?"

"他又没钱。"

"说不定有人跟他不和。"

"说得也是,"另一个值班的女孩道,"他如果是黑衫,说不定别的黑衫想杀他。"

"听说病人里头什么样的人都有。"维伦妮嘉道。

"他们在他枕头底下找到剪刀跟手术刀,还不把他赶出去,我就在纳罕他是不是黑衫,不然干吗怕他?"另一个女孩道。

"你们看要不要告诉别人,万一出了什么事?"

维伦妮嘉同另一个女孩面面相觑,"你看见咪咪没有?"

"没有。一个也不在。"

"要不要告诉莫医生?"维伦妮嘉问琵琶道。

"总该跟他说一声吧?"

"要去你去,我可不去。"维伦妮嘉斜睨了她一眼。

琵琶笑笑。这个时候闯进后宫？给贴上找麻烦的标签也不好。"还是等一等，看四号回来不回来吧。"

"他随时都可能会回来。"另一个女孩道。

早上琵琶同比比推着医疗器材车跟着医生巡房。四号不在床上。

"逃走了吗？"传递器材的高年级女生问道。

"回家看老婆了。"隔壁病床道。病人都哈哈大笑。

"讨厌耶。"高年级女生嗤笑着掉过了脸去。

"琵琶昨晚在小路上看到他的衣服跟叉烧。"比比道。

"叉烧掉得到处都是。"琵琶道。

"看样子他倒真像回来过。"比比道。

病人不懂她们用英语说些什么。医生与高年级女生都面露疑惑，哼了一声不置可否。

琵琶把车子推出去到草坪上，拿酒精灯煮器材。沐着清晨阳光，微风吹动着无色的火焰，心情也愉快。

比比出来告诉她："我们得清点器材，他们在查是不是少了什么。"

"怎么了？"

"他们说四号可能偷了什么。"

"他没逃走，我刚才不是说了。"

"知道，知道。"比比觉得无味的声口，拿镊子搅动锅里的器具。

"还要两分钟。"

推车上的钟响了，比比将器具取出来，插进罐子里。琵琶将热水倒进了下水道。莫医生的同乡 T. F. 赖走过。

"什么也没少。"比比朝他喊道。

"确定吗？"他也喊回来。

"喂，T.F.，昨天晚上琵琶在到医院的路上看见了一件病院制服。"

"什么？"他没听懂，朝她们这里过来了。

"昨天晚上我回家的时候看见了路上掉了件制服。"

"还有四号老买的叉烧。"比比道。

T.F.俯首瞪着琵琶，眉头紧锁，斜飞入鬓，眯细的眼睛也往上斜。高大强健的体格使他愤怒的神情更惊人，脸上一条条的红纹一样向上斜飞。

"怎么回事？什么制服？"

他听完了故事。只发出不置可否的哼声，走开了。

"他的表情真奇怪。"稍后琵琶道。

"他的长相就是那样。"比比道。

这也是实情，琵琶想，分发黄豆拌饭给排队吃饭的人也是横眉竖目的。怪他们把他能偷运出去卖的东西给吃了。

"你在想什么？"比比问道，"他们杀了四号？不犯着杀他吧？"

"说不定他知道他们走私的事。"

"嗳、嗳，琵琶！"比比哀声道，"大家都知道，根本就不是什么秘密。"

"说不定只有他想勒索他们。前天我们不是听见他跟那个男生要钱，不会是第一次要钱。"

"我没听到什么要钱的事。"

"那个男生一直说没有了。"

"我只知道他发脾气，把罐子摔在地上。"

"一定是他威胁他们。"

"拿什么威胁？他能怎么样？"

"偷日本的军用物资可以枪毙。"

一刹那间，比比的眼中闪动着兴奋的光芒。随又头一低，像可爱的小动物，不高兴地说："不知道。"一提起罪恶、罪行、战争、政治等等她不喜欢的话题，她总是动怒。她开始理推车，头埋进下层架，琵琶想起开战那天她埋首吃麦片粥的模样。

下午琵琶值班的时候溜到小径去，到她看见上衣的交叉口下方。衣服不见了，也不见叉烧，不见包装纸，不见蚂蚁，什么也不看见。她环顾教授们寂静的小屋。杜鹃花无声坠落，积在木槿花丛下已有几寸深，仍簌簌落个不停。

晚上她留神听卡车几时来。卡车并不晚晚来。来了后她惴惴然听着引擎的每一个声响。

有天傍晚比比同她一起去接维伦妮嘉的班。

"四号的太太今天来了。"维伦妮嘉告诉她们。

"她来做什么？"比比问道。

"来看他。"

"他没回去？"琵琶诧呼道。

"她是这么说的。她跟每个病人都问过了，后来 T. F. 把她轰出去了，跟她说要她的先生把偷的东西都还回来。"

"什么东西？我们都清点过了啊。"

琵琶掉过脸去看比比，她像是又生气了默然不语，忙着把书和瓶子排整齐，挪出桌上的空间。

"他说是什么呢?"维伦妮嘉问另一个女孩子,"剪刀和手术刀。"

"那是上一次。"另一个女孩道。

"大约是从那次之后,不管丢了什么都怪四号。"维伦妮嘉道。

"可是什么也没丢吧?"琵琶道。

"他也只是随便说说,打发她走。"另一个女孩道。

"为什么?"琵琶问道。

"他们那些人,你也知道,先生不见了,还不闹到让医院知道。"

"对,那些人很难惹。"维伦妮嘉道。

"她长得什么样子?像地痞的女人?"

"不知道。"维伦妮嘉惊诧的声气,"看样子很穷,背着个孩子。"

"他们不应该上来的。"另一个女孩道。

"说不定是四号要她来的。"维伦妮嘉笑道。

"他不要她了。"另一个女孩道。

"我听说她在外头不肯走,直哭呢。"

琵琶想四号没那个胆子要她来。这里的穷人害怕公家机关,与黑衫有渊源的穷人也一样。他是住厌了医院,也不想回家?无论那晚在山上出了什么事,都不会有人丢弃叉烧,现在可是连饭都吃不饱的日子。除非是喝醉了。他却又没买过酒,也没醉醺醺回来过。四号帮其他病人打杂的往事浮上眼前。他是穷惯了的男人,和女人家一样地仔细。

她所知尽管有限,凑起来却说得通。就像姑姑的七巧板桌子可以交错搭配,拼出你要的形状。心是错综复杂的东西。让她深信不疑的真正原因是这地方丑恶的空气。起先莫医生的助手还欢天喜地地分饭，现在一个个横眉竖目的，舀那么一小匙子饭摔在别人盘子里，拌饭的肉酱也舍不得多给，猛推给排队的人，如同丢给叫化子，偶尔分给人家一满盘倒像是施了多大的恩惠。排队打饭的人受了他们愚弄，他们还越来越不耐烦。就是贪心。盗卖存粮不够快，贿赂得太少，分到的利润不够多，有人苛扣了更多不承认。这时候还有个外人不自量力敢来分一杯羹，这外人也不过是流浪汉之流，杀了他也不要紧。他们就是这里的山寨主。大学当初在人性丛林里小心拓垦出这片空地来，渐渐融入了山顶上的优雅宅子，如今都荒废了。英国人进了集中营，有钱的中国人缺了汽油汽车开不动，没办法住到山上来。日本军一撤，整个地区成了真空。四号可能埋在花床下，也不知是扔在某栋空屋的地下室里。她找不到，只会给人发现在四周鬼鬼祟祟。

　　这样的故事值钱不值钱？比方说两张船票的钱？日军的顾问中村先生给了她名片。她一思再想，总觉得进日军总部能够平安而出。她细长的头发和身量，英国口音，守旧的中国味，使她很难归类，单是这样就有恫吓的作用。中村若是没有什么意愿要帮助她取得船票，她就把这个失踪的病人的事告诉他。战后再多一条中国人命不见得放在心上，可是偷窃皇军物资他总不会不追究。除非就是他把军车借给莫医生的。

　　他如果蒙在鼓里，她就是告密者。莫医生与他的小同乡可能因此送命。他们自己手上也许沾了血，她却不愿伯仁因她而死，早晚会有报应。这是佛家的说法，不知不觉间渗入了心里。中国人用因果来解释报应，而杀人到头来一定是躲不过报应的。

335

隔天莫医生不在。她过一会再去找他,在家里找到他。

"什么事?"他坐在办公桌后,抬起头来。

似乎不认得她了。也许是不记得上次她到办公室来过,但是不至于会忘了那个女孩子打断了四人的巡视,还在他头顶上跟日本人说话。

"午安,莫医生。"她笑道,"我刚才来找过你。"

"有什么事?"

"我问过你帮我们买船票回上海。"

"抱歉,帮不上忙。"

"你上次也这么说,医生,日本人来的时候我才会找他们,他们要我到军部去,我还不知道该去不该去。要是他们问起这里的事,我不知道该怎么说。"

说得越多,她越有溺水的感觉。桌上的灯光,木然的脸,镜片后那双淡然直视的眼睛,都有似曾相识的感觉。她得用心记忆才不忘记小心构思的每句话,像回到以前帮她母亲带话给父亲,他先是木然听着,随之泛起无聊的神色,再后来大发雷霆。但她克服了那种感觉。生平第一次是她一个人的主意,不经别人核可,她也不曾这么口若悬河过。

"我不懂你在说什么。"

"万一他们问起这里的军用物资,还有四号病人。"

"我真的不懂你的意思。"他起身,"我很忙,所以——"

"莫医生,万一他们问起四号是怎么死的,我要怎么说?"

"你说的话我一个字也听不懂,而且我很忙,我还有事要办。"

"莫医生，我来找你是因为你一直很好又帮忙——"

"我没帮过你的忙，我根本不认识你。"他喊道。

"你人好，接下这份工作，帮助受困的学生。我们又都是中国人，除非是逼不得已，我不会去找日本人。"

"我不知道你是谁，想要什么。"他绕过桌子，朝她过来，"请你离开。"

一个讳莫高深的中国人尖着嗓子喊分外使人心神不宁。可是琵琶得确定他明白了，这样的机会稍纵即逝。

"我们只想回家。两张回上海的船票，什么舱位都行。"

"请你离开。"

"我们会付钱。"她一面走一面说。

不能不跟比比说了。

"现在开始我是四面楚歌了，时时都得跟着你。"她说完了。

"你提没提到我？"比比问道。

"之前说过，他们反正知道。"

比比默然。琵琶突然觉悟了，比比也有危险。

"其实不值得。"比比过了一会方道。

"真对不起，拖你下水。"

"算了，可是我们要怎么时时刻刻小心？"

"他们不至于敢怎么样。"

"你不是说他们把四号都杀了。"

"他吓坏了，惊慌失措呢。"

"四号一定也吓了他好一跳。"

琵琶自己推论莫医生与他的小同乡都是门外汉，想赚轻松钱，现在越陷越深。她们两个虽然无家可归，医院也不再有日军巡逻，可是再安排两个人失踪怕不是桩容易的事。可是她不想再拿自己的臆测去让比比揪心，她恨透了这种话题，却不得不听，因为也牵连了自己的安危。她对比比有愧。也并不真的有愧。两人的交情已过了这个阶段。她也不觉得他们会连同比比一起杀害，毕竟只有她一个人在惹麻烦。

至于她自己，她倒愿意面对风险。这和死于战火不同。这是她咎由自取。她这么做不值得称道，却是她人生的开始。做的事都是已经为你规划好的，成功失败都像在梦中。做的是你自己想要的，感觉就与众不同。就连后果都不那么苦涩，一旦你有了预备。和战时一样，她不再忖度生死。生握在她手里，她知道它的价值，因为无论有没有价值都是她唯一所有。尽管悲惨，面对结局的时刻一到，贪嗔爱欲都会瓦解，而她就像指挥大军的将领一样镇定冷血，一举手而万骨枯，而不只是一条人命烟消云散。

她还是可以明天去找中村。即使他们监视她跟踪她，光天化日之下也不能伏击她吧？进城半路上还有日本岗哨呢。

她没去。延宕了两天。她的行动太迟缓了。她自认对莫医生的估计正确，但生活却是谁也说不准。你自以为知道，事实是什么也不知道。

比比也没有什么防备的举动，看她锁房门也不作声。心坎里比比并不真的相信。琵琶也没请她去找男孩子来帮忙。比比的朋友她看不出谁会徒步到重庆，也看不出用餐时间人群是否稀薄了，只隐隐觉得有人走了。像蓝绿外套就不见其踪。那天在床上说过之后，比比就绝口不提秘密远征。她是不是后悔没跟他们一块走？琵琶尽量不这么想。

T. F. 赖同他一伙的男生轮流拿大匙子分发黄豆拌饭递盘子。队伍移动，琵琶觉得他们并不特别注意她。莫医生既是医生，轻易就能给他们毒药放进她的盘子里，可是得很有技巧，因为是大锅饭。咪咪·蔡与那个脸像凹面锣的女生也仍旧不睬她。凹面锣的情绪全写在脸上，不像咪咪喜怒不形于色。看来莫医生也没对她们两个说什么。安洁琳从被这伙人收养了之后就不同别人来往，受难似的表情。有天熄灯前她到琵琶她们的房间，倒是意外。

"给你的，琵琶。"

琵琶看着未署名的信封，拆开来，抽出一张纸，印着南谦船运公司。她太激动，信上的字几乎看不清：

"持单人可于五月二十日前购买二等舱船票一张及三等舱船票七张。

签名人：商务经理，安福发"

"莫医生说是给想回上海的学生的，可是他也只能弄到八张票。"安洁琳说。

"请告诉他我们非常感激。"

"我会问宝拉跟叶先生要不要回去。"比比说。

"莫医生说你们得自己说好几个人走，他把信交给琵琶因为是她去找他的。"

"我去问那些俄国男生，还有那个犹太女孩露芭。"比比说。

"人不够也不犯着领八张票。"琵琶说。

"不领票。你疯了吗？可以拿到黑市卖啊。"

"你们要回上海了。"安洁琳向往地说，"不知道我们什么时候能回家。"她说的声音很小，怕别人怎么想似的。她还想回去？丢下莫医生？

"塔玛拉说要从上海回哈尔滨，我去问问她。"比比说。

她回来了，多出来的六张票都有人要。卖给黑市毕竟只是空想。

"他们说票是你弄来的，二等舱该归你。"比比说，"说是黑市也只买得到三等舱，价钱再高也买不到头等跟二等。"

琵琶迟疑了片刻，人生中最得意的一刻，"你要不要？"

"要不你拿去，舒服多了，还是你觉得太贵？"比比满怀希望地说。

"这个价钱还算便宜吧？"

"划算的。三等舱会很可怕。"

"你觉得受得了么？"

"我没事，反正几天就到了。"

船公司也说不准多少天。预计二十三号开船，船名暂时不知道。行李只限带得动的。比比到银行把存款都提了出来。付了船票之后还剩一百四十块钱。银行不肯给她小额钞票，能把存款都拿出来已经是走运了。

"你帮我带？"她跟琵琶说。

"分开带好了。"

"三等舱人挤人，你带着安全。"

"好吧,可是我不敢搁在皮包里。缝进我的衣服里怎么样?"

"夏天衣服看得出来。"

"吊袜带呢?"

比比在吊袜带里缝了布衬里,将几叠钞票夹了进去。剩下的缝进了她的一件胸罩里。

"身材会很好。"

"底下腆着个大肚子。"琵琶说。

"有点肚子比较性感。"比比说,她自己就有小腹。

"你确定不会掉下来?"

"不会掉。"

"我会很小心,不管坐多久的船都不脱下来。"

"我知道你这点很行,你什么东西都不放手。"

"这话真该说给我妈听。"琵琶欢快地说。

二十二

行李装不下那顶大斗笠，她得戴着，可是斗笠四周披着蓝布，会阻挡视线。末了她把色彩俗丽的圆顶车轮挂在背上，空出手来提行李。同行的俄国男生帮每个人叫了黄包车，她坐在座位上，行李摆在脚下，双手抱着。极大的喜悦四平八稳坐在她心里，满涨到她的眉毛上。带着上班的人视而不见的眼睛，她看着香港在明亮炎热的早晨匆匆掠过。大学的长围墙爬满了九重葛。乳黄色灰泥石阶墙上又加了一排排绿釉小柱，约摸一尺高。十字路口的一棵大树垂着粉红色花朵，蝴蝶般轻盈。碎石路在山与海之间往下流动，海那一边下沉的屋顶竖满了洗衣柱，一头栖在街道上。她不觉得这是最后一眼。小时候离开天津也只觉是到别的地方去，而不是离开一个地方。

码头不许挑夫做生意。她加了衬垫的胸部与小腹将棉旗袍撑了起来，下摆拉到膝盖上，像观光客误打误撞闯进了战争中。到了设路障的码头,八个人取出文件给哨兵检查,鱼贯而入。码头上只有他们八个人。唯有一艘船,昂着头,靠码头很近,既小又旧,漆着日本名。

"等一下来找你。"比比说,同宝拉与叶先生、俄国男生拖着行李与帆布袋走上短短的舷梯,进了船下方的舱门。

日本兵伸手要琵琶的船票,看了一眼,挥手要她走另一头。她拖着行李,颠簸着上船。看守另一个舱口的日本兵拿来福枪指着行李,她蹲下来,打开让他看,随后拖着行李上了宽舷梯,梯子斜角搭着船,有整艘船那么高。不见别人上来。她一个人奋力拖着行李往上走,脚下的环链舷梯好软,世界仿佛滑开去,像山崩了,干燥的淡褐色大地松脱侵蚀了去。她不敢朝下看船只与码头间的深谷。失足了,日本兵绝不会跳下水去救她。

顶层一个人也没有。她从一扇窗望进去,是食堂。长桌中央摆了玻璃花瓶,桌子铺着白色桌巾,西式的。一定是头等舱。她不能拖着行李找二等舱。总该有个茶房吧?

她正徘徊不决,一群人绕了过来。一看就知是日本人在巡视,队形紧密,深色西装,高矮划一,比到医院巡视的人数多,神情不那么严肃,但同样地生气勃勃。通道变窄了,他们改成纵队,让一个有金色穗带的船长越众而出引路。船长背后竟是张夫人,印花丝旗袍,白色蕾丝手套,高跟鞋,张先生在她后面,夏季西装,墨镜,拿着手杖。两人同时看见琵琶。

"嗳。"张夫人笑着哼了一声。

"嗳,你好啊。"张先生道,"真想不到。"

"我真高兴。"琵琶道。

"想不到会同船。"张夫人道。

"票很难买。"他道。

"是啊,我费了好大的工夫。"琵琶道。

"你怎么买到的?"他问道。

她迟疑片刻,太得意不愿一语带过,当着这么多日本人却又连提都不能提。"是主持我们那地方的人帮忙买的。"末了,她含糊漫应道。

"运气真好。"张夫人道。

琵琶后退压着阑干让另一个中国女人过去,她也同张夫人一样盛装打扮,年轻些,个头大,倒也漂亮,看得并不真切。可是女人后面的中国男人却让她仔细地看了一眼。他高个子,灰色西装纤尘不染,不知怎地却像是借来的。脸上没有血色,白净的方脸,一对杏眼,八字胡不齐整,谦让似的侧身而行,仿佛生怕被人碰到。还有三个日本人随行,顶巴结的模样。

他走过之后,张夫人悄声对琵琶说:"那是梅兰芳。"

"真的?"

琵琶真不敢相信竟然与梅兰芳博士同船,他可是有口皆碑,当代最漂亮的中国人,到美国巡回演出京剧之后,加州大学还赠他荣誉学位。反串旦角的名伶与外交家都被日本人押送回上海,他们在上海的名气可以让日本人好好利用。同梅兰芳一起的女人是他的姨太太,满洲人,结婚前也是京戏演员。

"我认不出来。"她低声道,"留着胡子。"

"嗳。"张夫人忙笑道。

看来胡子这事是不能提的。琵琶想起来了,他蓄须明志,退出菊坛。从还留着胡子来看,他还没投降。日本人对张先生似乎也还客气。他们实在不该站在这说话,虽然那些日本人还在后头,并未露出不耐的神色,只是靠着阑干,望着海轻声交谈。

"你的房间在哪?"张先生委婉地说,省得提到三等舱。

"不知道,是二等舱。"

"二等舱?"张先生太惊讶,忘了该婉转,"二等舱的船票买不到。"

琵琶笑笑,"我知道。"

他犀利地瞧了她一眼,将她的大海滩帽,紧绷的衣服,突起的胸腹尽收眼底。琵琶注意到了,突然明白张夫人怎么会望着她的脸眼睛却不对焦,就跟她尽量不去看莲叶的大肚子一样。她跟他们一样地震恐,同时又想笑。

张先生微一鞠躬告退,登时生分起来,脸上因恐惧而僵硬。不管她的日本朋友是高阶低阶,伟大渺小,蜜蜂一螫都是有毒的。

"上海见。"琵琶说。到了上海他们就会知道她是怎么拿到船票的。亲戚总会知道。

"再见了。"张夫人气恼地说,走在先生前面。

他露出一抹温和圆滑的笑,点了点头,搭拉着眼皮看着地下,顿时像极了一般的中国老人,而不是自美归国的留学生,有三十年的外交经历。他跟着太太进了舱门。后面的日本人聚拢来,挡住了视线。

二等舱整个是个大房间，部份高起，铺着塌塌米。坐在塌塌米上的人是上海人，听见謩謩的谈话声就像已经回到了家。不习惯抬着腿坐，每个都是袜底朝着人。最近的两个女人像富家太太，比做先生的更公然打量她，判不出她的斤两。是她那顶诡诞的帽子。她把帽子摘了。上海口音与绝对会有的野餐篮网袋装着热水瓶，使她大大地放下了心。就缺瓜子了，整个就会像是坐火车到杭州旅游。脚下的塌塌米震了震。一波喜悦与松懈的浪潮冲刷过舱房。上路了。

琵琶正纳罕该不该到上层去找他们，能不能上得去，比比找来了。

"这里真热。"比比道，四下环顾。

"下面怎么样？"

"恐怖嘿，出去吧。"

"我的东西留在里头好么？"

"不要紧。你的头发不热？我要扎辫子。"

她把自己的头发扎成辫子，还有琵琶的。两人上甲板闲步乱走。南中国海与当初两人一同来香港时一样湛蓝。归程的海让琵琶更觉得小而温暖。两人轮流坐在金属桩上歇脚，看着来来去去的乘客。不看见一个头等舱与二等舱的客人。塌塌米上的妇女也不看见。忙着看顾自己的东西，或许是在躲日本人？船上有日军，琵琶看不出是不是同一个人特为摇摇摆摆地走动，反正都穿着宽松的卡其裤与马靴。中国人放弃新鲜空气也不觉可惜，留在舱里看守女人行李。有点像是上了贼船。

"比比！吃饭了！"塔玛拉从舱门口朝下喊。

347

琵琶也进去吃饭。八个人的中式午餐在塌塌米上零星散开,她也因陋就简,别扭地拉拢开衩旗袍,安置膝盖。菜色表现出日本人的节俭,只有咸菜与清清如水的汤,饭倒是多,煮得很硬。不听见有人抱怨,人人都预备着吃苦。那两对夫妻熟了起来。翁先生翁太太年纪较大,也较富有。翁先生一张黄褐色大脸,要人似的屈着身,同有钱人一样一举一动小心谨慎,不出风头。翁太太细瘦,长发挽个髻。年青的余太太透着男孩子的漂亮,一双圆圆的黑眼像小鸟。饭后不久她回舱房来同先生道:

"有炒年糕。"

"在哪儿?"他问道,灯笼下巴松软软地垂着。

"船尾。"

"多少?"他低声道,一半胳膊探进长袍口袋。

她拿着钱出去了,回来端了一大碗的切片年糕,与碎肉菜豆同炒。还另拿了双筷子。她先生吃了几块,余下的她吃了。翁太太顶感兴趣地看着小山堆似的碗,问道:

"多少钱?"

"两块五。"她嗫嚅道,有些不好意思。

"港币?"

"是啊。也有炒饭。"她主动道。

下午晚一点,琵琶回来找手帕又看见她在吃一大碗炒饭。肚子里长蛔虫?还是有喜了?黑旗袍衬得她既瘦又小。她不爱丈夫,拿吃来弥补。不,还许是打仗的原故。战争之后总是饥荒四起,单是成天想着吃的就让你老觉得饿。又加上海风。琵琶跟比比随处乱走，一接近卡其油布顶下卖炒饭和炒年糕的，总自觉地背转身去。

亮灯之前，茶房把窗都关上了，拉上了黑窗帘。众人一片哗然。

"会热死人的！"

"这么热晚上怎么睡？会闷死。"

"其实不犯着开灯。"余先生道，话一说完一阵静默。人人都怕财物被偷，漆黑中谁也不信任谁。

"船上的规矩就是整夜开着灯。"翁先生道，分寸拿捏得刚好。

"这么热晚上怎么过？"余太太将手绢绉成一团，挩进领子里，隔开衣领和颈背。

"他们怕让飞机看见。"余先生同她解释道。

"嗳哟，别说了，可别遇上了轰炸。"她道。

"是啊，那可就砸了鸡蛋了。"翁先生草草地道。

默然了一会，琵琶察觉到共同的希望冉冉升起，像蒸气，像燃香，像祷告，而她有一部份也跟着飘升。想起了谣传梅兰芳死于被轰炸的船只。往往有过这种说法就不会发生同样的事。与这样的名人同船真是好事。彩票末了连几个整数绝不会中奖，他坐的船也不会偏巧就被炸。别人似乎都不知道梅兰芳在船上，不然消息立刻会传遍，他们也会叽叽喳喳谈个不休。

她刚才直纳罕坐都不能坐，腿都伸不直，要怎么躺下。还是腾挪出位子了，也没有谁发号施令，凭着中国人的守礼本能，各安其所，琵琶夹在余太太与翁太太中间，两人的先生各睡在太太旁边，两个男人旁边又各睡一个男的。琵琶尽量不占空间，抱着新长出来的曲线缩着身体，她知道中国女孩罕有这么玲珑的，势必引人侧目。看得出是假的么？猜得出藏了什么？她得格外小心，钱可不是她的。习惯了就不觉得特别热，有如发烧出汗。没有翻身的空间，可是塌塌米上总有不断刮擦的声响，像热锅里有活螃蟹窸窸窣窣地动。

茶房来开窗，她醒了。人人都坐起来迎接黎明的微风。翁太太拍拍发髻，头发一点都不毛。她瘦削结实，伶伶俐俐的，一双小眼，同琵琶的一个表姑很像，是秋鹤的姐姐。她显然也觉得琵琶眼熟。茶房送来一盆盆温水。等着洗脸，她笑道：

"你睡觉真规矩，看得出来你的家教很好。"

"哪里。"琵琶忙笑着咕哝了声。她的老阿妈对睡觉的姿势特别讲究，又是跟贞洁有关。睡觉像弓，千万别仰着睡。可怜的老阿妈没能将她调教成淑女。淑女不是一个阿妈造成的。她还健在吗？她又能帮得了什么？三年后回来了，还是没有钱能寄给她。可是听见彼此还活着似乎就够了。她也渴望见到姑姑，也不介意空着手跟父亲后母面对面碰上。她在战争中学到许多，也遗忘了许多。

第三晚船停了。

"到厦门了。"话传开来。

"怎么着？"余先生松垮垮的下巴动了动，"走了这么久，才到厦门？"

翁先生摇头，"照这种走法，哪天才到上海。"

舱房里哀叹连连。又得挪出空间来给厦门上船的客人。有些刚上船的人在窗外露宿。隔天琵琶经过，只见是年青人头发长到眼睛上，有的坐着包袱，有的倚着铺盖卷。他们留长发，学台湾人，台湾人是从日本人那儿学的拖把头。福建人曾迁居台湾,两个地方的人很难分辨,不过这些一定是矮小的福建商人跑单帮的。台湾人被视为二等日本人,不会在通道上露宿。

到上海正常航程是四天。第五天甲板上有吵嚷声。琵琶听见比比喊她,奔出去同她一块站在阑干边。

"看,看。"

她什么也不看见,眼前只有蛋壳青的海洋皱着鱼鳞似的波浪。今天没有太阳。

"看上面!"比比喊道。

她紧贴着阑干,探出头。高高的天上悬着两座遥远的山峰,翠绿的山蒙着轻纱,一刀刀削下来,形状清峭,只在中国山水画里看得到,半山腰上云雾缭绕。是东海上三座蓬莱仙岛?浮在白茫茫的天上,不可思议。人人都瞪着看,唯恐一眨眼就消失不见。

"是台湾。"她听见有人说道。

"台湾的山有这么高么?"

"南部有。"

"南部哪儿?台南么?不会在那儿停船吧?"

众人直着眼,直看到山峰越来越高,消失在眼前。

"是不是很像中国画?"比比同琵琶道。

"是啊,我不知道真有这样的山。"

"你现在知道我说中国画更美的意思了吧。"

"嗳。"

晚餐时余先生挎着下巴质问道:"怎么会跑到台湾来了?越走

越远了。"

"委实是兜了一大圈。"翁先生道。

谁也不说是躲避飞机与潜艇的原故，说了出来触霉头。谁也不去想这个如影随形的危险，船上的生活像活在玻璃箱里，有种虚构的性质，近乎奢侈，仿佛在海上扮家家酒，也不知是在水族箱前吃饭，里头的巨大八爪鱼吸住玻璃，很难找到的眼睛不理他们，他们也不理它。

台湾海岸出现了，长长的斜坡切过淡蓝色的海水，隐约像长江以南。黄昏时船只停泊在基隆外。加燃料还是添补给品？看不见港口，准是在外海下了锚。琵琶没看见蒸气船或舢舨靠过来。船只静静伫立在白雾中。靠着阑干，她听见有闽南话的吆喝，像是下方传来的，却什么也不看见。隐隐绰绰看出两艘渔船，稍有一段距离之外，各挂着盏红灯笼，上下晃动。渔船在自己的阴影里载浮载沉，水线一抹浓灰，笔酣墨饱，傍晚的淡灰虚空里唯一流动的东西。她看着它在船下大蛇似的动作，伸展收缩，伸展收缩。这阵雾连声音也窒滞了，只偶然有拍水声。

也真怪，她竟来到祖父战败的地方。基隆古名鸡笼，后来才改成了较好听的同音字，所以原本关鸡的笼子变为基业昌隆。她相信在祖父那时代还是旧名。当年对他阳奉阴违的福建人也在这艘船上，仍是这个国家唯一的水手。只可惜她不了解航海史，不然就能拟构出古老的战船，与补充的帆船蚁聚。水兵身上的制服绣着一个大圆，圈里写着"勇"字，一个在前胸，一个在后背。水手的衣服也同样色彩鲜艳。战吼震天，大炮在雨中吐出火舌。这片海岸应该不是下雨就是起雾。努力从时间的帘幕中看清楚，只觉帘幕轻轻吹在她脸上。

"你在看什么？"

她转身看见旁边站了个日本兵。咦，她竟然听得懂他讲的日语。她忍不住回答，课本里有句话很像。

"红灯笼很漂亮。"

"嗳，很美。"他说。

两人站在那儿看着渔船。他快三十的年纪，可能更年青些，略矮，侧影苍白齐整，厚重的制服与宽松的长裤散发出汗臭味。一时间她只觉他是个普通男人，活得很辛苦。

"你喜欢不喜欢日本人？"他问道。

她表情茫然，他再问一次，同样严肃的声气，速度放慢："你、喜、欢、不、喜、欢、日、本、人。"

"我朋友在叫我。"给她思忖的时间过了。

"哈。"他微点了个头。

她逃进下层甲板。

熄灯后舷窗又都关上。窗子开着都热得受不了，因为船不动，也没有风。琵琶晚上出汗出得厉害，不免担心身上的钞票会像忘在衣服里的钞票经水之后一样湿透，成了废纸。好容易睡着了，榻榻米一震，四周响起松了口气的叹息，又吵醒了她。黎明了，船又出发了。

走了八天，终于听见上海话"到啦！到啦！"舷梯斜伸在一道矮墙上，一群挑夫等在那儿，两手乱划。码头没有管制。到底是上海。挑夫全都穿着红色无袖大外套，上头有编号，倒像是三明治广告人。都笑喊着别扭的上海话，长江以北来的。他们有什么值得开心的？全然没有理由。是的，是同一批人，还在这里。在别的地方，无论人有多好，不会像在上海一样笑。长江下游的这些圆墩墩的脸孔就是比较容易绽开笑颜，像盒子一样敞了开来。琵琶发觉自己也在笑，虽然手忙脚乱想抓住行李箱，以免从斜坡滚下去，再奋力抬过矮墙，让挑夫争抢，大奖似的，微微觉得像古时候的女孩子抛彩球招亲。可惜没有更多行李让其他挑夫扛，多到丢了一件也不在乎。

她在码头外等比比。

"到我家来。"比比道。

"我还是先去姑姑家。"

"可以到我家打电话，看你姑姑在家不在家。"

两人各坐一辆黄包车。她并不担心珊瑚，她绝对可以依靠。一个钟头之内她就会在电话中听见姑姑的声音，惊讶含笑，并不过于愕然。

栈房与棚屋从宽敞的马路向后退，很奇怪，这个毫无特色的区域你绝不看见，除非是来来去去，总是情绪起伏的旅程。上海似乎特意隐藏起来，不愿送别，也不愿迓客。她记得上次她来才八岁，得仰着头透过长长的溜海往上看，看得吃力，什么印象也没留下，只记得自己的新衣新袴上全飞着大蝴蝶，乡下孩子坐着古老的马车。为什么每次回上海总觉得像是衣锦还乡？

"你在上海了。"比比转过头来，放声喊道。

琵琶一笑。

古人说："富贵不归故乡，如衣绣夜行，谁知之者！"她并不是既富且贵了。只是年纪更长，更有自信，算不得什么，但是在这里什么都行，因为这里是家。她极爱活着这样平平淡淡的事，还有这片土地，给岁月滋养得肥沃，她自己的人生与她最熟悉的那些人的人生。这里人们的起起落落、爱恨辗转是最浓烈的，给了人生与他处不一样的感觉。

更近城里，街衢仍没有面貌，碎石路面闪着灰色的强光。房舍简直无法形容，只是一群群灰砖与卡其色混凝土，老旧的商业大楼与摩尔人式圆拱，衖堂的排门与古老的中国角楼。事实是即便上海的市中心都无从捉摸，不见特色，宽阔的街道两旁栽着洋梧桐或悬铃木，说是像法国，多用途的公寓大楼说是像北欧。还有新的盒子似的西班牙式衖堂。加油站红金双色的亭子。广大的老银器店，书法写的大招牌，招牌顶上还有金银细丝工，像新娘的头饰，夹在新店铺间。新店铺都是玻璃橱窗，单有一件连衣裙与时髦的照明灯。处处可见各种不同时代的外国建筑。红的黑的治花柳病的海报张贴得到处都是，倒使肮脏晦暗的建筑亮了起来。不像香港，上海不是个让人看的地方，而是个让人活的世界。对琵琶而言，打从小时候开始，上海就给了她一切的承诺。而且都是她的，因为她拼了命回来，为了它冒着生命危险，尽管香港发生的事已没有了实体，而是故事，她会和姑姑一笑置之的故事。上海与她自己的希望混融，分不清楚，不知名的语言轰然地合唱，可是在她总是最无言的感情唱得最嘹亮。

黄包车颠簸着前进,车夫金黄色的肩膀在蓝色的破衣下左高右低、右高左低。他们转入了南京路。前方三家百货公司矗立,灰色的堡垒,瞭望塔彼此面对。然后是翠绿的跑马地马场与草坪上的维多利亚罗马式钟塔。景物越来越熟悉,心里微微有阵不宁,仿佛方才是在天堂,刚刚清醒。

"一点也没变,是不是?"比比喊道。

"嗳。"

那年夏天她从天津到上海,这首歌全城传唱:

"太阳,

太阳,

太阳它记得

照耀过金姐的脸

和银姐的衣裳,

也照着可怜的秋香"

也是夏天,也是早晨,上一次她坐在敞篷马车里,老阿妈陪在身边。太阳暖烘烘照着车篷没拉起来的黄包车,照着她的胳膊腿,像两根滚烫的铁条。我回来了,她道。太阳记得她。

图书在版编目（CIP）数据

易经 / 张爱玲著；赵丕慧译. -- 北京：北京十月文艺出版社，2025.6（2025.7重印）. -- ISBN 978-7-5302-2483-0
I. I246.5
中国国家版本馆CIP数据核字第2025XK1916号

易经
YIJING
张爱玲 著
赵丕慧 译

出 版	北京出版集团
	北京十月文艺出版社
地 址	北京北三环中路6号
邮 编	100120
网 址	www.bph.com.cn
发 行	新经典发行有限公司
	电话 010-68423599
经 销	新华书店
印 刷	河北鹏润印刷有限公司
版 次	2025年6月第2版
印 次	2025年7月第2次印刷
开 本	850毫米×1168毫米 1/32
印 张	11.5
字 数	260千字
书 号	ISBN 978-7-5302-2483-0
定 价	58.00元

如有印装质量问题，由本社负责调换。
质量监督电话 010-58572393

版权所有，未经书面许可，不得转载、复制、翻印，违者必究。

本书由皇冠文化集团授权，仅限于中国大陆地区发行，不得销售至港、澳及任何海外地区。

著作权合同登记号　图字：01-2011-0484